認知心理検察官の捜査ファイル
名前のない被疑者

貴戸湊太

宝島社
文庫

宝島社

認知心理検察官の捜査ファイル　名前のない被疑者

［目次］

第一話　名前のない被疑者

「あんた、名前は？」

窓のない取調室で、強面の刑事が脅すように問い掛けてきた。

きっと何人もの悪人たちを落としてきたであろう、慣れた喋り方。しかし、私はその問いに答えることはできない。絶対にできない。

「何だ、だんまりか。だがな、黙っていてもいいことなんてないぞ」

刑事は腕を組み、威圧するようににらみつけてきた。だがそれでも、私は名前を答えることはできない。

「名前ぐらい教えてくれてもいいだろ。なあ」

刑事がいら立ったように脚を揺する音がした。演技なのだろうが、恐怖感が募る。

「おい、どうなんだ」

刑事は軽く机を蹴った。思わず背中がびくりと震える。刑事は見透かしたような笑みを浮かべていた。

思わず何か答えようかと考えてしまうが、それはできない。私は名前について何も言うことはできないのだ。

「まあいい。取り調べは長いんだ。これからじっくり話を聞かせてもらおう」

刑事は長丁場を覚悟したようだった。だが、それは私も同じだった。

どこまで尋ねられようとも、脅されようとも、絶対に名前は答えられない。それだけは心に決めていた。

私は取調室のおんぼろ椅子に背中を預ける。椅子全体がぎしぎしと軋(きし)んだ。今にも壊れてしまいそうなそれは、まるでぼろぼろの私自身のようだった。

「検事執務室」と書かれたドアのプレートを前に、私は唾を飲み込んだ。

このドアの前に立つと、全身に緊張を感じる。ここ千葉地方検察庁——千葉地検で検察事務官として働き始めておよそ三年半。検事と二人一組になり、検事の職務をサポートする立会事務官になってからは、約半年。仕事には慣れてきたが、執務室のドアを前にしたこの緊張は、いつだって変わらない。

検事執務室では、検事が供述調書や起訴状などの重要な書類を作成し、さらには被疑者や目撃者の取り調べを行う。厳粛な場だ。その執務室で検事のサポートをする私の中では、半年経（た）っても緊張が消えない。でも、厳粛な場であるからこそ、一定の緊張は必要だと思う。そして、私はその緊張を感じつつ、楽しむこともできている。だから私は、今日も堂々とドアノブを握る。

「大丈夫、私は大丈夫」

　おまじないの言葉を口にしつつ、私は検事執務室に足を踏み入れた。

「ふあ、朝比奈（あさひな）か」

　執務室に入るなり、気合いを削（そ）ぐような寝ぼけた声が出迎えた。声の主は、寝ぐせを立てた短髪の男だった。彼は上下とも黒のジャージ姿で、今まさに寝ぼけ眼（まなこ）で布団から起き上がろうとしているところだった。

　男は髪こそ乱れているものの、整った容姿の持ち主だった。年齢はちょうど三十歳。二重の目は大きく、色白の丸みを帯びた顔の輪郭は優しげだ。鼻筋も通っていて、アイドルでもやっていそうな中性的な雰囲気の顔立ちだった。

　執務室に布団を敷いている常識外れのこの男。彼こそが、私が事務官としてサポートしている検事・大神祐介（おおがみゆうすけ）その人だった。

「検事、おはようございます」

　検事執務室に、布団を敷いて寝ている男がいる。異様な光景だが、もう慣れた私には気にもならない。いつも通りの挨拶をして、事務官の席に着いた。

「検事。今朝一番に、習志野市の殺人事件の被疑者取り調べが入っています」

「ふん、そんなことは分かっている」

　大神はいつも通りの素っ気ない返事をして、朝食の準備を始めた。執務室には炊飯器や冷蔵庫、電子レンジにカセットコンロまである。大神は炊飯器からご飯をよそい、冷蔵庫から一晩寝かせたカレー入りの鍋を取り出した。そして、それをカセットコンロに掛けて温める。今日は朝からカレーらしい。ぐつぐつという美味しそうな音が聞こえ、スパイスの香ばしい匂いが漂ってくる。

　最初は見ているだけで唖然としてしまう光景だった。だが、今はやはりもう慣れた。どんな常識外れの光景も、慣れれば日常になるのだなと今は思う。検事が執務室に住んでいるという光景は、私にとってはもはや日常なのだ。


　千葉地検の検事、大神祐介は検事執務室に住んでいる。そう聞いて、本気で信じる人がどれだけいるだろう。検事は激務なので、長く執務室にいることを例えて言っているに違いない。そう考える人が大半だろう。

　だが、大神は文字通り執務室に住んでいる。家財道具一式を執務室に持ち込み、そこで生活の全てを成立させているのだ。彼が執務室から外に出るのは、地検内のトイレを使う時と、風呂代わりに宿直者用のシャワールームを使う時だけだ。それ以外は執務室にこもって、ずっと仕事をしている。買い物や洗濯などの雑用は、全て立会事務官である私に任せるという徹底ぶりだ。

大神は取り調べを担当する刑事部という部署の検事であり、その取り調べはこの執務室で行う。だから大神は、次々やって来る被疑者を執務室にこもったまま迎えるという働き方ができる。法廷に立つ公判部の検事とは、また働き方が違うのだ。

本人曰く、外に出るのは時間のむだだから執務室にこもっているのだという。何とも効率重視の考え方だ。

しかしこの大神、千葉地検でもトップクラスの優秀な検事だというのだから驚かされる。嘘を見抜くことに長けた、通称《千葉地検の嘘発見器》。実際に半年見てきて分かったが、大神は心理学的な取り調べを通し、被疑者の嘘を次々暴く優れた検事だ。そんな大神に助けられることも多く、今や私は彼のことを尊敬している。彼の技を盗んで自分を高めていきたいと思っているし、いつかは彼に認めてもらいたいと願うようにさえなっている。

大神の朝食であるカレーが完成した。ふっくらと炊き上がったご飯に、とろりとしたルーが掛かっている。そのルーの中に転がっている肉や野菜も、一晩寝かされてじっくりと味が染み込んでいるように見える。朝食をとってきた私でも、お腹が鳴りそうになるほど美味しそうなカレーだった。

大神は、栄養豊富な完全食だからと言って、カレーをよく食べる。食事に栄養と効率を求める大神にとって、作り置きもできるカレーは理想のメニューなのだ。

そして大神は、時間を掛けて食事を味わうことはしない。大神はカレーを、執務室に持ち込んだ座卓で、あっという間に平らげてしまうのだ。とことん効率重視の男だ。

食事を終えた大神は着替えを始める。だが、私は気にせず仕事を続けた。以前は大神が朝の準備を終えるまで外で待っていたのだが、時間がもったいないと思いそれはやめた。さすがに女性の私がいるということで、何度も説得して着替えはパーティションの向こうでしてもらうことにはなったのだが。

パーティションの向こうでごそごそやっていた大神は、数分でスーツ姿になって出てきた。ネクタイをびしっと締め、髪は綺麗に七三に分けられている。寝ぼけ眼も消え去った。すっかり仕事モードだ。襟元には秋霜烈日を表す検事バッジが輝いている。

「習志野の事件の被疑者、到着時刻は予定通りか」

大神はデスクに着き、ノートパソコンを開いて即座に問い掛けてくる。

「はい、先ほど確認しました。予定通り九時に到着、そのまま取り調べを行います」

「書類一式は揃っているな」

「はい、こちらに」

「マスコミ報道はどうだ」

「それほど大々的には報じられていません。今回の注目度は低いかと」

「千葉の地方紙も確認したか」

「こちら、確認済みです。事件の紙面はごく限られたものに過ぎません」

矢継ぎ早に質問が飛んでくる。だが、この半年で慣れた私に抜かりはない。書類や各新聞を即座に用意し、大神に提供することができている。大神のむだのない動きを見習って真似たお陰だ。

「ふん、いいだろう」

大神はねぎらいもせず、愛想のない口調で言う。しかし、この態度にも慣れた。むしろいつか感謝の言葉を言わせてやろうと、燃えるようになってきたほどだ。

「それにしても、今回は妙な被疑者だな」

パソコンのキーを叩（たた）きながら、大神がほぼ独り言のように言った。しかし、私は即座に昨日読んだ調書の内容を思い出す。

「被疑者が名前を名乗っていない点ですか」

「そうだ。逮捕当初に名前を名乗らない奴は多い。だが、検察に来てもなお名無しの権兵衛（ごんべえ）を通しているというのは珍しい」

大神が調書を読みながら口元をゆがめる。確かに、今回の習志野市で起こった殺人事件の被疑者である女性は、頑なに名前を名乗っていない。指紋に前歴もないので氏名不詳だ。いわゆる「名無しの権兵衛」である。

奇妙な被疑者がやって来た。困惑するものの、大神なら何とかしてくれると思えることが心強い。大神は嘘を暴くことが大好きで、どんな秘密も必ず炙り出してくれる。先ほど口元をゆがめたのも、魅力的な嘘の匂いを感じ取り、笑ったのに違いない。果たして今回はどんな風に嘘を暴いてくれるのか。私は期待に胸を膨らませた。

「失礼します」

ノックの音がして、執務室のドアが開かれた。制服警察官に連れられて、肩までの黒髪を垂らした女性が姿を現した。今回の被疑者「名無しの権兵衛」だ。年齢は二十代後半から三十代前半といったところ。頑なに名前を名乗らないという強情さからは想像できないような、印象の薄い女性だった。目鼻立ちに目立つところはなく、目を惹く大きな特徴もない。雑踏に紛れれば五秒で見失うような影の薄い女性だった。

「こちらへどうぞ」

私は席を立ち、彼女を被疑者の机に誘導する。執務室の机は、三つの机を合わせてT字型の島になるよう設置されている。検事と被疑者の机が向き合う形で接しており、それがTの縦棒、事務官の机がその二つに横から接するTの横棒の位置にある。

被疑者と向き合う大神は、今から取り調べを行う。大神の所属する刑事部の職務は、この取り調べで事件の全容を把握して書類を作成し、被疑者を裁判に掛けられる状態まで持っていくことだ。それより後は、裁判を担当する公判部の検事に引き継がれる。

「では、名無しの権兵衛さん」

被疑者が席に着いたのを見て、大神は大真面目な顔で言った。だがすぐに思い直したように爽やかに微笑み、

「いえ、女性相手に権兵衛さんも何なので、名無しさんとお呼びしましょう」

と柔らかい声で言った。このように、大神は取り調べの時に限り、普段の素っ気ない態度を捨てて非常に優しくなる。もちろん、ただ優しくしておだてているだけではない。後の心理学的取り調べに繋げるための布石でもある。

「まずお伝えしておきますが、あなたには黙秘権があります。ご自身にとって不利益になる供述を拒否できる権利です」

強い口調はほとんど使わない。大神は独自のやり方で取り調べを行うのだ。

「では名無しさん。最初に確認します。あなたは名前を名乗るつもりはないんですね」

大神は私に対しては絶対に出さない温和な声で問う。名無しさんは戸惑い気味だったが、少なくとも怒鳴られることはないと分かったためか、すぐに口を開いた。

大神は優しい声のまま、事件の概要をなぞり始めた。

「それでは、事件の概要についてお尋ねします」

どこかほっとした表情を浮かべているあたり、安心したのだろう。大神の狙い通りだ。

大神があまりにあっさり引き下がるので、名無しさんは面食らっていた。しかし、

「そうですか。事情がおありなのでしょう。深くは尋ねません」

「はい、名前を名乗るつもりはありません」


事件が起こったのは、九月十日の午後七時半頃のことだった。習志野市内の1DKのアパートの一室で、尋常でない大きさの悲鳴が上がった。それを聞いた隣人が警察に通報。駆け付けた警察官が、ベランダで住人女性の刺殺体を発見した。そして現場には、血の付いた包丁を持って放心している名無しさんがいた。

殺害されたのは、電気機器メーカーに勤める支倉青空（はぜくらあおぞら）という女性だった。年齢は二十八歳。名無しさんとの関係は不明だ。名無しさんが言うには、二人はルームシェアをしていたという。だが些細（ささい）なことでけんかをして、ベランダにいた支倉を、名無しさんが背後から包丁で刺したらしい。名無しさんはその後、逮捕された。

この供述のように、名無しさんは名前以外のことはおおむね素直に供述している。名無しさんはスナックでバイトをしていたのだが、どうしても名前が必要な時には、

そこでの源氏名「北条(ほうじょう)ルミ」を使っていたそうだ。美容院の予約などがそれに当たる。しかし保険証、免許証などは荷物になかった。病院に行く時は支倉の保険証を借りていたようだ。また、職場や予約など、名前が必要な場面では「北条ルミ」と名乗るが、周囲によると本人はその名前で呼ばれることを嫌っており、彼女をそう呼ぶ者はいなかった。名無しさんは実生活をほぼ名前なしで送っていたらしい。実に奇妙だった。

「ところで、お住まいだったアパートの賃貸契約はどなたがされていたんですか」

大神の取り調べは優しく続く。名無しさんは少し緊張の解けた様子でそれに答えた。

「賃貸契約は支倉さんがしていました。私は後から転がり込んだんです」

「途中からルームシェアを始めたんですね。しかし大家さんに名前などを確認されませんでしたか」

大神は鋭く切り込んだ。直接名前は尋ねないが、外堀から埋めていくような質問だ。

「いえ、特にはされませんでした」

「なぜですか。大家さんとしては、住人の情報は知っておきたいはずでしょう。それともあなたの存在に気付いていなかったんですか」

「いいえ、気付いていたと思います。ですが支倉さんは大家さんと仲が良くて、私のことは見逃してもらっていたみたいなんです」

気になる発言だ。いずれ調書に書くことになりそうだと思った。立会事務官には、取り調べ中の被疑者の供述を、パソコンの文章作成ソフトに打ち込むという仕事がある。基本的に供述が固まった段階で、検事が被疑者に向かって「あなたはこのように言いましたね」と口述するものを丸写しするだけだが、それが調書のもとになるので責任重大だ。なお、文章の形式は物語式というものを採ることが多い。取り調べで出てきた情報を、被疑者の視点で「私は～」と一人称でまとめていく形式だ。

「仲が良く、あなたのことは見逃してもらっていた。支倉さんと大家さんはどういった関係だったのでしょう」

大神もやはり気になったのか、その点を質問した。

「支倉さんは、大家さんと同じ銚子市の出身だったんです。その上、支倉さんは幼い頃に両親を亡くしている不遇な身の上でした。入居時に保証人を立てられず、その事情を知った大家さんが同郷のよしみで世話を焼いていたそうです」

その縁で、同居人の名無しさんについては敢えて見逃していたということらしい。

「なるほど、そういうことですか」

にこやかに微笑みながら、大神は何度も頷く。そして不意に前のめりになった。

「それではここで、肝心なことをお聞きしましょう」

肝心なこと、という前置きに緊張が走る。名無しさんの目は泳ぎ、名前のことは訊かないはずでは、という不安の色が浮かんでいた。

「あなたが支倉さんを殺害した動機は、何ですか」

大神の質問を聞いて、名無しさんは若干安堵した様子を見せた。名前を訊かれなくてホッとしたのだろう。

「警察でも話しました。けんかをして、カッとなって殺してしまったんです」

「そうですか。ですが、それが本当の動機ですか」

大神は穏やかな口調で、しかし一歩踏み込んだ。名無しさんの口元が微かにゆがむ。

「本当です。けんかをしてカッとなって、殺してしまったんです」

名無しさんは焦った声で返答した。焦る必要などないというのに。何か隠しているのか。もしかしたら、名前の秘匿と動機が関係しているのか。

大神はそのことに気付いていて切り込んだのかもしれない。空気が張り詰め始めた。

「よく分かりました。では、本日の取り調べはここまでとします」

しかし、大神は唐突に取り調べを終了した。問い詰められていた名無しさんは、もっと追及しないのかと驚いていた。

だが、これがいつもの大神のやり方だ。訊きたいことを訊いたら、急に取り調べを終了して帰らせる。いつだってタイミングは突然なのだ。

「また次の取り調べでお会いしましょう」

大神は戸惑う名無しさんに、笑顔でそう言った。検察に与えられた被疑者の身柄拘束期間は二十四時間だが、勾留請求をすれば原則十日、最大二十日の間、被疑者の身柄をさらに拘束することができる。それだけの期間があれば、取り調べは複数回行える。

大神は名無しさんの嘘を暴くため、複数回取り調べを行う予定のようだ。

「被疑者は何か隠している」

名無しさんが出て行った後の執務室で、元の態度に戻った大神がつぶやいた。椅子に深々ともたれ、すっかりくつろいだ様子だ。

「名無しさんが、何か隠している？　そりゃ名前を隠していますよね」

自分の席で書類を読んでいた私は素直に指摘するが、大神はかぶりを振った。

「名前だけじゃない。他に何か、もっと大きなものを隠している」

「どうしてそう思うんですか」

私が問うと、大神はそんなことも分からないのかと言いたげに顔をしかめた。

「そもそも警察が捜査しているのに、ホームレスでもない若い女性の名前が判明しないことがあるか。彼女には、名前が判明しない理由が何かある」

確かに、言われてみれば奇妙だ。警察だってきちんと捜査をしたはずなのに。

「そして、名前が判明しない理由は複雑なもののはず。それなのに、その複雑な理由を隠した彼女が、単純なけんかで人を殺した。これは解せない。殺人には、彼女が隠す複雑な理由が関係しているはずだ」

気が付けば私は頷いていた。大神の推論には、いつだって納得させられる。

「そうなると、注目すべきはやはり動機ですか」

「そうだな。彼女が犯人なのは間違いない。だとしたら彼女が隠している複雑な理由——動機の方を攻めるべきだ」

大神はそう言うと、私の方をちらりと見た。

「さあ。ここからはあんたの出番だ、朝比奈。捜査に出てもらう」

いよいよお呼びが掛かった。私は姿勢を正す。

検事には、担当している事件を捜査する権限がある。だが、大神は執務室にずっとこもっているので、当然その権限は使わない。その代わりに、私が県警の刑事と共に捜査をするのだ。

「何を調べて来ればいいですか」

ここからは私の活躍の場だ。そう期待して尋ねると、大神はフンと鼻を鳴らした。

「そんなものは決まっている。被疑者の名前を調べて来い」

当たり前だが、困難な指示だった。警察でさえ摑めなかった情報なのに。

「どうした、できないのか」

大神は上から見下ろすようにして言う。私は湧き上がる弱気の虫を振り払い、勢い良く席を立った。

「いえ、できます。やらせてください」

尊敬する大神に認めてもらいたい。そんな思いで、私は今日も捜査に出る。


「そうか、大神検事に認めてもらいたい、か」

ハンドルを握りながら、友永が微笑んだ。千葉県警捜査第一課強行犯係の刑事であり、私の大学の先輩でもある彼は、私の捜査に可能な限り同行してくれる。

「技を盗みたいとは言っていたものの、前は大神検事の横暴さには腹を立てていたよな。朝比奈、何だか随分変わったな」

冗談交じりに友永は言った。助手席の私は少し気恥ずかしく、しかしどこか胸を張るような気分になっていた。どれだけ厳しくされようと、私は大神を尊敬している。

「大神検事には助けられたんです。だから、私はその恩返しをしないと」

真剣に答えると、友永はしばらく前を見てから言った。

「その気持ち、大事にしろよ」

何気ないようでいて、気持ちを込めた言葉だった。私は心の中で深く頭を下げる。

「おっ、ここだな」

友永がブレーキを踏んだ。車は緩やかに停車し、一棟のアパートの前で止まった。

「ここの二階の角部屋だ」

私と友永は車から降りた。このアパートは、名無しさんと支倉が一緒に住んでいた場所だ。住宅街の中にあり、周囲は戸建て住宅が多かった。

友永は、私の先に立って歩いた。彼は背が高くほっそりしているように見えるが、体力があって熱血漢。頼り甲斐のある男だ。捜査一課内ではまだ若手だが、徐々に大きな事件の被疑者取り調べも任せてもらえていると聞く。頼もしい限りだった。

「ああ、刑事さん。ご苦労様です」

待ち合わせていた大家が現れた。大家は中年の女性で、ふくよかな体型をしていた。

彼女はポケットから鍵束を取り出し、事件現場となった部屋の鍵を開ける。

「支倉さんがあんなことになって、未だにショックですよ」

靴を脱ぎながら、大家は自分から喋り出した。名無しさんの証言によれば、大家は支倉と同じ銚子市の出身で、そのよしみで支倉と仲良くしていたとのことだった。

「支倉さんとは仲が良かったんですね」

情報を引き出すべく、合いの手を入れる。すると大家は続けて語り出した。

「優しくて真面目で、良い子でしたよ。ご両親を交通事故で亡くして一人で生きてきたんですけど、その苦境をくぐり抜けて。会社でも出世して頑張っていたのに」

部屋に入ると、大家はスマホを取り出して操作し、私に示して見せた。

「これ見てくださいよ。支倉さんの勤めていた会社のホームページ」

示されたのは、支倉の勤めていた電気機器メーカーのホームページだった。その中の、社員紹介のページを大家は見せている。

「これ、支倉さんですか」

紹介されているのは支倉だった。総務部庶務係長・支倉青空（28）と紹介され、顔写真と共に仕事のやりがいなどを語っている。

「そうなんです。支倉さんはとても頭の良い子で、将来も見込まれていたのに」

大家は目に涙を溜めた。相当仲良くしていたらしい。

だが、こうして積極的に喋ってくれるのはありがたい。私はさらに質問を重ねた。

「最近、支倉さんにおかしな様子はありませんでしたか」

「うーん。おかしな様子ねえ。全部刑事さんに喋ったと思いますけど」

「どんな些細なことでもいいんです。何かありませんか」

大家はしばらく考え込んだが、やがてハッとしたように私に視線を向けた。

「そういえば、引っ越したいって言っていました」

友永が驚いたようにこちらを見た。どうやら警察も掴んでいない情報のようだ。

「2LDKの部屋に引っ越したいと、一度言っていました。どこかいい物件を知らないかと訊かれもしました。ああ、事件のショックですっかり忘れていました」

申しわけなさそうな大家を、友永はいいんですよと慰めていた。しかし、この情報は気になる。事件現場となったこの1DKの部屋では手狭になったのか。

「貴重な情報をありがとうございました。では、部屋を調べさせていただきます」

友永が大家に礼を言い、私と一緒に部屋を調べ始めた。

「目新しいものは何も見つからないな」

部屋を調べ始めて三十分、友永がため息交じりに言った。彼の言う通り、調書に書かれている以上のものは何も見つかっていない。

「あの、もうそろそろいいでしょうか」

部屋で待っていた大家が、遠慮がちに切り出した。私と友永は視線を交わし、もういいだろうと頷き合う。

「そうですね。そろそろ終わります。ご協力ありがとうございました」

ほっとした様子の大家と共に部屋を出る。大家が鍵を掛けるのを見ながら、私は気になったことをささやいた。

「友永先輩、被疑者の名前を示すもの、部屋には本当に何もなかったですね」

「そうだな。徹底して名前を隠していたようだ」

部屋中を調べたが、名無しさんの名前が分かるものは何もなかった。たとえ書かれていても、それはバイト先のスナックの源氏名「北条ルミ」だ。

「よほどの理由があったんでしょうか」

名無しさんの「理由」。私たちはそれにたどり着くことができるのか。私はしばし、名無しさんの心の中に思いを馳せた。

「おい朝比奈。あの男、ここに来た時もいたよな」

部屋を出ると不意に、友永の重いささやき声が聞こえた。獰猛さを秘めた、緊張した声。現場の刑事の声だった。

「あの男、というのは」

私が振り向くと、アパートの前に佇む若い男が目に入った。茶髪で背が高い。残念ながら私の記憶にはないが、友永は横目で鋭く彼をにらんでいた。

「間違いない。三十分前、アパートに着いた時からいる」

それは不審だった。三十分もの間、こんな何もない住宅街に佇む理由はない。

「俺が先に下りて、あの男に事情を聞く。それまで気付かれるな」

友永はさりげなく先に立ち、外階段を下りた。私は大家に話しかけ、足止めをする。友永が階段を下り切ったところで、男はその場を去ろうとした。だが、友永は声を掛ける。男が振り返り、友永と二言三言会話した後――。

「おい、待て」

男は友永を突き飛ばし、脱兎のごとく逃げ出した。友永は叫び、猛然と男を追う。

「何、何。どうしたんですか」

慌てる大家を押し留め、私は二階部分から友永の追跡を見守った。事務官に過ぎない私が出ても邪魔になるだけだ。それより大家を保護するべきという判断だった。

男はアパートの前の道路を一直線に走り、T字路を右に曲がろうとする。しかし、曲がる寸前に友永が追いつき、男の腕を掴んだ。男は抵抗し友永に殴りかかったが、友永はそれをかわしつつ、男の腕を離さない。格闘は数分続き、やがて男は観念したのか、全身を脱力させて地面に座り込んだ。

これが本職の刑事か。私は心臓が激しく脈打つのを感じていた。


シルバーのスポーツカーが、次々と先を行く車を追い越していた。

直線の多いコースであり、スピードのあるらしいシルバーのスポーツカーは有利だった。速度で劣る他の車は、あっという間に追い抜かれて置いて行かれる。シルバーのスポーツカーの順位は三位にまで達しており、一位の車も射程圏内に捉えていた。

「検事。何をされているんですか」

「今、大事なところだ。話しかけるな」

コントローラーを握った大神は、淡々とした調子で言った。ゲームに熱中している様子はない。至極冷静にレースを進めている。

名無しさんの捜査から帰ってくると、すでにこうなっていた。据え置きゲーム機をテレビに繋いだ大神が、レースゲームをプレイしていたのだ。

むだを嫌う大神がゲームをしている。初めて見る光景だった。ゲームなど時間をどぶに捨てる行為。そう吐き捨てるように言いそうな大神に一体何があったのか。

私が混乱しているうち、大神の操るスポーツカーは一位に躍り出た。そしてそのまま独走し、二位以下に大差をつけてゴールインした。

「ふん、やはりくだらない」

大神は捨て台詞を吐き、ゲームの電源を切った。私はどう言葉を掛けていいか分からなかったが、とりあえずこう訊く。

「あの、どうしてゲームをされているんですか」

「説明する義務はない」

また愛想のない返事だった。ただ、大神が何の理由もなくゲームをするとは思えない。何か狙いがあるはずだ。

そう考えると、思い出すことがあった。現場の部屋から押収された物品リストの中に、大神がプレイしていたのと同じ据え置きゲーム機があったのだ。

やはり、事件と関係しているのか。私は期待を覚え始めていた。

「それで、捜査の方はどうだった」

大神がデスクの椅子に座り、脚を投げ出して言った。私はそうだったと思い、捜査で得た情報を大神に伝えた。

「被疑者の名前は分からなかったか」

報告が終わった後、大神がつぶやいた。私は無念の思いで頷く。大神の指示だったので、名無しさんの名前については明らかにしたかったのだが。

「しかし、そのアパートの前にいた不審な男は気になるな」

ところが大神はにやりと笑った。あの男のことで、何か気付くところがあったのか。

「男は、なぜアパートの前にいたと言っている」

「亡くなった支倉さんの知人だったからと言っています。支倉さんの部屋に入る私たちのことが気になって、アパートの前で見張っていたと。ただ、実際に男が支倉さんと知人だったかどうかは確認が取れていません」

大神はふうん、とつぶやき、核心に迫る調子でこう言った。

「これまでの話を総合して考えると、男には前科があったはずだ。違うか」

驚いた。友永が男を地元の警察署に連れて行った結果、前科が判明していた。

「念のために訊く。男の前科は何だった」

「はい、公正証書原本不実記載という罪状でした」

「やはりそうか」

大神は顎に手を当て、企みに満ちた不敵な表情を浮かべた。

「分かってきたぞ。この事件の全貌が」

男を追った時の友永にも似た、獰猛な雰囲気が大神の目に宿っていた。


「それでは名無しさん、本日の取り調べを始めたいと思います」

翌朝、名無しさんの二度目の取り調べが始まった。名無しさんは留置生活の疲れがあるのかうつむき加減だ。一回目の取り調べより表情が暗い。

一方、大神は取り調べ用の優しげな態度だ。椅子にきちんと座った大神は、名無しさんに穏やかに語りかける。

「名無しさん、体調はいかがですか」

「そうですね。あまり良くないです。気持ちが落ち込んでいます」

名無しさんは声まで暗い。疲労が溜まっているのかもしれない。

「そうでしたか。ですが、落ち込むばかりではいけません。楽しいこともしないと」

「ですが、楽しいことなんて何も」

「いえ、ありますよ。例えばレースゲームなどどうでしょう」

　ここでレースゲームが出てきた。なるほど、ゲームの話題を会話のきっかけとして、名無しさんを喋りやすくさせる狙いなのか。

「実は私、最近《ＷＩＬＤ　ＤＡＳＨ》というレースゲームにハマっているんですよ。名無しさんはご存知ですか」

　昨日大神がプレイしていたゲームだ。名無しさんは不思議そうに顔を上げた。

「知っています。文倉さんが持っていたゲームで、よく一緒にプレイしていました」

　やはり、名無しさんとゲームは関係があった。大神は意図して、名無しさんがプレイしていたゲームの話題を出したのだ。

「お二人で対戦されていたんですか」

「ええ、そうですけど」

　急なゲームの話題に戸惑い気味の名無しさんだったが、大神はさらに質問を重ねる。

「お二人の実力差はどんなものでしたか」

「ええと。実力はほとんど同じでした。常に僅差で勝ったり負けたりでしたから」

「どの車をよく選ばれていたんですか」

「そうですね……。よく使っていたのは赤のスポーツカーでした。小回りが利くので」

「なるほど、スピードよりも操作性重視ですか」

「そうですね。スピード重視はあまり好きではないので」

「だとすると、複雑なコースほど有利になりますね」

「はい、カーブの多いアイランドコースでは実力が発揮できました」

名無しさんは次第に乗ってきて、会話は盛り上がっていた。落ち込んでいたはずの名無しさんは、気付けば束の間のゲーム談義を楽しんでいるようだ。

このやり取りは、もちろん大神の狙い通りだ。興味のある会話を通して信頼関係（ラポール）を作ることで、後の心理学的取り調べをやりやすくする意図がある。何気ない雑談のようでいて、実は大きな意味を持っているのだ。

「ですが、ハイウェイコースでは赤のスポーツカーは活躍できないでしょう」

「いえ、私なら少ないカーブでもうまく利用して追い抜けますよ」

ゲーム談義はますます盛り上がっていた。名無しさんは、これが取り調べ中だということすら忘れつつある雰囲気だ。すると、それを見計らったように大神が言った。

「そうだ。今から私たち三人で、《ＷＩＬＤ　ＤＡＳＨ》で対戦しませんか」

今からレースゲームで対戦？　さすがの私も面食らった。今は取り調べ中なのに。

「朝比奈さん、ゲームの用意をしてください」

大神から指示が下った。従っていいのか迷ったが、大神は本気のようだ。私は仕方なく据え置き機を取り出し、テレビにコードを繋いだ。

電源を入れて操作し、レースゲームを開始した。三人ともテレビの前に移動し、コントローラーを手に取ってプレイを始める。準備のいいことに、コントローラーはちょうど三つ用意されていた。

大神と名無しさんはプレイ経験済みだが、私は初プレイだ。車の選択画面ですら操作に迷って、大神に陰で失笑された。屈辱だ。

「それではいきますよ」

やがて三、二、一、とカウントが始まり、スタートの合図と共にレースが始まった。

先頭はスタートダッシュに成功した赤のスポーツカーの名無しさん。僅差の二位はシルバーのスポーツカーの大神。大きく離された三位が黒のクラシックカーの私だ。

「名無しさん、一位はもらいますよ」

大神がスピードを上げ、名無しさんに迫る。だが、カーブでの操作で名無しさんが大きく差をつけた。大神はどんどん離されていく。

しかし、大神の車はスピードがあるのか、直線で追い上げる。名無しさんは真剣な眼差し(まなざ)でテレビ画面を見つめ、目にも止まらぬ速さでコントローラーを操作した。二人の間で火花が散る。

だが、プレイの回数が勝負を分けた。名無しさんはカーブで着実に差をつけ、ぶっちぎりの一位でゴールした。大神は大きく遅れて二位。僅差は序盤だけだった。

「さすがですね、名無しさん」

大神は爽やかな笑顔で褒め称えた。名無しさんは嬉しそうにはにかむ。短いレースだったが、二人の間には微かな絆が生まれたようだ。

しかしそんな美しい光景の中、私はコースアウトを繰り返しゴールできずにいた。初プレイのレースゲームは難しい。これはいつだって変えられない真理のようだ。

「さて、さすがにそろそろ本格的に取り調べを始めましょうか」

すっかりリラックスした空気の中、検事席に戻った大神が言った。私たちは三人とも席に戻っていて、被疑者席に戻った名無しさんは、抵抗することなく首を縦に振った。信頼関係（ラポール）の形成は充分なようだ。

「では、支倉さんとルームシェアを始めてから、殺害に至るまでの経緯を教えてください」

まずは、名前のことには触れないらしい。いきなり名前を訊いても答えないだろうし、妥当な判断だろう。

「支倉さんと出会ったのは、三年前のことでした」

名無しさんは警戒する様子もなく、素直に語り始めた。

「三年前、私は道端で気分が悪くなってうずくまっていました。その頃はお金もなく、頻繁に体調を崩していたんです。ですが、そんなところを支倉さんに助けられました。支倉さんのアパートの近くだったので、回復するまで部屋で休ませてもらって、お茶も飲ませてもらいました。その時に、観葉植物を育てるという趣味が合って話が弾（はず）みました。部屋のベランダにたくさんの観葉植物が飾られていて、それを褒めたら支倉さんは嬉しそうにしていました。意気投合して、その後何度か会ううちにルームシェアをする約束になりました。当時私が住んでいたアパートを出て行かなければならない事情があって、それを聞いた支倉さんがルームシェアを持ち掛けてくれたんです。家賃を折半するということで、話はまとまりました。私は名前を名乗らなかったんですが、支倉さんはそれでいいと言ってくれました。普段は『キミ』と呼んでもらっていたんです。私たちの仲はうまくいっていました」

　最初は良好な関係を築けていたらしい。大神はうんうんと頷いて話を聞いている。

「ですがその後三年の間に、次第に仲が悪くなっていきました。明確なきっかけはありません。気が付けばそうなっていたんです。犯行当日は、観葉植物の水やり当番を私がサボったことを咎（とが）められて、カッとなって殺しました」

　名無しさんは語り終えると脱力したように椅子にもたれた。つらい記憶を語るのは大変だっただろう。しかしラポールがあったからここまで語れたのだ。

「なるほど。次第に仲が悪くなっていった。どの程度仲が悪かったんですか」

　大神は名無しさんの疲れ具合を見つつ、慎重に質問を放った。名無しさんはしんどそうだったが、それでも顔を上げて質問に答える。

「相当悪かったですよ。会話もなく、顔を合わせれば険悪な雰囲気になっていました」

「それはかなりのものですね。同居していてお気持ちはどうでしたか」

「最悪でした。私も支倉さんも、ルームシェア解消を考えていました」

　仲の悪さが次々語られる。これでは一つ屋根の下にいるのはつらかっただろう。

「そうですか。ですが、《WILD　DASH》で対戦はされていたんですよね。仲が悪いのに、ゲームで対戦していたというのはなぜなのでしょう」

　名無しさんが目を見開く。まずい、とでも言いたそうな表情だった。

「それは、一年以上前――会話がなくなるより昔の話です。最近は対戦していません」

　名無しさんは慌ててごまかす。しかし、大神はわざとらしく首を傾げた。

「一年間はプレイしていなかった。その割に先ほどはお上手でしたね。なぜですか」

「あ、それは、一人ではプレイしていたからです。あのゲーム、結構好きなので」

「ですがあのゲーム機は支倉さんのものでしょう。険悪な仲だったのに、どうしてゲームのプレイは許してくれたんですか」

「それはですね……。そう、支倉さんの目を盗んで、こっそりプレイしていたんです。支倉さんが外出している時とか、寝ている夜中とか。それぐらい好きだったんです」

「外出時は分かりますが、支倉さんが寝ている夜間もですか。１ＤＫの狭い部屋だったら、ゲーム音楽は音量を消すにしても、コントローラーのカチャカチャという操作音が聞こえてしまうのではないですか。どうやって音を消していたんですか」

「音が出ないよう、ゆっくりボタンを押すなどして操作していたんです」

「ですがレースゲームですよ。とっさの判断が必要になってくるレースゲームで、そんな慎重な動きがどうやったらできるのでしょう」

「その、ええと……」

矢継ぎ早の追及を受け、名無しさんはとうとう絶句してしまった。私でも、嘘をついていると分かる。《嘘発見器》の異名を持つ大神の本領発揮といったところだった。

「まあいいでしょう。次の質問に移ります。支倉さんと会話できていた頃は、どのような会話をされていたんですか」

大神は別方面から質問を繰り出した。質問が変わり、名無しさんはほっと息をつく。

「趣味の観葉植物のこととか、ゲームのこととか。後は見たテレビの感想とか。そんなものですかね」

「恋愛や結婚の話をすることはありましたか」

ここまで出てこなかった恋愛関係の質問が飛んだ。何か意味があるのだろうか。

「いいえ、ありませんでした。お互いずっと浮いた話はなかったので」

「支倉さんの方が、あなたに交際相手の存在を隠していた可能性は？」

「それはないです。それこそ検事さんの仰るように狭い１ＤＫに同居していたんですから、彼氏がいればさすがに気付きます。スマホの着信とか、外泊の頻度とかで」

「ですが、仲の良いお友達からスマホに着信があったり、そのお友達のところに外泊したりはしていなかったんですか。それと区別するのは難しいでしょう」

「いいえ、支倉さんにそういった友達はいませんでした。友達は私だけだったんです」

名無しさんは確信を持った口調で断言した。支倉の交友関係は狭かったようだ。

「ありがとうございます。よく分かりました」

大神はゆっくりと頭を下げた。ある程度話は聞けたということだろう。

大神は両手を組んでデスクに置き、名無しさんを見る。そして次いでこう告げた。

「名無しさん、あなたの証言は虚偽のものですね」


執務室に緊張が走った。名無しさんは驚きに頬を引きつらせている。

「どうしてですか。私は正直に話しています」

名無しさんが反論する。しかし大神は微笑みながら言葉を続けた。

「いいえ、あなたは大きな嘘をついています」

「嘘なんて……。一体、どこが嘘だというんですか」

名無しさんが、椅子から立ち上がりそうな勢いで言い返す。だが大神は冷静に、

「支倉さんと仲が悪かったという点が嘘です」

と指摘した。名無しさんは一瞬言葉に詰まる。

「仲は……私たちの仲は悪かったんです。先ほど言った通りです」

「残念ですが、それは嘘です」

大神は断言する。名無しさんは面食らったのかすぐには言葉を返せない。

その反応は、明らかに嘘をついている人のものだった。

「どうして、嘘だと思うんですか」

名無しさんはぼそぼそとつぶやく。大神は嬉しそうにそれに答えた。

「根拠はいくつかありますよ。仲が悪いのに一緒にゲームをしていたのかと訊かれた時の反応は、実に分かりやすかったですね」

「反応がどうこうなんて、そんなもの、根拠にも何にもなりませんよ」

名無しさんが噛み付くが、大神はゆっくりとかぶりを振った。

「根拠はまだあります。これは、あなたが住んでいたアパートの大家さんが言っていたことなんですが、支倉さんは引っ越しを考えていたようです。大家さんに、２ＬＤＫのいい部屋はないかと尋ねていたそうですよ」

私と友永が大家から聞いてきた話だ。どうやら意味を持ってくるらしい。

「それがどうしたんですか。私と一緒に住むのが嫌になって、出て行く予定だったんじゃないですか」

名無しさんはあくまで否定を続けた。それでも大神は微笑みを絶やさない。

「いえ違います。2LDKは一人で住むには広すぎます。もともと1DKに住んでいたのなら、引っ越し先も同じぐらいの広さで済むはずでしょう」

これには名無しさんも言葉を途切れさせた。大神は名無しさんに見えない角度で、得意げな笑みを浮かべる。横から見ている私にはそれがよく見えた。

「ちなみに、名無しさんと離れて別の人と同居を始めるから広い部屋が必要だった、という可能性はないですよ。あなた自身が、支倉さんには交際相手も親しい友人もいなかったと仰いましたから。ちなみに送検前の警察の捜査でも、一緒に住むほど親しい人物は名無しさんの他には見つかっていません」

逃げ道が一つ潰された。なるほど、あの恋愛関係の質問はこのためだったのだ。

「さて、こうなるともう、2LDKの部屋に引っ越す理由は一つだけですね」

大神はもったいぶって間を空けながら、その結論を口にした。

「支倉さんは、手狭になった1DKを出て、新たに広い部屋で名無しさんと一緒に暮らしたかった。だから2LDKに引っ越そうとしたんです。そんな風に一緒に引っ越すことを考えていた二人が、そこまで仲が悪いはずがないんです。つまり、会話がないほど仲が悪かったという名無しさんの証言は、明らかな嘘なんです」

大神の言葉に、名無しさんは何も言えなかった。

鮮やかな嘘の発見。《千葉地検の嘘発見器》の本領発揮だった。そして、その嘘の発見を支えたのは、大神の得意とする「認知的虚偽検出アプローチ」だ。大神の駆使するこの心理学的手法は、今回も大いに活躍した。


認知的虚偽検出アプローチは、様々な心理学的負荷を掛けることによって、言葉と態度の両面から嘘を見破る手法だ。認知心理学に基づくもので、心理学を取り調べに応用する取り調べ先進国のイギリスなどで取り入れられつつある。膨大なデータや実験に基づいて編み出されたやり方だ。大神は、かつてイギリス研修でこれを学んできたそうだ。

認知的虚偽検出アプローチは、とある大前提に基づいている。それは、「嘘をつくことは、真実を述べることよりも精神的に負担になる」というものだ。この手法では、面接者（この場合、検事）が被面接者（被疑者）に様々な心理学的負荷を掛ける。それらの負荷は嘘をついていれば重い負担になるが、正直に答えていれば負担にはならない。その負荷から生じる発言の矛盾や態度の不自然さを見抜くことで嘘を暴くのだ。

この手法では、面接者と被面接者の信頼関係（ラポール）を重視する。負荷を掛けようにも話をしてもらわないことには始まらないので、「この人になら話をしたい」と思わせる信頼関係作りが必要不可欠なのだ。だから大神は、事件に無関係なゲームの話題で名無しさんと盛り上がったり、実際にそのゲームをしたりしていた。話を聞いたり、雑談を交わしたりすることは信頼関係作りに大いに役立つ。

信頼関係が作られると、そこで初めて、面接者は本題に入る。本題では、被面接者を本題の記憶に導き、ＹＥＳ／ＮＯで答える、「クローズド・クエスチョン」ではない開かれた質問──「オープン・クエスチョン」でひたすら自由報告をさせる。「どうだったか」「なぜか」といった答えの幅が広い質問だ。その質問の後、回答の細部を確認することで、細かいところまで説明ができているかをチェックし、嘘か本当かを判断する。

オープン・クエスチョンでの自由報告は、真実を述べるなら簡単だが、嘘をつくなら細部の設定を次々考えねばならず、しかもその整合性にも配慮しなければならないので負荷が大きい。名無しさんはその負荷に耐え切れず、矛盾を呈したのだった。

「どうして嘘をついたんですか」

大神はさらにオープン・クエスチョンで問い掛けた。動揺している名無しさんは、握り締めた拳を震わせている。

「嘘なんてついていません。支倉さんがどう言ったかなんて、私、知りませんから」

それでも名無しさんは、頑なに嘘を認めようとしなかった。

「仕方ありませんね。では、ここからは肝心の問題についてお聞きします」

大神は、爽やかな笑顔でそう言った。名無しさんの肩が跳ね上がる。

「名無しさん、あなたの名前についてお聞きします」

大神はここで切り込んだ。

「ただし、名前が何なのか、直接は問いません。私がお聞きしたいのは、あなたがなぜ名前を名乗ろうとしないかです」

大神は理由の方を追及した。名前を名乗らせるよりは攻めやすいと考えたのだろうか。今回も「なぜ」というオープン・クエスチョンで名無しさんに迫る。

「名乗らないのは……ただ単に名乗りたくないからです」

「しかし何か理由があるでしょう。それだけでも教えてくれませんか」

大神は優しく問い掛ける。名無しさんは迷ったように視線を揺らした。先ほど嘘を暴かれた動揺が続いているのかもしれない。

「名乗るほど、大した名前でもないからです」

名無しさんは小声でぼそぼそと答えた。大神は笑顔でそれを聞いている。

「そうですか。では、お名前に思い入れはない、と」

「その通りです。どうでもいい名前なんです。だから名乗らないんです」

名無しさんはうつむきながら言った。大神は思案するように宙を見る。

「しかし、名前を名乗らないのなら生活は大変だったのではないですか。保険証や免許証など、名前の書かれたものを一切お持ちでなかったと聞きます。そこまでして、どうして名前を隠したんですか」

「それは先ほど言いました。大した名前でもなかったからです」

「なるほど。ですが大した名前でないなら、いっそ名乗ってしまった方が、生活は楽だったのではないですか。保険証や免許証がないのは大変ですよ。病院での支払いは全額自費になってしまいますし、役所などでの手続きの際、身分証明ができません」

「それは、そうですけど」

名無しさんはなぜか言葉を詰まらせた。ここに彼女を攻めるヒントがありそうだ。

大神もそう思ったのか、姿勢を前のめりにした。

「あなたは名前に思い入れがないと仰いますが、私は逆だと思います。思い入れのない、どうでもいい名前なら、とりあえず大事な時には名乗ってもいいはずです。それなのにあなたは名前を隠した。そこには好きであれ嫌いであれ、強い思い入れがあるように感じます。その点についてどう思われますか」

また「どう」というオープン・クエスチョンだ。大神は勝負を仕掛けている。

「私は……自分の名前が、嫌いでした」

ここに来て名無しさんは証言を翻した。名前なんてどうでもいいというのは嘘だったのだ。さすがは《嘘発見器》たる大神の認知的虚偽検出アプローチだ。

「ご自身の名前が嫌いだった。それで名前を隠しているんですね」

「はい。嫌な名前だから、名乗りたくないんです」

一応、筋は通る話だ。嫌いな名前を使いたくないというのは直感的に分かる。

だが、大神はそこで立ち止まることなく質問を続けた。

「そうですか。しかし、それなら全く別の偽名を使ってもよかったのではないですか」

名無しさんは首を傾げた。私もどういうことだろうと思う。

「バイト先のスナックの源氏名を偽名として使われていたそうですが、ごく限られた場面でのみですね。普段は偽名すら名乗らなかった。同居する支倉さんにも、偽名でさえ呼ばせませんでした。不便ですよね。どうして適当な偽名を使わなかったのですか。本名が嫌いなら、全く違う偽名を名乗ればいいだけなのに」

名無しさんはまた声を詰まらせた。まさか、まだ嘘をつき続けるつもりなのか。

「実に奇妙です。名前がどうでもいいなら名乗った方が楽だし、名前が嫌いなら偽名を使えばいい。この矛盾を解消する考え方は、一つだけです」

大神は指を一本立て、その考えを口にした。

「名無しさん、本当はご自身の名前が大好きだったのではありませんか」

「私が、名前を大好きだった。そんな、あり得ません」

名無しさんは抗弁するが、その声は弱々しかった。

「そうでしょうか。名前がどうでもいいわけではない。嫌いなのでもない。だったら残された可能性は一つでしょう。あなたは自分の名前が好きだったんです」

消去法でいけばその通りだが、さすがにその論理には無理がある。

「検事、好きな名前なら名乗らないはずがありません。余計に矛盾しています」

私は声を大にした。まだ名前が嫌いという方が説得力がある。

「そうでしょうか。大好きな名前を名乗れない、重大な理由があるとしたら」

大神は思わせぶりなことを言う。その理由とは一体何だ。

「ただその前に一言。私の名前は大神祐介というんですが、この祐介というのは両親の名前から一文字ずつ取っているんです。親子の絆とでもいうんでしょうか。名前の持つ重みを感じますね」

不意に大神の名前紹介が始まった。私も、名無しさんも面食らった。

「朝比奈さんはどうですか。どうして今の名前に決まったんですか」

そして私にまで話を振ってくる。名無しさんより、私の方が動揺してしまった。

「あの、私は朝比奈こころというんですが、心の豊かな子に育ってほしいと願って、両親が付けたそうです。願いがこもっていますし、響きも良いので気に入っています」

これは何の紹介だ、と思いながら喋る。だが、大神は満足そうに頷いていた。

「ありがとうございます。名前にはそれぞれ、多くの願いがこめられていますね。これはとても尊いことで、名前には何物にも代えられない価値があるんです」

大神は語り続ける。私はぽかんとしていたが、ふと名無しさんを見て驚いた。彼女は微かに目を潤ませていたのだ。

「多くの人は、そんな自分の名前を大切に思っています。価値あるものとして守り続けています。名無しさん、あなたもそうだったのではないですか」

名前を名乗らない人が、名前を大切にしている。本当にそうなのかと私は訝しんだが、名無しさんは目を赤くしていた。今にも泣き出しそうだ。

「昨日、現場のアパートの前で不審な男が発見されました。その場にいた刑事が声を掛け、警察署まで連行しました」

唐突に、不審な男の話が出た。友永が追いかけて捕まえた、あの男のことだ。

「彼は支倉さんの知人だと主張していますが、証拠は出ていません。ただそんなことより重要なのは、彼に前科があったということです。どんな罪状か分かりますか」

名無しさんは肩まで震わせていた。決壊寸前の堤防のような危うさが感じられた。

「名無しさんは当然ご存知ですよね。罪状は、公正証書原本不実記載です」

私が大神に報告した罪状。それが意味するところは――。

「戸籍の売買を仲介した場合、この罪状になるんですよ」

大神の言葉を聞いて、名無しさんは目を閉じた。あきらめにも似た表情が浮かぶ。

「記録によると、男は戸籍の売買を仲介したことで罪に問われていました。名無しさん、あなたはご自身の戸籍を、その男に仲介されて売ってしまったのではありませんか。恐らく、保険証などの身分証と一緒に。それらを売るということは、名前を売るということでもあります。そして、売ってしまった名前を大切に思っていたからこそ、あなたは他の名前を名乗ることに抵抗があった。だからできるだけ名前を名乗らないように生きてきたのではないですか」

名無しさんはまぶたを閉ざしたまま、ぴくりとも動かない。だが、その隙間からは涙が溢れ出てきていた。

「本当に大切な名前だったんですね。なくして、つらかったでしょう」

大神が優しく語りかける。名無しさんは少しの間耐えていたが、やがて限界に達した。彼女の頬を涙が伝い、その口から嗚咽が漏れ出した。

名無しさんは体を折り、吠えるような泣き声を上げた。

「私の名前は、両親が付けてくれました」

しばらくして落ち着いた名無しさんは、ゆっくりと自分の人生を語り出した。

「とても素敵な名前でした。私はその名前が大好きで、そして両親のことも大好きでした。幸せな幼少期で、楽しかった記憶しかありません」

名無しさんは幸せそうに回想した。だが、その表情は徐々に曇り始める。

「ですが、両親は私が中学生の時に、二人とも交通事故で亡くなりました。悲しかったです。心が引き裂かれるようでした。その後、私は同じ町に住む叔父夫婦のところにもらわれました。ですが、叔父は私の体を狙う最低の男でした。叔母も見て見ぬふりをしていることに危険を覚え、私は十八歳で高校を卒業すると同時に家を飛び出しました。ですが高卒で見も知らぬ土地に出て、まともな仕事に就けるはずもありません。裏社会で生きるうちに困窮し、検事さんの言う男――戸籍の売人に仲介され、戸籍や保険証を売りました。あの頃は本当に世間知らずで、戸籍を失えばどんなことになるか分からなかったんです。裏社会の人に口答えするのも怖くて、言われるがまま二束三文で戸籍や保険証を売りました。もう自分の名前を名乗れないいんだと気付いた時には売人とは連絡が取れなくなっていて、途方に暮れるしかありませんでした」

遠い目をした名無しさんは、再び潤んだ目元を拭い、話し続けた。

「その後、大好きだった名前をもう名乗れないことが悔しく、できるだけ名無しとして生きてきました。実際は名乗るぐらいならできたんでしょうが、戸籍ごと名前を売ってしまったという後ろめたさから、名乗ることもためらわれました。他の偽名を使うことも、前の名前を大事に思っていただけに、したくなかったんです。バイト先の源氏名だけは、仕事のために名乗るという意識があるので、我慢できましたけど」

一気に語り終え、名無しさんは椅子に深くもたれた。疲労感が表情に滲む。

「そうでしたか。大変な思いをされましたね」

大神はさも心を痛めたように振る舞う。しかし、ここまでの流れは全て想定通りだろう。大神は事前に得た情報により、戸籍売買のことを見抜いていたに違いない。それでもいきなりそれを問い質すのではなく、まず名無しさんの別の嘘を見抜いて動揺を誘い、その動揺が残っている状態で戸籍売買のことを暴いた。いきなり戸籍売買を暴くよりも、より心を乱しやすく、自白を取りやすい。効果的なやり方だった。

「支倉さんには、戸籍売買のことは隠していたんですね」

神妙な面持ちで、大神は問う。名無しさんは打ちひしがれた様子で答えた。

「はい。戸籍のことは踏み込んでほしくない過去でしたから。ただ、支倉さんは私の名前がない理由を追及したりせず、優しく一緒に暮らしてくれていました」

「支倉さんと仲が悪くなっていたというのも、嘘ですね」

「ええ、その通りです。私たちの仲はずっと良好でした」

観念したのか、名無しさんは素直に認める。大神は二度三度と大きく頷いた。

「さて、そうなってくるとお聞きしたいことが出てきますね。肝心の話です」

大神は身を乗り出し、名無しさんの目を見つめる。そしてこう尋ねた。

「名無しさん、あなたの本名は何ですか」

それを聞いて、名無しさんは目をしばたたいた。明らかな動揺のサインだった。

「あなたがそれほど大事に思っていた名前。どういったものなのか知りたいですね」

大神は優しげな声で迫る。だが、名無しさんは覚悟を決めたように首を振った。

「それはお教えできません。何と言われようとも、絶対に」


困った事態だった。よほど名前を大事に思っているのか、それとも別に事情があるのか。横で見守る私には、事件の背景はまだ見えてこない。

「仕方ありません。それでは、質問を再開しましょう」

それでも大神は爽やかにそう告げた。しかし、質問どうこうで真相が明らかになるようには思えない。

「名無しさん、あなたがご両親や叔父夫婦と暮らした町というのはどこですか」

出身地について質問が飛んだ。だが、それほど重要な質問だろうか。

「答えたくありません」

名無しさんはかぶりを振った。質問の意図が不明、しかも答えを拒否されるとは良くない流れだ。

「どんな町だったかでも結構です。いかがですか」

「何もない町ですよ。どこにでもある田舎(いなか)町です」

「では、何県ですか。それだけでもお教えください」

「それは……千葉県です。でもこれ以上は教えられません」

大神のしつこさに負けて、千葉県出身というのは分かった。しかし、それ以外に有益な情報はない。大神はどうするだろう。私は固唾(かたず)を呑(の)んで見守った。

「分かりました。ではもう一度《ＷＩＬＤ　ＤＡＳＨ》で対戦しましょう」

は？と私と名無しさんの声が揃った。またレースゲーム。しかもこのタイミングで。大神の考えていることが分からなくなってきた。

「朝比奈さん、準備をお願いします」

大いに困惑したが、大神への信頼が私を動かした。半ば疑問に思いながらも、私はテレビにコードを繋いでゲームを起動する。コントローラーも握った。

「前と同じ車種でいいですね。コースはお得意のアイランドコースでいきましょう」

混乱している名無しさんに無理やりコントローラーを握らせ、大神はコースを選択した。カーブが多く、名無しさんに有利なコースだ。

「それではいきますよ」

大神だけが一人明るい。私は戸惑いながらも、レース開始のカウントダウンを聞いた。三、二、一、スタート。レースが始まった。

最初はスピードに勝る大神が先頭に出たが、何回かカーブを経由すると、名無しさんがトップに立った。さすがに慣れている。一方、私はまたダントツの最下位だ。

「ところで名無しさん、質問よろしいですか」

レースの最中、大神がふと問い掛けた。名無しさんは驚いたようだったが、一位をキープしつつ首を縦に振った。

「あなたの通っていた高校ですが、どんな高校だったんでしょうか」

名無しさんはテレビ画面を見たまま怪訝（けげん）そうな顔をするが、質問には答えた。

「どんなって、どこにでもある高校ですよ」

「とはいえ特徴はあったでしょう。科は何科でしたか。普通科とか国際科とか」

名無しさんは画面と大神を交互に見つつ、考える間を空けて口を開く。

「商業科でした。そもそも、商業高校だったんです」

少し情報が手に入った。しかし、これだけではやはり足りない。

「高校への通学手段は何でしたか」

「電車です。最初は自転車でしたけど」

「どうして自転車通学をやめたんですか」

「それも答えないといけませんか」

「できればお願いしたいですね」

「距離が遠かったというのもあります。始発駅から終着駅までの距離でしたから」

オープン・クエスチョンでのやり取りは続く。私は少しの間そのやり取りを見ていたが、ゲームの方も見なければと思った。そしてゲーム画面に視線を戻した瞬間、私は驚いた。名無しさんと大神の車の距離が大きく縮んでいたのだ。先ほどまでは大差がついていたのに。

「おや、名無しさん。随分差が詰まっていますね」

大神は微笑んだ。名無しさんはコントローラーを乱暴に弄り、明らかに焦っている。

これは一体。そう思った私の脳裏に、最近読んだ心理学の本の内容が浮かんだ。大神の認知的虚偽検出アプローチを学ぼうと、自主勉強した本だ。

レースゲームをしながら質問に答えさせる。これは、心理的な負荷を掛けるための認知的虚偽検出アプローチの手法の応用ではないか。運転シミュレーションをしながら質問に答えると、心的負荷が高まり嘘が発覚しやすくなるという例が専門書にある。シミュレーションをよく似たゲームに置き換えた、これは発展形と言えるだろう。

「では次の質問です。先ほど名無しさんは、距離が遠かったのも自転車通学をやめた理由だと仰いました。これは他にも理由があったような言いぶりですね。他にどのような理由があったのでしょう」

名無しさんはまた画面と大神を交互に見て、不安定に瞳を揺らした。

「それは……」

「どのような理由ですか。何、緊張する必要はありません。この質問の答えから、あなたの隠していることを見抜くなど不可能でしょう。私の個人的興味から訊いているだけです」

大神は名無しさんを揺さぶる。心理的負荷を掛けているのだろう。私は期待して名無しさんの答えを待った。その間、大神の車が名無しさんの背後に迫る。

「別に大した理由じゃありません。自転車が錆びてしまっただけです」

名無しさんは追い詰められたように答えた。大神はそれに優しく応じる。

「自転車が錆びた。随分長く乗っていたんですね。いつ頃から乗っていたんですか」

「いえ。その……」

名無しさんはゲーム画面を見た。大神の車が名無しさんの車の真横にいた。

「高校に入ってから買って乗り始めました。中学までは乗っていませんでした」

「そうでしたか。長々と質問をして、失礼しました」

大神はにこやかに質問の終わりを告げた。それと同時に名無しさんの車は速度を上げ、カーブを華麗に曲がって大神を突き放した。

結局、名無しさんは一位でゴールをした。二位は大神、三位はもちろん私だ。

名無しさんはほっと息をつく。だが、大神はコントローラーを置き、椅子に座り直すと不愛想にパソコンのキーを叩き始めた。柔らかい笑みは消えており、これまでの愛想の良さはどこにもなかった。

「なるほど。やはりそうでしたか」

やがて大神はキーを打つ手を止め、パソコンの画面をじっと見つめた。彼の口元には、今までと違う得意げな笑みが浮かんでいた。何かを発見したようだ。

大神は画面から目を離し、名無しさんを見た。そして重々しくこう告げた。

「殺害動機について、何もかも分かりましたよ」

大神の態度に変化が起こった。微笑みを絶やさなかった柔和な表情はいつもの不愛想な無表情に戻り、真っすぐに伸ばされていた背筋は、椅子に深くもたれかかることでだらしなく曲げられた。両脚はデスクの下で乱暴に投げ出されている。

「名無しさん、やっと全て分かったよ。あんたの隠していた動機がな」

大神は口調をいつもの粗雑な調子に戻し、名無しさんをにらみつけた。名無しさんは急な変貌に驚いて目を見張っている。

「俺が質問しても答えてくれなかった出身地も、今、分かった。そしてその出身地が動機に繋がってくる」

　大神は視線を名無しさんから逸らさず、話を続けた。

「レースゲームをしながら質問に答えさせたのは、あんたを揺さぶるためだ。ゲームをしながらだと嘘はつきにくいし、言ってはまずいこともつい言ってしまうからな。そのお陰で随分情報が集まった」

　やはり認知的虚偽検出アプローチの一種だった。名無しさんは悔しそうに唇を噛む。

「集まった情報はこれだけだ。あんたは千葉県の田舎町出身。高校は商業高校で、電車だと始発駅から終着駅までの距離だ。最初は高校入学後に買った自転車で通学していたが、自転車が錆びてしまったので、電車通学に切り替えた。こんなところか」

　思っていた以上に情報が集まっている。だが、ここから何が分かるのか。

「ここで重要なのは、電車の路線距離だ。あんたは始発駅から終着駅まで乗っていたと言っていたが、その一方で自転車でもその距離を通学できていた。これは、路線距離が相当短いことを意味する。普通、始発駅から終着駅まで自転車では通えない」

　言われてみればその通りだ。となると、候補となる路線はかなり絞られてくる。

「さらに注目したいのが、自転車がすぐ錆びてしまったことだ。自転車は、高校に入ってから買ったものだとあんたは言った。しかし、そんなにすぐ自転車が錆びるか」

これも確かにその通りだ。あまりに錆びるのが速すぎる。

「この疑問を解消する答えが、一つだけある。それこそが最後のピースだ」

大神はそう言うが、私には分からない。果たしてどんな理由があるのか。

「その理由は、海に近い町に住んでいたということだ。常に潮風に晒（さら）されている場所なら、自転車の錆びは異様なまでに速い。あんたは海沿いの町に住んでいたんだ」

ゲームを利用した短い質問で、ここまで特定した。さすがは大神だ。

だが、大神はさらにその先へと目を向けていた。

「海沿いで、路線の短い電車が通っていて、終着駅付近に商業高校がある。そして、千葉県。ここまでくれば、もう答えは一つだ」

大神は情報をまとめ、先ほど検索したらしいパソコン画面を名無しさんに向けた。

「銚子市。あんたの出身地はここだ」

示されたパソコン画面が見えた。路線の短い、銚子電鉄の路線図が映っていた。

「その通り、私は銚子市の出身です。さすがですね、検事さん」

名無しさんは戸惑いながら言葉を発する。しかし、その声にはまだ余裕があった。

「ですがそのことと動機がどう関係するんですか。出身地なんて無関係でしょう」

名無しさんの言う通りだ。大神は確かに名推理を披露したが、動機とは関係ない。

どうするんだと私は大神を見る。すると、こちらにも余裕の笑みが浮かんでいた。

「支倉の出身地はどこだった」

唐突に大神が尋ねた。何ということはない質問だ。だが名無しさんは青ざめた。

「答えられないか。だったら資料を見よう。支倉は銚子市の出身だ。アパートの大家が同郷で、仲良くしてくれていたそうだな。おや、偶然にもあんたと同じか」

名無しさんが視線を逸らした。出身地の奇妙な一致。これは何かあるのか。

「名無しさんと支倉は、事件のあった習志野市で偶然出会ったはずだな。体調が悪かったところを介抱されて。それなのに、どうして出身地が同じなんだ」

いくら同じ千葉県でのこととはいえ、たまたま出会った二人の出身地が同じ。これは偶然が過ぎるだろう。

「しかも、二人とも両親を交通事故で亡くしている。こんな偶然、あるか」

さらに偶然が重なる。ここまで来ると、ただの偶然とは到底思えない。

「改めて訊こう。あんた、本当の名前は何だ。それが分かれば事件は解決だ」

名無しさんは目を伏せる。彼女の口元は苦しそうにゆがんでいた。

「言えないか。だったら言ってやろう。あんたの本当の名前は」

大神は真相を見破った嬉しさからか、不敵に笑って言った。

「本当の名前は、支倉青空だ。そうだろ」

執務室に静寂が下りた。大神は得意げに腕を組み、名無しさんは呆然と虚空を見上げている。私は今告げられた名前を信じられずにいた。

「検事、それは被害者の名前なんじゃないですか」

思わず問い掛けると、大神はうるさそうに私をにらんだ。

「事件の根幹は、やはり戸籍売買だったんだ」

大神はもったいぶった口調で真相を語り始めた。

「支倉青空なんていう珍しい名前が、偶然で一致することはまずない。となると考えられることはただ一つ。被害者の支倉青空は、名無しさんの戸籍を買い取った全くの別人だったんだ」

ここに来て思わぬ事実が明らかになった。支倉もまた、戸籍売買をしていたのか。

「もちろん、名無しさんはそのことを知っていた。支倉が自分の戸籍を買った女性だと知った上で、彼女に近付いたんだ」

路上で体調が悪くなりうずくまっていたというのも嘘だった。支倉に近付くための演技だったのだ。

「ひとまず名無しさんは『名無しさん』、その同居人の、支倉青空の戸籍を買った人物は『支倉』のままとして話を続けるぞ。名無しさんは戸籍を売ってしまったが、後になってそれを取り戻したいと思うようになった。ネットで根気強く自分の名前を調べると、とある会社のホームページに、優秀な社員として支倉青空という人物の名前と写真が上がっていた」

　大家が見せてくれた、あのホームページだ。名無しさんはこれに気付いたのだ。

「千葉県内で、この珍しい名前で、年齢も近い。戸籍を買ったのはこの人物に違いないと名無しさんは思った。名無しさんは、会社の前で待ち伏せて支倉を尾行し、自宅を特定。病人のふりをして接近し、仲良くなって同居を始めたんだ。観葉植物という趣味が合致したのも、偶然ではないだろう。名無しさんは、何度も支倉を見張って、ベランダの観葉植物から支倉の趣味を割り出したんだ。その後は恐らく、図書館の本などで観葉植物の知識を手に入れ、支倉に取り入ったんだろう」

　執念とも呼べる行動だった。自分の戸籍、自分の名前がよほど大事だったのだろう。

「しかし、そこまでして同居に持ち込んで、一体何をするつもりだったんでしょう」

　嫌な予感を覚えつつも、訊かずにはいられない。大神は横目で私を見た。

「もちろん、支倉から戸籍を奪い返すためだろう。自分の戸籍を使っている相手がいる以上、その人物を説得して身分証などを奪還し、二度と戸籍を使わないよう確約させる必要があるからな。揉めることも充分予想されるから、同居しておいて逃げ場のない部屋で交渉をするつもりだったんだろう」

名無しさんは最初からそこまで計画していたのだ。覚悟を決めた行動だった。

「では、動機は戸籍を奪い返すことであり、説得の際に揉めて、勢いで殺してしまったということですか」

これで何もかも明らかになった。そう思ったが、大神は首を左右に振った。

「それは違う。戸籍を奪い返すためだけなら、三年間も同居する必要はない。一日か二日で、交渉を始めればいいだけだ」

それなのに、名無しさんは三年間も支倉を殺さなかった。それはなぜなのか。そして、真の動機は何なのか。

「恐らく、誤算が生じてしまったんだろ。名無しさんは、戸籍を奪い返すつもりで支倉との同居を始めた。だが、二人は親密になってしまった。優しく看病されて気持ちが緩んでしまったか。支倉にも事情があったはずだと考えでもしたか。戸籍を買うために大金を払っただろうことも考慮し、全てを許したか。本心を胸の中に隠したまま傷の舐め合いをするうちに、気が付けば三年間も同居することになったんだろ」

二人が親密に――。予想外の展開だが、状況から導き出される答えはこれしかない。

「二人は友情を育み、名無しさんは敵意も忘れて同居を続けた。だが、この先に落とし穴が待っていた。詳しい事情は分からないが、名無しさんはあの戸籍の売人が、支倉と会っているところを見てしまったんじゃないか。売人が支倉のアパートの前をうろうろしていたのは、支倉の死の詳細を知るためだ。直前まで支倉と会っていたなら、詳しいことも気になるだろう。一方、信頼していた支倉が売人と今も繋がっていることを知り、名無しさんは疑念に駆られた。支倉は売人の仲間なのか。支倉青空の戸籍は、売人と仲が良かったことから格安で買い取ったのではないか。そもそも戸籍を買った理由だって、ギャンブルで金に困り、元の戸籍を売ったからなど自業自得のものだったのかもしれない。自分が想像していた支倉の苦労は全て妄想に過ぎず、現実の彼女は名前を売った側の苦労を食い物にする悪人だったんじゃないか。一度考え出すと、思考は止まらなくなったはずだ。だから、あんたは支倉を殺したんだ。三年間も自分を裏切り続けた代償として」

名無しさんの怒りは逆恨みかもしれない。しかし、私には分かるような気がした。支倉のことを信頼しきっていたからこそ、裏切られたように感じたのだろう。

「どうだ、名無しさん。俺の言ったことは正しいか」

全てを語り終えた大神は、脚を組んで問い掛ける。名無しさんはうつむき加減になっていたが、やがて顔を上げ、どこか吹っ切れたような表情を浮かべた。

「はい、全て検事さんの仰る通りです」

名無しさんははっきりとした声でそう言った。

「ベランダから、支倉さんの姿がよく見えました」

すっかり観念したらしい名無しさんは、素直に何もかも自供した。

「三年前、あの人はよくベランダに出ていました。観葉植物の世話をしていたんでしょう。時々空を見上げたりしながら、甲斐甲斐しく植物の世話をしていました。だから、外から様子を窺う(うかが)のは簡単でした。検事さんの仰った通り、図書館の本で観葉植物の知識を得て彼女に取り入りました」

名無しさんは遠い目をしていた。支倉と一緒に暮らしていたのは事件発生までのことだが、今はもう遠い過去なのだろう。

「検事さんの推理通り、私は支倉さんと親密になりました。優しく世話をしてくれたことや、彼女にも戸籍を買うに至る事情があったんだろうと思うと、殺すことはできませんでした。ずるずる同居するうち、友情が芽生えていったんです」

誤算から生まれた友情。そのままなら平和に終わったことだろう。しかし、厳しい現実はそれを許してくれなかった。

「同居し始めて二年ほど経つと、支倉さんがこそこそと出掛けるようになりました。一度や二度ではなく、何度もです。本人は隠しているようなんですが、バレバレでした。気になって跡を尾(つ)けると、彼女は公園で男と会っていました。見間違えようがありませんでした。私から戸籍を買い取ったあの売人の男です。二人は真剣な様子で何やら話し合っていました。そして、男の方が支倉さんに分厚い封筒を手渡したんです。遠目から見えた中身はお金でした。それを見て、私は衝撃を受けました」

　見たくない光景だっただろう。名無しさんの受けた衝撃の大きさが想像できる。

「支倉さんは戸籍の売人の仲間だったんです。戸籍を買わざるを得なかった被害者ではなく、戸籍を売買する側の加害者。『支倉青空』の戸籍だって、格安で買い取ったんじゃないか。そう感じると、疑惑は大きく膨れ上がっていきました。悔しく、裏切られた気持ちになりました。私は何ヶ月も考えましたが、目撃した光景を好意的に解釈することはできませんでした。考えに考えて、もう何もかもどうでも良くなった時、私は包丁を握り締めました。帰宅した支倉さんがいつものようにベランダに出たところを、背後から刺しました」

　名無しさんは話し終えると、がっくりと椅子にもたれ掛かった。全てを自供し、これ以上はもう何も喋れないようだった。

　私は、深く名無しさんに同情した。きっと名無しさんは、支倉のことを友人として大切に思っていたのだろう。そんな支倉が、自分の名前を奪った売人と一緒にいるのを見てしまった。売人は、右も左も分からなかった名無しさんから、戸籍や保険証を二束三文で買い叩き連絡を絶った人物だ。二人が一緒にいて金銭のやり取りまでするのを見て、名無しさんは裏切られたような感情を抱き、とても傷付いたはずだ。殺人は悪だが、彼女には大いに同情すべきところがあった。

「さて、退屈な長話は終わったか。それでは調書を取る」

ところが、大神は空気を読まずそう発言した。名無しさんは唖然として彼を見つめる。大神は基本的に、嘘を見抜くこと以外はどうでもいいという性格だ。もちろん被疑者の事情など聞きもしない。

「むだな感傷に浸る時間の余裕はない。朝比奈、調書を取るぞ」

促され、私はパソコンで調書の書式を出す。ここから、事務官は検事が述べる内容を記録し、それを調書にする。

驚きの抜けない名無しさんを前に、私たちは調書を作り始めた。

名無しさんが制服警察官に連れられ出て行った後、執務室には沈黙が下りていた。

調書の作成を終え、通常なら一段落となって落ち着く頃合いだろう。だが、執務室にはもやもやとした空気が残っていた。その出どころがあるなら、私だろう。

「検事、名無しさんには同情に値する事情がありました」

私は我慢できず声を上げた。だが、大神はパソコンをにらんだままこちらを見もしない。

「再捜査、すべきではないでしょうか。名無しさんを救う真実があるかもしれません」

私は自信を持ってそう言った。以前にも、私は調書を取った後の再捜査で新たな真実を発見し、被疑者の心を救ったことがある。もちろんいつだってうまくいったわけではない。でも大神に救われて、私は胸を張って再捜査を主張できるようになった。

「むだだ。やめておけ」

大神は短い言葉で素っ気なく言う。いつものことだ。しかし、その大神自身、とある事件で被疑者を想って掛けた言葉で、私と被疑者の心を救ったことがあった。あの時の大神こそが、本当の彼の姿なのだと私は信じている。そんな彼を尊敬もしている。

「まあ、あんたは言っても聞かないか」

大神はようやく私の方をちらりと見た。だがすぐに目を逸らす。

「勝手にしろ。後のことは何も知らん」

一応のゴーサインだろうか。もしかしたら怒らせてしまったかもしれない。少々気にはなったが、再捜査をしたい気持ちの方が勝った。私は執務室を飛び出し、名無しさんを救う捜査に向かった。

「そうか、さすがは大神検事だ。あの名無しの被疑者の口を割らせるとは」

隣を歩く友永が嬉しそうに言った。彼は前々から大神の実力を評価している。県警には明らかにできなかった名無しさんの謎も、大神が解き明かしてくれると信じていたはずだ。実際、事件が解決したと県警の受付に伝えると、忙しいのにすぐ正面玄関まで下りてきてくれた。

ただ、すぐ下りてきてくれた理由は他にもある。私の再捜査に付き合うためだ。友永は再捜査にいつも協力してくれる。事件解決の一報と共に、私が助けを求めに行くことを予想していたのだ。そんな友永だが、今回はいつも以上に彼の助けが必要だった。なぜなら、話を聞くべき相手は留置場に入っているからだ。留置場の廊下を歩いて面会室に向かいながら、刑事の友永の力を借りられることがとても頼もしく思えた。

面会室に入り、しばらくすると警察官に連れられて、あの男が現れた。現場となったアパートの前で、友永が捕まえた男だ。やけくそになったように乱暴に椅子に座る彼は、野村(のむら)というらしい。

「野村。あんたに聞きたい話がある」

野村は私たちを面倒臭そうににらみつけ、深く息を吐いた。

「俺を捕まえた刑事さんと、あの時一緒だった姉ちゃんか。何の用だ」

幸いにして野村は抵抗しなかった。私は安堵し、早速質問をする。

「あなた、支倉さんの知人と名乗ったそうですね。実際はどんな関係ですか」

「関係って、二度戸籍の売買を仲介しただけだよ。一度彼女の戸籍を買い取って、その後別の戸籍を売り付けた。それだけだ」

　支倉が戸籍を買った理由は、一度本物の戸籍を売ったかららしい。新しい情報だ。しかし、野村と支倉の関係がそれだけのはずはない。もしや嘘をついているのか。

「ですが、ここ最近、支倉さんと頻繁に会っていたのではないですか」

　名無しさんが目撃した光景だ。お金すら渡していたという。

「ああ、あれは向こうが俺を探し出して要求を突き付けてきたんだ。最初に売った戸籍を買い戻させてくれってな。でもそんなことできるはずないだろ。その戸籍はもう別人の持ち物なんだから」

　一瞬頭が混乱した。支倉が、元の戸籍を買い戻そうとしていただって？

「しかし、あなたは支倉さんにお金を渡していたんですよね。目撃者もいます」

「見られていたのか。あれは支倉が強引に渡してきた金を、もらえないと突き返していただけだ」

　名無しさんは誤解していた。支倉と野村は仲間ではない。裏切りはなかったのだ。だが、そうなると新たな疑問が浮かんでくる。

「だとすると、支倉さんはどうして元の戸籍を買い戻そうとしたのでしょう」

　それが謎だった。明らかに無理だと分かる要求なのに、どうして。

「さあな。そんなものは知らない」

野村はだるそうに椅子にもたれ、手をひらひらと振った。だが、すぐに思い直したように、待てよ、とつぶやく。

「そういえば支倉の奴、言ってたな。これは『大切な人のため』だって」

私は隣の友永と目を見合わせた。そういうことだったのか。


二日後。私と友永は時間を作って、千葉刑務所内拘置区に向かった。千葉地方裁判所に起訴された刑事事件被告人は、この拘置区に拘置される。大神によって起訴された名無しさんこと支倉青空は、現在ここに身柄を移されている。

「あなたは、検事さんのところの」

面会室に現れた私を見て、アクリル板越しの名無しさんは驚きの表情を見せた。

「検察事務官の朝比奈です。こちらは県警の刑事の友永」

名無しさんは交互に私たちを見て、少し頭を下げた。おずおずといった感じだ。

「今日はどうされたんですか。取り調べはもう終わったはずですけど」

警戒するように名無しさんは尋ねた。私は安心させようと軽く笑みを浮かべる。

「本日は、あなたにとって大事な話をしに来ました」

名無しさんはますます不安そうな顔をしたが、私は話を始める。

「ひとまず、あなたのことは『名無しさん』。被害者の方のことは『支倉さん』と呼びますね」

名無しさんは、はあ、と言い、渋々ながら聞く姿勢を取ってくれた。

「いきなりお伝えしますが、支倉さんは、あなたに戸籍がないことに気付いていたはずです。また、あなたが『支倉青空』の戸籍の元の持ち主で、支倉さんの元に潜入してきたことも知っていたはずです」

椅子がガタッと鳴った。名無しさんは半ば椅子から立ち上がりかけていた。見張っていた刑務官が慌てて身構える。

「そんなはずはないです。私はずっと戸籍のことを隠していましたから」

名無しさんは強弁するが、私はかぶりを振った。

「いえ、そもそも保険証も免許証もなく、呼び方が『キミ』だけなら、戸籍売買を知っている支倉さんは勘付いたはずです」

名無しさんは呆然として、面会室のアクリル板を虚ろな目で見つめた。

「最初は警戒したでしょう。命を狙われるかもと考えたはずです。ですが次第に、支倉さんは名無しさんに心を許すようになりました。同じような境遇だから同情したのでしょうか。あるいは、名無しさんが支倉さんに心を許したのが伝わったでしょうか」

「でも、支倉さんは売人と繋がっていたんですよね」

名無しさんは激しい口調で否定する。温かな物語を拒絶するかのように。

「名無しさん、それは勘違いです」

「だけど、お金の入った封筒を受け取っていたじゃないですか。あれは何のためですか」

名無しさんは頭を抱えた。支倉と売人の繋がりに固執しているようだ。

だったら、その勘違いを正すしかない。私は緊張しながら口を開いた。

「売人に話を聞きました。あれは支倉さんが強引に渡そうとしたお金を、もらえないと言って返しただけだそうです」

名無しさんは頭に当てていた両手を離した。そしてゆっくりと顔を上げる。

「売人に強引にお金を渡そうとした。どうしてそんなことを」

「名無しさんのためです。名無しさんに戸籍がないことを悟っていた支倉さんは、戸籍がないままでは、名無しさんがこれからも苦労すると分かっていました。そこで売人と会って自分の元の戸籍を買い戻し、余った『支倉青空』の戸籍を名無しさんに返そうとしたんです。自分の元の戸籍の代わりに全くの他人の戸籍を買うことをしなかったのは、もう誰も傷付けないためでしょう。しかし、売人と会っているところを勘違いされ、名無しさんに殺されてしまいました」

名無しさんは動きを止め、両手を垂らして放心した。信じられないのだろう。

「支倉さんは、戸籍を買い戻すのは『大切な人のため』だと言っていたそうです。きっとそれは、あなたのことですね」

声を失った名無しさんは、しかし目だけはこちらに向けている。まだ話を聞きたい。その目はそう語っているようだった。

「支倉さんの本当の出身地にも行ってきました。売人から聞いたんです。そこで、彼女の人生について知ることができました」

私はここ数日、支倉の地元で行った捜査を思い出していた。

「千葉県勝浦市出身だった支倉さんは、シングルマザーの母親に育てられていました。父親は早くに病死したそうです。母子家庭でしたが、幼少期は幸せに育っていたようでした。しかし母親の再婚で義父と同居するようになると、この義父が暴力的な人間だと分かりました。母親は心と体を病み、やがて病死。支倉さんは酒浸りで暴力しか振るわない義父から逃げるように、十六歳で街に出ました。彼女は学業優秀だったんですが、学校にも通えなくなります。そこからは裏社会で生きるしかなく、やがて戸籍を売ってしまいました。しかしこつこつ貯めたお金を元手に『支倉青空』の戸籍を買い、優秀な頭脳を売りにして会社に就職。社内で地位を確立しました」

名無しさんは黙って話を聞いていたが、話が終わるとすぐさま質問を放った。

「そこまで苦労して手に入れた地位なのに、どうして。私なんかのために、どうして」

名無しさんは自分の膝を拳で叩き、感情を剝き出しにして叫ぶ。刑務官が止めに入ろうとしたが、友永が手で制した。私はそれを受けて話を続けた。

「それでも名無しさんを助けたかったんでしょう。名前のないことに苦しみ、また本当の名前を取り戻したかったあなたの気持ち。それを分かっていた支倉さんは、『支倉青空』として築いたキャリアや人間関係を失ってでも、あなたに名前を返したかったんです。それほど、彼女はあなたのことを大切に思っていたんです」

洟(はな)を啜(すす)る音が聞こえた。膝を打つのをやめた名無しさんは泣いていた。

それを見て、私は最後にこのことを伝えて終わりにしようと思った。

「支倉さんの本当の名前、これも分かったのでお伝えします。彼女の本当の名前は、『吉川空(よしかわそら)』。『支倉青空』と『空』の字が共通しています。思えば、『支倉青空』は特徴的な名前で、戸籍を買うなら本当は凡庸な名前の方がいいはずです。それなのに、支倉さんは『支倉青空』の名前を良しとしました。両親が付けてくれた『空』という名前に思い入れがあったんでしょう。よくベランダに出ていたというのも、観葉植物の世話をする以上に、空を眺めていたかったんだと思います。自分の大好きな名前にある、その美しい空を」

名無しさんはそれを聞き、今度は大声を立てて泣いた。全てから解き放たれたような泣き方だった。

支倉が名無しさんの戸籍を手に入れ、その後名無しさんと出会ったのも、何かの運命のようなものだった。名前が導いた、不思議な縁だった。

名無しさんとの面会を終え、私は検事執務室に戻った。ドアを開けると、いつも通りの規則的なキータッチ音が響いていた。不愛想な表情で、大神がパソコンのキーを叩いている。

「ただいま戻りました」

報告して席に着いたが、大神はこちらを見もしない。名無しさんのところに行っていたということぐらい、大神なら分かりそうなものだが。

怒らせてしまっただろうか。大神は以前にとある事件で、被疑者を思いやった言葉でその人物を救った。その時の大神こそ真の姿だと思っていたが、それは勘違いで、相変わらず被疑者に情けをかけるのはむだだと思っているのだろうか。不安がむくむくと育ってきた。

と、その時、固定電話が鳴った。私は現実に引き戻され、慌てて受話器を取る。

「おう、朝比奈か。俺だ」

電話は友永からだった。その声を聞いて少しホッとする。

「名無しさんだが、真実を打ち明けられた後は落ち着いた様子だそうだ。危険なことをする兆候はないらしい」

友永には、拘置区を通して名無しさんの状況を探ってもらっていた。真相を明かされたショックで何かしでかしたら大変だからだ。

「それは良かったです。友永先輩、ありがとうございます」

「いいっていいって。大事な後輩のためならこのぐらいはするよ」

しばらく他愛のない会話が続く。だが、友永はふと思い出したように言った。

「そうだ。言い忘れていた。二日前——名無しさんの取り調べが終わった日の夜、俺、大神検事に電話をしたんだ。朝比奈はその時、席を外していたようだったけど」

「電話？　大神検事にですか」

再捜査を始めた日だ。夜ということは、最初の再捜査から帰ってきた後だろう。私が戸惑うのをよそに、友永は話し続ける。

「名無しさんのことを確認したくてな。それで、ひと通り確認した後、気になって訊いたんだ。大神検事は名無しさんのその後が心配にならないのかって。ほら、前に大神検事は被疑者の心を救っただろ。今回はどうなのか気になって」

名無しさんのその後。大神はそれを気に掛けていると信じたい。だが、今の大神を見る限り、被疑者のその後なんて知ったことかと考えていそうでもある。私は不安を覚えながら友永の続きを待った。

「でも、大神検事は、名無しさんのその後が気になるとも、気にならないとも言わなかった」

友永が口にしたのは思わぬ答えだった。私は戸惑うが、友永は続けてこう言った。

「大神検事が言ったのはたった一言。『うちの事務官がいるから心配するな』」

脳が言葉を処理するのに一瞬の時間が掛かった。だが、意味が理解できてくると、私の中で温かな気持ちが広がっていった。大神は、私のことを信頼してくれていたのだ。自分が何かしなくても、私が名無しさんのために動くと信じていた。

「それじゃあ、俺は仕事に戻る。またな、朝比奈」

友永が電話を切った。私は受話器を持ったまま、大神の方を見る。先ほどと変わらず、彼はパソコンのキーを叩いていた。しかし、そのキータッチ音はリズムが乱れ、どこかぎこちなくなっていた。通話する声が少しばかり漏れ聞こえていたようだ。

「何だ、人のことをじろじろ見て」

大神がさりげなさを装って言う。だが、途端にキータッチ音が一層乱れ、大神の心の中を見事に表現した。私は思わず吹き出してしまう。

「いえ、別に。何でもありません」

私はこぼれる笑みを抑えられないまま答える。大神は不満そうに眉を寄せていた。

私と大神。お互いに信頼し合っていれば、より良い仕事ができるだろう。言葉にはしないが、信頼の絆は確かにある。そのことが、私には嬉しくてならなかった。

第二話　もう一人埋めました

ふと窓の外を見ると、夜空に満月が浮かんでいた。

満月はことのほか大きかった。いつもより一層美しく輝いているようにも見える。どうしてかと考えていると、もしやという可能性が頭に浮かんだ。ネット検索をすると、予想通りだった。今日は中秋の名月だ。多忙な中、季節のことなどすっかり忘れていた。

「検事、今日は中秋の名月ですよ」

私は残業で疲れた背中を伸ばし、大神に声を掛けた。見上げた満月はいつにも増してまん丸で、夜空に存在感を放っていた。

「だから何だ」

それでも、大神は素っ気なかった。すでに定時で仕事を終えた大神は、黙々と夕食を食べている。

大神は検事執務室に住んでいるので、私が残業をする時、彼はその横で食事をしたり眠ったりする。仕事をしている横で食事、就寝をされるのは、慣れたとはいえやはり少しこそばゆい。

「検事はお月見とかしないんですか」

気になって尋ねたが、大神はフンと鼻を鳴らした。

「やるだけ時間のむだだ」

効率重視の大神らしい情緒のなさだった。彼が今食べているのも、効率の良い栄養吸収を考えたネバネバ丼だ。どんぶりのご飯の上にマグロの刺身をのせ、その上にオクラや納豆、長芋（ながいも）といったネバネバ食材をこれでもかと盛っている。栄養価は高そうだが、どうも情緒に欠ける。月見団子でも置いてあれば風情が出るのに。

情趣を解さない大神は無視して、私は夜空に視線を向け続けた。闇夜にぽつんと浮かんだ大きな月。それを見ていて、思い出す事件がある。私の中では整理がついているはずの事件だ。しかし、折に触れて悪い風に思い出してしまう事件でもある。

私の選択次第では、あの事件はもっと良い結末を迎えていたのに。今日は残業で疲れているせいなのか、考えが良くない方へと向かってしまう。最近めったになかった方向の思考の流れだ。自分を罰する考えが次々湧き上がってくる。

「またあの事件を思い出しているな」

大神の声ではっと我に返った。自分の世界に入り込むところだった。

「何を考えるかは自由だが、仕事の手だけは止めるな」

大神は冷たく言う。だが言葉の裏で、私のことを心配してくれていると感じた。そういう男なのだ。少しほっとした。

私は仕事に戻る。パソコンのキーを叩いて書類を作るが、どうも調子が悪い。先ほど思い出したあの事件を引きずっているのは明白だった。

こんなことは久しぶりだ。中秋の名月の魔力にでもあてられただろうか。

私が悩んでいると、大神が完食したどんぶりを置いて無表情で言った。

「箱の中にしまっておけ」

すぐには理解できなかった。どんぶりを何かの箱にしまえということなのか。私はよく分からないまま席を立とうとしたが、大神は違うと首を振った。

「負の記憶を忘れないでいることは、ある意味では大切だ。だが、ずっと思い出したままというのも負荷が大きい。普段は記憶を頭の中の箱のようなものにしまって、見えないようにすることも必要だ」

アドバイスをしてくれているらしい。珍しいことだ。私は大神をまじまじと見た。

「ぼうっとせず仕事に集中してもらうための助言だ。今のままでは効率が悪い」

大神は少し恥ずかしそうに言い、顔を逸らした。やはり、私のことを心配してくれているのは確かなようだ。安堵感が込み上げる。不安な気持ちが一気に和らいだ。

それにしても、妙に具体的なアドバイスだった。もしや大神は同じことを実践しているのか。となると大神にも、忘れないでいることが大切な負の記憶があるのか。思えば、私は大神の内心を何一つ知らない。機械のように被疑者をさばいていく彼に必死でついていっているだけだ。

大神は何を思い、何に悩んでいるのか。この時の私はまだ知らなかった。

そしてその二週間後、忘れられないあの取り調べが始まった。

被疑者の男性は、憔悴しきった様子で執務室に現れた。

黒縁の眼鏡を掛けた、二十代前半ぐらいの男性だった。黒髪を短く切り揃えた彼は、周囲を窺う不安そうな目をしている。終始おどおどした態度で、気弱な性格であることが手に取るように分かった。

彼は制服警察官に連れられて来たが、歩くのもしんどそうで、半ば引きずられるようにして席に着いた。席に着いた後もぐったりしている。取り調べ自体が果たして可能なのかと私は危ぶんだ。

「それでは取り調べを始めましょう」

それでも大神はにこやかに宣言した。いつもの取り調べ用スマイルを浮かべている。

「鵜飼連次郎さんですね」

名前を告げられ、男性は微かに頷いた。鵜飼というこの男性、ひとまず反応は見せたので取り調べはできそうだ。

「まずお伝えしておきますが、あなたには黙秘権があります。ご自身にとって不利益になる供述を拒否できる権利です」

いつもの説明が入る。鵜飼は目をきょろきょろさせながら聞いていた。

「では事件の話を始めましょう。鵜飼さん、あなたは殺人の容疑で送検されてきました。三年前に起きた殺人事件の容疑です」

資料を見ると、鵜飼は現在二十三歳。職業はフリーターだという。事件のあった三年前は二十歳で、千葉中央大学文学部の三年生だった。

「二週間前、千葉市内の森林公園で、散歩中の犬が白骨遺体を掘り出しました」

大神は事件の概要を語り出した。鵜飼に事実関係の確認を取るための説明だ。

「白骨が埋まっていたのは、森林公園内の散歩コースから大きく離れた場所でした。そこに迷い込んだ犬が掘り起こした白骨は、若い男性のもので、死後二、三年経過していました。また、肋骨に刃物で付けられたような傷があり、千葉県警は殺人事件と断定し捜査を開始しました。白骨の発見現場は、夜間は全くひとけのない寂しい場所でした。殺人犯が遺体を埋めるのに向いていると言えます。殺人の末の死体遺棄。警察は捜査を開始しましたが、犯人特定に至る証拠がなかなか見つかりませんでした」

白骨が見つかったのは、あの中秋の名月の数日後だった。そこから捜査は進められたがやがて停滞し、無為に一週間が過ぎ去った。

「捜査は一向に進展しません。しかしそんな中、自分が犯人だと自首する者が現れました。それが鵜飼さん、あなたです」

大神は鵜飼を正面から見据える。だが、鵜飼は疲れた様子で、あまり反応を示さなかった。

「鵜飼さんは大学生だった三年前に、柳秀臣という同級生を殺害して森林公園に埋めたと自供しました。自分が殺した証拠として、古い血痕の付いた包丁まで提出しました。これで柳さんを刺し殺したということでした」

この自首はニュースとして即座に報道された。他に大きなニュースがなかったこともあり、ワイドショーなどでも比較的大きく取り扱われた。

「県警は、すぐさま裏取りに着手しました。柳秀臣という大学生は確かに三年前に失踪していました。柳さんは放浪癖のある男で、失踪当時は家族も、またふらっと旅に出たのだろうという程度の認識だったそうです。家族が最後に連絡を取れたのは、失踪したと思われる日の一ヶ月前。不動産会社から親にクレームが入り、母親が連絡を取ったそうです。ちなみにそのクレームというのは、住んでいたマンションの部屋の床や壁を、柳さんが無断で総取り替えするリフォームをしたことに対するものでした」

柳はトラブルの多い男だったようだ。こういった問題を多々起こしていたという。無断リフォームについては原状復帰を求められたが、柳は拒否を続けていたそうだ。古い床板や壁紙は捨ててしまったから、元には戻せないと主張していたらしい。

「DNA鑑定の結果、柳さんの両親と親子関係ありと断定され、白骨は柳秀臣さん本人と確定しました。あなたが出頭時に提出した包丁に付着していた血液も、柳さんのものでした。また、彼の住んでいたマンションの部屋には現在は別の人が住んでおり、許可を得て捜査した結果、多数のルミノール反応が検出されました。拭き取られていたものの、大量の血液が飛散していたようです。こちらの血液のDNAも柳さんのものでした。したがって、殺害現場はマンションの部屋で間違いないと見られています」

物証は充分で、被疑者自身も殺害を自供している。これらのことから、県警は鵜飼を正式に逮捕。取り調べた上で送検したのだった。

「殺害現場のマンションの部屋からは、死体をスーツケースに入れて柳さんの車で運んだそうですね。森林公園まで運び、無断で公園内に入って埋めた。そして柳さんの車はどこかの山奥で乗り捨てたが、場所は覚えていない。間違いありませんね」

「はい」

大神の質問が始まった。鵜飼はぼそぼそと答える。覇気のない、空気中に溶けて消えてしまいそうなか細い声だった。

「柳さんの車を使ったということは、免許はお持ちだったんですね」

「はい。自分の車は持っていませんでしたけど」

「では、実際にはほとんど車は運転されていなかったんですか」

「ええ。時々、母親の車を運転させられたりはしましたけど、基本的に親とは不仲なので、そういった機会は少なかったです」

　鵜飼はうつむき加減のまま答えた。相変わらず元気がない。

「警察の実況見分では、柳さんの白骨が埋められていた場所を正しく指摘できたそうですね。三年前のことなのに、よく覚えていましたね」

「まあ、僕にとって印象深い出来事でしたから」

　投げやりな口調で鵜飼は言った。言った内容も皮肉めいている。

「そうですか。ではここからは、動機の話に移りましょう」

　大神がやや前傾姿勢になった。動機に何か気になることがあるのだろうか。

「鵜飼さん。あなたは柳さんとは中学からずっと同じ学校で、終始いじめられていたそうですね。絶対服従の扱いを受け、お金も脅し取られていたとか。そして三年前に、積もり積もったその鬱憤が爆発したとのことですね。もうそのような扱いを受けるのは嫌になり、柳さんを殺害したと」

「はい。その通りです」

警察の調書に書かれている内容だ。鵜飼は力なく頷いた。

「中学生の時、書店で参考書を万引きしたのを柳さんに見られてしまった。それがことの始まりだそうですね。その後ずっと、万引きをネタに脅されていましたか」

「ええ。柳はねちこい性格ですから。僕は万引きの件でずっと脅されて、金銭の支払いと絶対服従を誓わされました」

鵜飼の目に怒りの色が浮かんだ。ここまで気弱そうだった彼には珍しい感情表現だ。

「それは粘着質な性格ですね。そうやって脅されていたのは鵜飼さんお一人ですか」

「いえ、大勢いました。柳は脅迫相手のリストを作るほど、たくさんの人を脅迫していたんです」

恐ろしい話だ。鵜飼の言う脅迫相手のリストはまだ見つかっていないものの、動機は明白だ。これを前のめりになって聞いた大神の真意は何なのだろう。

「なるほど。よく分かりました」

大神は優しい声で言った。事件の概要の把握はここまでで充分ということだろう。

「ではここからは、柳さんがどのような人物だったか教えていただけますか」

鵜飼が虚を衝かれたような表情をした。意外な質問だったのだろう。

「柳さんについては思うところがあるでしょう。気持ちを吐き出してみませんか」

大神はにこやかに迫った。「どのような人物か」、これはオープン・クエスチョンだ。

ということは、これから認知的虚偽検出アプローチを始めるのか。動機が明白なのに、一体何の嘘を暴くつもりだろう。私は首を捻った。

「そう、ですね。分かりました。柳がどんな奴だったかお話しします」

鵜飼は迷うような様子を見せたが、やがて我慢できないとばかりに語り出した。

「柳秀臣。あいつはクズですよ。人間のクズです」

予想していた以上に乱暴な言葉が飛んだ。鵜飼は怒りに肩を震わせている。

「柳に脅されて、学校に行くのが怖くなったり、転校せざるを得なくなったりした人は大勢います。自殺をしようとした人もいるぐらいです。ですが脅迫のネタをばらされるのが怖くて、誰も脅迫の事実は言えないんです。柳の思う壺だと分かっていても、抵抗できないんですよ。ずる賢い奴です」

鵜飼は急に早口で多弁になった。よほど柳の行為に怒りを覚えていたらしい。

「三年前の僕も、脅迫されていつものようにお金を要求されていました。万引きはかなり昔のことでしたが、大学三年生で就活をしていて、面接を受けた企業に万引きのことを告げると脅され逆らえませんでした。柳はそういう悪知恵が働くんです。ですがこれ以上払うお金もなかったんです。親とは不仲なので相談できず、内緒で消費者金融にお金を借りたりもしていました。もう、限界だったんです。これ以上は我慢ならないと、呼び出された柳のマンションの部屋で彼を刺し殺しました」

鵜飼は顔を紅潮させながら、一気に喋った。そこまでされたら怒るよなと私も思う。万引きも殺人も悪だが、私は徐々に鵜飼に同情し始めていた。

「そうでしたか。大変な思いをされましたね」

一方の大神は、うんうんと頷きながら同情の言葉を述べる。これは信頼関係（ラポール）を形成するための手段だろう。柳への怒りという、鵜飼が一番語りたいことを語らせて傾聴することでラポール形成を狙っているのだ。

「柳さんがどのような人物だったか、他に言っておきたいことはありませんか」

「ええ、まだまだありますよ。お話しします」

鵜飼はここぞとばかりに、柳について語り続けた。

「ということで、柳はその後輩を退学に追い込んだんです。ひどい話でしょう」

次々と、柳に関する負のエピソードが出てくる。よくここまでの悪行を、と思うほど、柳の行為は卑劣かつ残酷だった。

「さぞ大変だったことでしょうね。鵜飼さんも心を痛められたのではないですか」

「その通りです。もう、見ているだけで可哀想で」

鵜飼が語り、大神が同情する。そんな流れがひとしきり続く。その間に鵜飼の、周囲を探るような視線はなくなっていた。大神のお陰で不安を軽減できた様子だ。

どうやら、ラポールは着々と形成されているようだった。

「さて、随分と貴重なお話が聞けました。そろそろこちらから質問してもいいですか」

「あっ、すみません、僕ばかり。検事さんからも、どうぞ」

ラポール形成は充分と判断したのか、大神が質問を切り替えにかかる。それに対し、鵜飼は平身低頭した。大神を信頼したことがはっきり見て取れる行動だった。

「脅迫のおおもとの理由である万引きですが、いつどこで行われたんですか」

大神のオープン・クエスチョンが放たれた。鵜飼は素直にそれに答えていく。

「中学二年生の時の二月です。十年ほど前ですかね。通っていた千葉東中学校の近くの萬栄(まんえい)書店という本屋さんで万引きをしました」

「万引きをした日にち、もう少し詳しく覚えていませんか」

「確か、二月二十六日でした。僕の誕生日が二月二十五日なんですが、成績が悪くて誕生日プレゼントが保留になり、翌日に挽回(ばんかい)のため参考書を買いに行ったんです」

「万引きをした参考書は、具体的にはどのようなものでしたか」

「中学二年生の数学をまとめた参考書です。『中二数学マスターブック』という名前でした。当時は特に数学が苦手だったので、つい手が伸びました」

「その参考書はいつぐらいに刊行されたものでしょうか。分かりますか」

「万引きをした二月二十六日が発売日の新刊でした。よく覚えています」

「そうですか。随分とよく発売日を覚えていますね。何か理由があったんですか」

「それはもう、できるだけ新しくて充実した参考書をと思っていましたから」

質問の連続にも、鵜飼は動じない。すらすらと極めて正確な答えを口にしていく。

これでは大神も攻めようがないんじゃないか。私は危機感を抱いた。

「なるほど。よく分かりました」

ところが、当の大神は穏やかな笑みを浮かべてそう言った。そしてパソコンのキーを叩き、何やら調べ始める。

しかし、これだけスムーズに答えられては追及のしようもないだろう。私はそう感じたが、大神はそうではなかった。彼はやがてパソコンから目を離し、こう告げた。

「鵜飼さん、あなたの証言は虚偽のものですね」


鵜飼の表情が凍り付いた。まさか、とでも言いたげに口元が半開きになっている。

「虚偽って、どういうことですか。僕は本当のことを話しています」

「いえ、それは嘘です。あなたの証言にはおかしなところがあります」

大神は、温和ながら自信満々の口調で言った。鵜飼は戸惑いに視線を泳がせている。

「どこがおかしいんですか。教えてください」

鵜飼は我慢ならない様子で噛み付くが、大神は軽く笑みを浮かべてそれに答えた。

「参考書の発売日です」

鵜飼も私もぽかんとした。それは鵜飼が正確に証言したはずだ。

「発売日は二月二十六日です。確認もしました。間違いありません」

「いいえ、それは間違いです。正しい発売日は二月十二日です」

大神は、あまりにも自然にそう告げる。だが、鵜飼は大いに反発した。

「そんなことはありません。二月二十六日です。僕はしっかり確認しました」

「確認ですか。一体、どうやって確認したんですか」

「それは……店員さんに確認を取りました。今日発売の本ですかと質問したんです」

「それで、店員さんは今日発売だと答えたんですね」

「そうです。その日に発売されたばかりと知って、購入を決めました」

鵜飼は自信がありそうだ。ここを突いて、本当に何か出るのかと心配になってくる。

しかし、大神は微笑を浮かべ、柔らかい声でこう言った。

「それは嘘ですね」

あまりにも端的な指摘。鵜飼は一瞬言葉を失った。

「どうしてですか。店員さんは確かに」

「店員さんには質問していないんでしょう」

大神は優しく言葉をかぶせた。鵜飼は目を丸くする。

「鵜飼さん、あなたは奥付で発売日を確認しましたね」

「奥付、ですか。ええと」

「本の最後の方にある、出版社や発行日などの書籍情報が記されているページです。そこの発行日を見て、それが正しい発売日だと思い込んだんですね」

大神は何を言っているのだろう。私は混乱してよく理解できなかった。

「奥付の発行日は、慣例として実際の発売日より二、三週間遅らせて書くんですよ。その参考書の場合、実際は二月十二日発売ですが、奥付には二月二十六日発行と書かれました。諸説ありますが、少しでも本を新しく見せるためにそうしていたものが慣例化して、今でも引き継がれているようですね」

そんなことがあるのか。私は意外に感じると同時に、大神の幅広い知識に感嘆した。

「ですので、ネットの書籍通販サイトに書かれた発売日の方が実は正確なんです」

そう言って大神はパソコンを鵜飼の方に向けた。横にいる私にも見えたので覗き込むと、鵜飼の言った『中二数学マスターブック』の発売日が二月十二日となっていた。

「鵜飼さん、どうしてこのような嘘をついたのですか」

大神は笑みを絶やさず、そう問い掛けた。

大神の指摘を受け、鵜飼はそれまでと一転して言葉少なになった。

「間違っていました。すみません」

「そうですね。間違いです。しかし、万引きの場所や日時、万引きした本のタイトルまで極めて正確に覚えていたのに、発売日だけ間違ったのは少し不自然ですね」

「それは、きっと勘違いです」

「勘違いですか。この勘違いは、奥付を見て発売日を確認した時にだけ生じるものです。それだと奥付で発売日を確認したということになりますが、それでいいですか」

「ええ、その通りです」

鵜飼は短い返事しかしない。警戒しているのだ。だが大神は追及をやめなかった。

「ですがそれだと疑問が残ります。鵜飼さんは奥付を見て発売日を確認しました。それなのに、先ほどは店員に発売日を聞いて確認したとあからさまな嘘をつきました。どうしてそんな嘘をつく必要があったのでしょう」

「そ、それは……」

下を向き、消え入りそうな声で鵜飼は言った。どうやら何か隠していることがあるのだと、横から見守る私にもはっきりと分かった。

「お答えになれませんか。でしたら、私の考えを述べましょう」

大神はさも優しそうに目を細めつつ、鵜飼を追い詰め始めた。

「中学生の時に万引きをしたというのは事実でしょう。それが原因で柳さんに脅迫されたというのも、また事実でしょう。ですが、そのことと今回の事件は無関係ですね」

鵜飼が慌てたように顔を上げた。どうやら図星らしい。

「鵜飼さん、あなたは万引きが事件の発端だと強く印象付けたかった。だから事前に当時の状況を細かく調べておいて、非常に正確な証言を作り上げたんです。しかし、奥付の発行日が実際の発売日と同じだと誤認するというミスを犯しました。本自体に書いてある日にちだから、正確なものだと思い込みましたね。しかも購入日が奥付の発行日と一致していたという偶然を利用して、より印象を強めようと、誕生日プレゼントの話や店員に確認したという作り話を添えました。そして、奥付で発売日を確認するという不自然な行為——普通、本の購入時にそんなことはしませんからね——をしたという事実は隠しました。結果的に、その作為が裏目に出ましたね」

まさに、策士策に溺れる。念入りに作り上げた偽証はほころびを見せ始めた。

「そして気になるのは、なぜ万引きを印象付けたかったかですね」

そこは私も気になっている。口角を上げた大神は、溜めを作ってからこう告げた。

「万引きの方に注意を向けさせて、真の動機を隠したかったからですね。万引きをして脅され、長年服従させられたから殺したという殺害動機自体、嘘だったのでしょう」

動機に嘘がある。大神に見抜かれた鵜飼は、戦慄(せんりつ)したように青ざめていた。

「鵜飼さんには、別の動機がありますね。そして、それを隠したいと思っている」

「違います。そんなことは……ありません」

反論するものの、鵜飼の言葉は弱々しい。隠された動機があるのかと私は驚いた。

「あなたの隠している動機とは何でしょう。教えていただけませんか」

大神はさらに迫る。鵜飼は陥落寸前の様子を見せるが、必死に踏みとどまっていた。

「動機は、万引きから始まった脅迫です。他には何もありません」

鵜飼は青白い顔ながら、きっぱりとした口調で言った。

「そうですか」

大神は温和なトーンでつぶやくと、力を抜いて椅子に軽くもたれかかった。

「そう仰るのなら、今回の取り調べはここまでですね」

唐突な取り調べ終了宣言。いつものことだが、私は唖然とした。

「検事、もう少し話を聞きませんか」

嘘がばれて相手は動揺しているのに。思わず問い掛けたが、大神は首を横に振った。

「朝比奈さん、これ以上は証拠が足りません。今日はここまでです」

追い詰めるチャンスなのに。そう感じたが、確かに物証は少ない。

「そうですね。柳さんの白骨からは微細証拠がほとんど出ませんでしたし」

年数の経過により、白骨からめぼしい物証は出ていない。大神がこれ以上追及できないのも仕方ないかもしれない。

鵜飼はそれを聞いてはっと顔を上げた。ひとまずは助かったと思ったのだろうか。

「もう一度証拠を集めてから、再度取り調べを行います。またお願いしますね」

大神は鵜飼に明るい笑顔を向けた。だが、鵜飼は反応しなかった。

「鵜飼さん。どうしましたか」大神が再び声を掛けた、その時、

「あの、検事さん。お話ししておきたいことがあります。本当は、初めから言わなくちゃいけないと思っていたことなんですが」

鵜飼はひどく思い詰めたような表情を浮かべ、ぽつりとこう言った。

「僕が森林公園に埋めたのは、柳だけではありません。もう一人埋めました」

大神の表情が険しくなった。私も意味を理解するや、強い緊張に襲われた。

「それは、もう一人殺して、埋めたということですか」

大神が静かに問い掛ける。私がごくりと唾を飲む中、鵜飼はゆっくりと頷いた。

「その通りです。三年前、大学の同級生だった篠宮友麻さんを包丁で刺して殺し、埋めました」

柳だけではなかった。鵜飼はもう一人、手に掛けていたのだ。

鼓動が速くなる。県警に連絡しないと、と思って固定電話に手を伸ばす。

だが、大神はやはり落ち着いていた。微笑みを浮かべ、鵜飼と向き合う。

「そのお話、詳しくお聞きしてよろしいですか」

「いいですよ。全てお話しします」

大神は笑みを見せながらも、深刻な面持ちで鵜飼の話に耳を傾けていた。

鵜飼を執務室から帰した後、大神は即座に県警に電話を掛けた。鵜飼の証言は私が事前に電話で伝えていたので、大神はすぐに遺体を掘り出すよう命じた。電話口から漏れ聞こえる県警の喧騒（けんそう）からは、驚きの感情が強く伝わってきた。

鵜飼は、篠宮友麻という同級生を埋めた場所をおおよそ覚えていた。そのため、県警捜査員はその付近に大量投入され、地面を掘り起こした。その結果、作業開始から三日目にして、地中から白骨が発見された。鵜飼の証言通りだった。

その後、鵜飼が自白しており、証拠も十分なため、検察は彼を追送致した。追送致とは、検察に送検された被疑者の余罪が送検後に発覚した場合、警察での取り調べは行わず書類送検をして、取り調べを検察に任せる方法だ。これにより、鵜飼の二つの殺人は大神がまとめて取り調べることになった。

この衝撃的な展開はマスコミの知るところとなり、世間はこの事件に一層注目するようになった。もともと大きなニュースがなく、ニュースの隙間を埋めるように報じられていただけの事件だったのに、まさかの展開に俄然（がぜん）注目が集まった。

「それで、白骨の状態はどうだったんだ」

椅子の上でふんぞり返りながら、大神は私の方を見た。私の手には、三日間地面を掘り続けて疲弊しきった友永が、つい先ほど届けてくれた調書がある。

「白骨は、紺のワンピースをまとった十～二十代女性と見られるそうです。肋骨の右胸の部分に、背後から刃物で付けたような傷が残されていました。刺殺でほぼ間違いないとのことです。そして鵜飼が証言した通り、凶器の包丁は彼の自宅近くの空き地から掘り出されました。その包丁には血液が付着していて、検査の結果、白骨遺体のDNAと一致しました」

「なるほど」

大神はたった一言でまとめた。そしてそれ以上調書について言うことはないらしい。パソコンに向き直って、いつものように書類を作り始めた。

相変わらずだなと私は思う。しかし、そろそろ捜査の指令が下るはずだ。私はこの時のために、書類仕事はあらかた片付けておいた。準備は万全だ。

「朝比奈」

お呼びが掛かった。私は、はい、と声を上げて立ち上がる。

「ここからはあんたの出番だ。捜査に出てもらう」

やはりそう来たか。半年間一緒に仕事をしていれば、大神の言動も読めてくる。

「特に、柳の脅迫相手リストの入手を最優先事項にしろ」

ところが、この一言には不意を突かれた。鵜飼が言っていた、柳が脅迫相手をまとめたリストのことだ。県警の捜査でも、まだ見つかっていないとのことだ。

県警でも見つけられないものを、どうやって見つけるか。私は不安ながら思案した。

「どうした、リストの入手は難しいか」

私の心中を見抜いてか、大神が挑発してくる。大神には負けたくないし、彼を満足させる成果を上げたい。私は迷いを振り切って、大きな声で返した。

「いいえ。必ず、見つけてみせます」

私はカバンを手に取り、執務室を飛び出して行った。


「いやあ、三日間穴を掘り続けるのはしんどかったよ」

ハンドルを握る友永は笑いながら言った。私と二人でのいつもの捜査だが、友永は重労働を終えたばかりだ。笑顔の陰にも疲労感が滲んでいる。

「すみません、先輩。体がしんどいのなら、無理に運転してくださらなくても」

私はおずおずと申し出たが、友永はいやいやと首を振った。

「俺たちが掘り起こした白骨についての捜査だ。ぜひとも参加させてくれ」

友永は溌剌（はつらつ）とした声で言った。この人は強い、と私は感服する。

「そうですか。でも、無茶はしないでくださいね」

「ああ。気を付けるよ」

友永は白い歯を見せ、ハンドルを右に切った。車は十字路を右折し、間もなく目的の喫茶店に着こうとしていた。今から篠宮友麻の大学時代の友人たちに会うのだ。

「篠宮友麻さん。友人の多い、綺麗な方だったそうですね」

県警が書類送検してきたデータを思い出して、私は言う。友永は、ああ、と頷いた。

「男女ともに人気があり、マドンナ的存在だったらしい。今回会ってくれる友人たちも、彼女の死を知って涙していたよ。良い人だったんだろうな」

「ですが彼女は、大学三年生の時に自主退学をして以後、行方不明だったんですよね」

「そうだな。親にも退学したことを言っていなかったようだ。娘から連絡がないのを気にして駆け付けた両親が、誰もいない一人暮らしの部屋を見て失踪届を出したのが三年前。その後発見されていなかった。まさか鵜飼に殺されて埋められていたとはな」

家族や友人たちは、必死で彼女の生存を祈っていたことだろう。胸が痛む。

「それにしても、柳さんと同じ大学の同級生が失踪していたのに、今まで捜査線上に上がらなかったんですか」

気になっていたので問うと、友永は苦い顔をした。

「言いわけをするなら、柳の失踪当時、彼女はすでに退学していたからな。柳と同じ大学の学生とは扱われていなかったんだ。捜査本部ではノーマークだった」

なるほど、それなら捜査線上にも上がってこないだろう。

「さて、こうなってくると問題は動機だ。鵜飼と篠宮は、小中高は別で、大学生になって初めて同級生になったそうだ。二人の接点は薄く、殺害に至る要素は少ない」

また動機の問題が出てくる。柳殺しに続き、篠宮殺しにも謎が多い。

「お、着いたぞ。この店だ」

車は左折し、喫茶店の駐車場に入った。篠宮友麻の事件について、新しい情報が得られるだろうか。不安な思いが私の中で渦巻いた。


篠宮友麻の友人は、二人とも目鼻立ちの整った美人だった。よく喋ったのが、明るい茶髪でロングヘアの、沢木（さわき）という女性。その隣で落ち着いているのが、黒髪ロングに黒縁の眼鏡を掛けた円谷（つぶらや）という女性だった。

「三年生の時に、友麻は急に退学しちゃったんです」

茶髪の沢木は早口で喋る。何かに急（せ）き立（た）てられているかのようだった。

「退学のことは、私たちには何も言ってくれませんでした。しかも退学後は一切連絡が取れなくなるし。私たちがどれだけ心配したか」

隣の円谷も首を縦に振る。二人とも本当に篠宮のことを気に掛けていたようだ。

「退学の直前、篠宮さんの様子に何か変化はありませんでしたか」

私が問うと、沢木はすぐさま答えた。

「ありましたよ。退学の数週間前から、明るい性格だった友麻が急に落ち込みがちになったんです。理由を聞いても教えてくれず、気が付いたらいなくなっていました」

沢木は多弁ながら落ち込みがちに語る。よく見ると、彼女の目元は赤くなっていた。私たちが着くまで泣いていたようだ。

「落ち込みの理由に、心当たりはありませんか」

隣の円谷にも話を振るが、彼女はかぶりを振るばかりだった。事件の真相にたどり着くには、この退学の謎も解く必要がありそうだ。

「ところで、篠宮さんの同級生だった鵜飼連次郎さんのことは覚えていますか」

そろそろだと思って、質問を切り替える。すると二人は表情を強張らせた。

「鵜飼が友麻を殺したんですよね。そうなんですよね」

沢木が強い口調で迫る。私は気おされそうになるが、そこへ友永が割って入った。

「捜査中のことですので、あまり詳しくはお伝えできません。ご了承ください。ですが、お二人の証言次第で、事件の真相は明らかになると思うんです」

慣れた対応だった。私の十倍は同じ状況に居合わせている。

「分かりました。鵜飼について話せばいいんですね」

沢木は不承不承の様子ながら、怒りを呑み込んで証言を始めた。

「鵜飼は何と言うか、ごく簡単に説明すれば日陰者でした。暗い性格でいつもおどおどしていて、友達もいなかったようです。私たちの間では笑いものになっていました」

怒りを抑えたものの、沢木の証言は辛辣だ。とは言え、当時の鵜飼に対しても、彼女たちがこのような感情を持っていたことは想像に難くない。

「友麻を殺したなんて、きっと鵜飼はストーカーだったんですよ。友麻に一方的な好意を抱いて、身勝手に殺したんです」

沢木は声を詰まらせて涙する。円谷がその肩を抱いた。

「でも鵜飼が友麻に好意を抱いていたのって、結構あり得る話だと思うんです」

嗚咽を漏らす沢木に代わって、円谷が話を受け継いだ。思うところがあるようだ。

「私たちは鵜飼のことを良く思っていなかったんですが、友麻はそんなことはありませんでした。彼女は鵜飼のことを馬鹿にはせず、気に掛けて話しかけたりしていたんです。鵜飼は絶対に友麻のことを好きだったと思います。友麻の方ばかり見たりして、態度に表れていましたから」

鵜飼が篠宮に好意を抱いていた。これは事件に繋がりそうな情報だ。

「沢木さんも、そう感じていましたか」

私が問うと、涙する沢木も頷いた。これは間違いないようだ。

取り調べ中は鵜飼に同情したが、もしかしたら彼は負の一面も持ち合わせていたのかもしれない。捉えどころのない不安な気持ちが、胸の中を満たしていった。

「そういえば、これは関係ない話かもしれないんですけど」

と、円谷が続けて口を開いた。私は頷いて話を聞く体勢を取る。

「最初に遺体が見つかった柳君も、友麻のこと好きだったなあ、って」

話が柳に飛んだ。どうすべきかと思ったが、一応続きを聞くことにする。

「柳君、友麻にすごく優しかったんですよ。大きな車でドライブデートに誘っていましたし。柳君には友麻への恋愛感情があったはずです。皆、そう言っていました」

もしや、恋愛関係のもつれによる殺人なのか。思わぬ方向に考えが飛び始めた。

鵜飼、柳、篠宮。この三人の間で何かがあったのか。真相はまだ全容を現さない。


喫茶店で友人二人から証言を聞いた後、私たちは柳の実家に向かった。柳の実家は千葉市内にあり、住宅街の中でもひときわ目立つ大きな邸宅だった。

「秀臣には、望むだけのことをしてあげたつもりでした」

縦縞（たてじま）の木目が美しいテーブルに紅茶のカップを置きながら、柳の母親は力なく言った。

「でも、それがあの子には良くなかったみたいですね。自分には何でも手に入ると思い込んで、傲慢（ごうまん）に育ってしまいました」

うなだれて革張りのソファに腰を下ろす母親には、事件の被害者遺族らしい、怒りや憎悪の感情はなかった。代わりにあるのは、贖罪(しょくざい)や自罰の感情だ。

報道で、柳がこれまで行ってきたことは世間に知れ渡っていた。批判的な報道が多かったお陰で、この家も嫌がらせを受けていると聞く。

「もういいじゃないか。死んだ我が子を悪く言うことはないだろう」

柳の父親が顔をしかめた。母親の背をなでながらも、表情にはいら立ちが浮かぶ。

「それで、ご用件というのは何ですか。もう警察に洗いざらい話しましたが」

父親が険のある声で言った。私は緊張しながらも、その要求を口にした。

「秀臣さんの私物、拝見できませんか。警察が押収しなかったものについてです」

父親は不審そうに眉を寄せた。だが私は引くつもりはなかった。

「お願いします。すぐに終わりますので」

私は頭を下げる。狙いは、柳の脅迫相手リストだった。マンションの部屋に残されていた私物は、全て柳の両親が引き取って実家に置いていた。警察はそれらをいくつか押収したが、リストを見つけられていないということは、押収していない品の中にリストが隠されている可能性が高いということだ。

「仕方ないですね。荷物は二階の秀臣の部屋に全部あります。好きに調べてください」

父親の許諾に、私は内心で安堵の息をついた。これでリストを探すことができる。

横にいる友永もホッとした様子だった。私たちは一礼し、二階へ向かう。

だが、そこからが大変だった。二時間かけて探しても、リストはどこからも見つからなかった。本棚の本のページの間まで丹念に探したのに、どこにもない。

「残念だが、空振りだな」

床に座り込んだ友永が嘆息した。さすがの彼も疲れきっている。

「すみません、先輩。穴掘りもしてしんどいところを」

「いや、大丈夫だ。ちょっと休めばすぐ回復するよ」

あきらめの雰囲気が漂い始める。だが、その雰囲気をノックの音が破った。

「あの、もう一度お紅茶でもいかがですか。お疲れでしょう」

柳の母親だった。申しわけなさそうな顔をして、カップを盆に載せて運んで来る。

「ありがとうございます。いただきます」

友永はカップを受け取り、ぐいと飲んだ。私もおずおずと手を伸ばす。

「私の息子が起こした不始末で、こんな苦労をお掛けして。申しわけありません」

母親は深々と頭を下げた。やめてくださいと友永が制するが、彼女は謝罪を続けた。

報道を受けて、母親は傷付いたのだろう。つらい経験だった。

「小さい頃はあんな子じゃなかったんです。元気で、優しい子でした」

息子語りが始まった。友永は困惑気味だが、私は続きを聞こうと思った。ここで打ち切るのはあまりに失礼だ。大神がいつも被疑者の話を優しく聞いているのを真似て、私は耳を傾けた。

「私が風邪をひいた時は、小学校二年生なのに看病してくれて。嬉しかったです。私の誕生日にはプレゼントをくれたりもしました。感動して泣いてしまいましたよ」

どこにでもあるような話だが、彼女にとってはかけがえのない思い出なのだろう。私は黙って聞いた。言葉を挟むことはするべきではないと思った。

「大学入試に受かった時は、家族でお祝いをしたんです。不愛想だったけど、私の作った料理はちゃんと食べてくれて。楽しい時間でした。我が子の成長を感じました」

時折声を詰まらせながらも、母親は語りを止めない。次第に熱がこもってきたのか、洟を啜り目を潤ませていた。私までつられて涙してしまいそうになった。

母親は思い出話を続ける。大学入学後は、一人暮らしを始めた息子の自主性に任せて、住まいを訪ねることはほとんどなかった。でも、息子のことはとても大切に思い続けていた。放浪癖のある息子が、また遠くへ旅に出たと聞いて、不安になりながらも彼の成長を期待して、敢えて連絡を取ることもなかった。

「それで、それで、息子は」

母親は体をくの字に折り、わあっと声を上げて泣き出した。私も友永も、そんな彼女に何もできなかった。無力だと思った。

「友永さん、朝比奈さん。すみませんでした」

やがて、泣き尽くした母親は身を起こし、なぜか吹っ切れたように少しだけ笑った。

「話を聞いていただき、ありがとうございます。面倒ついでにもう一つだけ、お話を聞いていただけないでしょうか」

母親は心を決めたような表情をしていた。私は友永と顔を見合わせる。

「少しお待ちいただけますか」

母親は部屋を出て階段を下って行った。その後、一階から言い争う声が聞こえた。

母親と父親が何やら口論しているようだ。

しばらく続いた口論は、やがてぴたりと止んだ。そして階段を上がる足音が聞こえ、母親と父親が二人そろって現れた。

「お待たせしました。実は秀臣の私物の中に、こんなものが」

母親は、ノートの切れ端を一枚差し出した。何かのリストが手書きで記されている。

私はまさかと息を呑んだ。

「これ、脅迫相手のリストじゃないか」

友永がささやいた。確かにそのリストには、人名と弱みらしきものが記されていた。

柳の脅迫相手リストと見て間違いないだろう。

「どこで、これを」私が尋ねると、父親があきらめの滲む口調で答えた。

「秀臣の机の中に隠されていました。私物を受け取った三年前に見つけたんです」

警察が押収する前に、すでに両親が回収していたらしい。だが、どうして。

「どうして今になって、これを見せてくださったんですか」

私は当然の問いを口にする。このリストは、柳秀臣の罪の記録だ。こんなものを出せばまた報道やネットで叩かれるだろうに、どうして。

「あなたが、初めて秀臣の思い出を聞いてくださったからです」

母親が私のことを見つめながら、優しい声で言った。

「今まで、捜査に訪れた方はどなたも、私が秀臣の思い出話を始めると遮って聞いてくれませんでした。でもあなたは黙って聞いてくれた。それが嬉しかったんです」

母親は微笑した。父親が、そんな彼女の背中をさする。

決してこの結果を期待したわけではなかった。しかし、大神の技を真似て話を聞いたことが、リストの入手に繋がったのだ。大神の技術をしっかり自分のものにできているることが実感でき、自分の成長を感じた。

「あなたになら、この証拠を託せると思いました。どの道、こんな大事な証拠を隠し続けるのはもう限界です。提出しますから、捜査にしっかり役立ててください」

母親は深々と一礼した。父親も遅れて頭を下げる。私は大したことはしていないのにと思いながら、頭を下げ返した。

両親の思いをむだにはできない。私は必ずや真相解明に繋げると心に誓った。

リストには十六人分の名前が並んでいた。学生はもとより、教師や大学教授の名前まである。そのいずれもの横に「窃盗」「いじめ」「不倫」などの脅迫理由が記されていた。

「当然だが鵜飼の名前もあるな。脅迫の理由は『万引き』『埋めた』か」

椅子にだらしなくもたれた大神がつぶやく。彼の手元にはリストの原本があった。私も手元のコピーを見たが、鵜飼の欄にはなぜか脅迫の理由が二つある。

「検事、『万引き』というのは分かりますけど、『埋めた』というのは何でしょう」

私が質問すると、大神はフンと鼻を鳴らした。

「そんなことは自分で考えろ」

相変わらずの態度だが、大神は「埋めた」の意味が分かっているような気がする。彼の反応を見てそう思えたのだ。

ただ、このリストにはさらに気になるところがある。私はそれを問い掛けた。

「あの、リストには篠宮さんの名前もありますよね。これってどういうことですか」

リストの下の方。そこには「篠宮友麻」の名前があった。脅迫の理由は「未遂」。

「未遂って何でしょう。篠宮さんは、柳さんに脅迫されていたんでしょうか」

「何でもかんでも俺に訊くな。少しは自分で考えろ」

大神は椅子を回して背を向ける。だが、その言いぶりには自信が感じられた。間違いない。大神はこのリストの謎をすでに解き明かしている。だから大神が、

「朝比奈、明日の予定を一つ変更できるか」

と言った時、私は戸惑うことなくすぐに返答することができた。

「鵜飼連次郎の取り調べですか」

「そうだ。朝一番に入れられるか」

期待が大きく膨らむ。私は、はい、と返事をして即座に関係各所への連絡を始めた。

「ポイントは、なぜ鵜飼が急に『もう一人埋めました』と言い出したかだ」

電話を掛けながらも、大神がつぶやいた一言が妙に耳に残った。そう、鵜飼はなぜ突然、もう一件の殺人を告白したのだろうか。そこに真相解明の糸口があるはずだ。


「鵜飼連次郎さんですね」

執務室の席に着いた鵜飼は、小さく首を縦に振った。前回同様、周囲をきょろきょろと窺う視線は変わらず、気弱な印象はぬぐい去れなかった。

「それでは取り調べを始めます。まずは、そうですね」

「あの、その前に」

大神が優しい声で話をしようとしたが、それを制して鵜飼が口を開いた。思わぬ強引さに私はちょっと驚いた。

「篠宮さんのご遺体は、どうなりましたか。見つかったんですか」

鵜飼は早口になって問う。彼らしくない性急な態度だった。

「それについては、残念ですがお教えできません。捜査上の秘密です」

鵜飼の要求を、大神は柔らかく拒絶した。この点については不思議なのだが、大神は篠宮の白骨発見の一報が鵜飼の耳に入らないよう、徹底してシャットアウトをしている。何か狙いでもあるのだろうか。

「きちんと証言していただければ、後ほどお教えできます」

大神は微笑んでそんな餌を垂らす。鵜飼は悔しそうだが、了承を示すように頷いた。

「それでは、二つの殺人について証言をお願いします」

「はい。大学生時代、僕は友達がいなくて孤独だったんです。でも、篠宮さんだけは優しく接してくれました。あれだけ綺麗な人に優しく接してもらえたら、好意を抱いてしまうというものです。僕は彼女が好きになり、やがて告白しました。ですが拒絶され、怒りを覚えました。僕は彼女を森林公園に呼び出し、刃物で刺殺しました。シャベルは持参していたので、それで穴を掘って埋めました。柳は、僕の怪しい素振りに気付いたんでしょう。僕を尾けて殺害現場を目撃して脅迫してきました。これはまずいと思ったので、柳も彼のマンションで殺しました。その後は、柳の死体をキャリーケースに詰め、車のキーを持ち出して柳の車を使い、死体を運びました。森林公園まで運ぶと、持参したシャベルで穴を掘り、死体を埋めました。これでいいですか」

鵜飼は不安そうな目を左右に揺らす。大神は結構ですと言って大きく頷いた。

「篠宮さんに拒絶されたこと。柳さんに殺人を見られたこと。それが真の動機ですか」

「ええ、そうです」

大神の問いに、鵜飼は短く答えた。この通りだとすると、柳の脅迫相手リストにあった鵜飼の「埋めた」という脅迫理由の意味が分かる。「埋めた」というのは、鵜飼が篠宮の遺体を森林公園に埋めたことなのだ。しかし、そうなると疑問が一つ生じる。

「ではどうして、先日は万引きで脅迫されていたと嘘の動機を仰ったのでしょう」

当然、大神はその疑問を突いてきた。しかも「どうして」というオープン・クエスチョンだ。認知的虚偽検出アプローチのスタートだ。だが、鵜飼はすぐさま答える。

「篠宮さんの殺害を隠すためです。柳の真の殺害動機を知られたら、連鎖して篠宮さんの殺害にも気付かれてしまいますから」

柳を殺害した理由は、「篠宮殺しを目撃され脅迫されたから」だ。確かに、これを証言してしまえば柳殺しだけでなく、篠宮殺しの罪まで負わなくてはならなくなる。

私は納得しかけていた。誰だって二件の殺人罪より、一件の殺人罪で済む方がましだと考える。

しかし、大神はさらなる質問を放った。

「では、どうして最終的に篠宮さんを殺害して埋めたことを証言したのでしょう。黙っていれば、永遠に分からなかったかもしれないのに」

一瞬、鵜飼が言葉に詰まった。大神の言った通り、ポイントは「もう一人埋めました」という証言なのだろう。

「検事さんに追い詰められて、隠しきれないと思ったからです」

鵜飼はやや狼狽しながらも、答えを捻り出した。確かにあの時、鵜飼は万引きについての嘘を見抜かれ、動揺していた。

「ですがあの時の私は、篠宮さん殺害には一切勘付いていませんでした。さすがに拙速に過ぎたのではありませんか」

「それは、そうですが。でも、僕は隠しきれないと思い込んでしまったんです」

再度の指摘に、鵜飼は目を泳がせた。どうも怪しい。

大神は大きく息を吐いて一呼吸置く。さらなる追及が見られるだろうか。

「まあいいでしょう。では篠宮さん殺害時の詳しい状況についてさらにお聞きします」

ところが、大神は話題を変えた。鵜飼はどこか安心した素振りを見せる。さらに追い詰めれば良かったものをと思うが、大神のことだ、何か考えがあるのだろう。

「篠宮さんを埋めた場所、ある程度正確に証言できたそうですね。三年も経っていたのに、どうしてそんなによく覚えていたんですか」

「柳の時と同じです。印象的な出来事だったので、よく覚えていただけです」

鵜飼は皮肉めいた笑みを浮かべた。この証言に不自然なところはない。

「では、篠宮さんを埋めた場所ではなく、殺害した場所はどこだったのでしょう」

「どこ」。殺害の場所を問うオープン・クエスチョンだ。ただ、これも答えるのは簡単だろう。鵜飼と篠宮は森林公園で待ち合わせたのだから、その待ち合わせ場所の近くが殺害現場のはずだ。もちろん、遺体を埋めた場所の近くでもあるだろう。そう思ったが、どういうわけか鵜飼は言葉に詰まっていた。

「おや、どうされましたか。簡単な質問だと思ったのですが」

大神が、気に掛ける風を装ってプレッシャーを与える。鵜飼はごくりと唾を飲んだ。

「篠宮さんの遺体が埋められていたあたりからは、血液反応は出ませんでした。となると、そこから離れた別の場所が殺害現場のはずですね。それはどこでしょう」

三年も経てば屋外の血液反応は出にくくなると思うが、大神はそれには言及しなかった。そのせいで鵜飼は、血液反応がないから殺害場所は別という大神のはったりを認めてしまったようだ。

「森林公園の、入り口から少し入ったあたりです」

「もう少し具体的にお願いします。駐車場のあたりですか、建物のあたりですか」

「それは……ちょっと覚えていません」

妙な反応だった。鵜飼はしきりに腕をさすり、緊張を示している。

「おかしいですね。遺体を埋めた場所は印象深くはっきり覚えていたのに、殺害した場所は覚えていませんか。同じぐらい印象深い経験だと思いますがね」

指摘され、鵜飼は軽く震えを起こす。これは絶対何かを隠していると私は確信した。

「ですが、覚えていないものは覚えていないんです」

「ふうむ。そうですか」

大神は顎に手を当て、少しの間考え込んだ。

「では、篠宮さんを殺害した一日の行動を、時系列で教えていただけますか」

大神はにこやかに言った。鵜飼は戸惑い首を捻るが、大神は目線で圧をかける。結果的に、鵜飼は答えるしかないと思ったのか口を開いた。

「あの日は朝起きて、電車で大学に行きました。大学では」

「すみません。時刻や交通手段、駅の名前なども詳しくお教え願えますか」

細かい要求が飛んだ。鵜飼は面倒そうな顔をしつつも、少し考えてから答え始めた。

「朝七時に起きて、自宅近くの京成(けいせい)電鉄の京成稲毛(いなげ)駅からみどり台(だい)駅まで電車に乗って、大学に行きました。八時五十分の一限から、十六時の四限まで受講して、その後は大学内の食堂で時間を潰しました。そして日が暮れた二十時頃に大学を出て、森林公園に向かいました。ＪＲ総武線の西千葉駅から千葉駅まで電車に乗って、千葉駅のバス停から大網線の誉田駅行きのバスに乗って、公園前で降りて二十一時頃に公園に入りました。そして事前に約束して待ち合わせていた篠宮さんを殺害し、遺体を埋めました」

詳細な証言だ。私は確認のため、大学近辺の電車などの路線図を調べながら彼の話を聞く。

「帰りは、二十三時半頃発の千葉駅行きの深夜バスで公園前から千葉駅に戻り、近くの京成千葉駅まで歩いて二十四時十二分京成千葉駅発の最終電車で、京成稲毛駅に戻り、帰宅しました。京成千葉駅まで歩いたのは、帰りは乗り換えなしで自宅の最寄り駅まで着ける京成電鉄を使いたかったからです」

鵜飼は長々と説明した後、ふうと息をついた。車を持っていないため、電車やバスを乗り継いで証言が細かくなったが、鵜飼は実に正確に証言をした。私が路線図などで確認した通りだった。証言の穴を突きたい大神の思惑は大きく外れただろう。

「ありがとうございます。それにしても、三年前のことなのによく覚えていますね」

「ええ。何度も言うようですが、印象的な出来事でしたので。よく記憶しています」

鵜飼は調子を取り戻したように微笑んだ。その笑みも頷けるような完璧な証言だった。しかし、いくらなんでも完璧すぎると思った。きっと逮捕前に事前に調べて、暗記していたに違いない。いざという時に正確に証言できるように。

これでは大神が追及する余地がない。そう思ったが、大神はすぐに二の矢を放った。

「では今度は、今お話しいただいた過程を、逆の時系列で説明してください」

鵜飼は啞然として大神と私のことを交互に見た。初めての人が戸惑うのも仕方がない要求だろう。だが、これは歴とした認知的虚偽検出アプローチの手法の一つだ。

時系列を逆から説明させるのは、もともとは証言者の記憶を鮮明化させるために使われていたやり方だった。逆から思い出すと忘れていたことも思い出せるのだ。しかし、嘘をつく者に使うと、それが負荷となって思い出すことが難しくなる。それゆえ、嘘を見破る方法として使えるということが分かった。真実を述べている者の場合、逆順でも思い出しやすいのは変わらないので、負担にはならない。

「さあ鵜飼さん、よろしくお願いします」

鵜飼はなおも困惑していたが、大神が優しく促すので、渋々逆順で語り始めた。

「帰宅する前は、最終電車を京成稲毛駅で降りました。京成千葉駅を……ええと、二十四時十二分に発車する最終電車です。その前は千葉駅でバスを降りました。そのバスは公園前発で、その、二十三時半頃発のバスでした。その前は公園で篠宮さんを」

「すみません。公園前発のバスの行き先を言うのをお忘れではないですか」

大神が細かく指摘する。鵜飼は頬をひくつかせたが、すぐに言い直した。

「失礼しました。行き先は誉田駅です」

その証言の瞬間、大神の目に歓喜の色が宿った。

「おや、誉田駅行きは公園に来る時に乗ったバスの行き先ではないですか。今は公園から帰る時のバスの話ですよ」

《嘘発見器》のレーダーが嘘を感知した。

「あ、すみません。言い間違えました」

「そうですか。では正しい行き先は何ですか」

ごまかすように頭を掻く鵜飼に、大神は優しく問いを重ねる。鵜飼はしばらくの間焦った顔で宙を見つめたが、やがて思い出したように答えた。

「千葉駅行きです。失礼しました」

今度は先ほどと一致する正しい証言だった。大神はうんうんと頷く。

「そうですね。では、続きをどうぞ」

鵜飼は緊張に肩を強張らせていたが、疑われまいと思ったのか証言を続けた。

「篠宮さんを殺害して死体を埋めました。その前は公園前のバス停で、バスを二十一時頃に降りました。そのバスは千葉駅発の、大網線の誉田駅行きのバスです。その前は千葉駅で電車を降りました。ＪＲ総武線の……西千葉駅発の電車です」

「その西千葉駅発の電車、何時の発車でしたか」

「ああ、確か、それは」

困った声で鵜飼は唸る。早く答えようとしてはいるようだが、言葉が出てこない。

「二十時発だったかと思います」

ようやく鵜飼は答えるが、大神は満面の笑みでこう言った。

「おや、二十時頃というのは大学を出た時刻ではなかったですか。電車の発車時刻だったんですか」

「いえ、そうではなく。あの、大学を出発した時刻の間違いです」

鵜飼の額に動揺の汗が滲み始めた。大神はそれをにこやかに見つめている。

「ということは、本当の電車の発車時刻は何時だったのでしょう」

「え、それは……」

大神の放った問いに、鵜飼は答えられない。重い沈黙が執務室に下りた。

鵜飼は額にびっしょり汗をかいている。だがそんな鵜飼を余裕の表情で見つめながら、大神は不意に、ああすみませんと苦笑した。

「そういえば、先ほどはその電車の発車時刻を仰っていませんでした。失礼しました」

鵜飼は呆然としていた。大神の言葉にもあまり反応を見せない。

「さて、残りの部分も逆時系列で証言願えますか」

指示を受け、鵜飼ははっとしたように目を見開き、慌てて証言を再開した。

「大学を二十時頃に出ました。その前は八時五十分の一限から、十六時の四限まで講義を受けました。その前はみどり台駅で京成電鉄を降りました。自宅近くの京成稲毛駅発の電車です。その前は、朝七時に起きて家を出ました」

最後は滑らかな証言で終わった。ほっと息をつく鵜飼だが、大神はその隙を突く。

「鵜飼さん、随分とお忘れになっていますね」

鵜飼は再び顔を硬くし、言いわけするように首を振った。

「三年も前のことですからね。少しは忘れますよ」

「そうでしょうか。先ほどは印象的な出来事だったのでよく記憶していると仰っていましたよね。それに、時系列での証言は非常に正確でスムーズでした」

「それはそうですが……でも、逆時系列なんてことをすれば誰でも忘れますよ」

「いいえ。正確な記憶なら、逆時系列でもしっかり思い出せるはずなんですよ」

大神は笑みを絶やさず追及を続ける。鵜飼は次第に下を向き始めた。

「鵜飼さん、あなたの証言は虚偽のものですね」

大神が穏やかに指摘した。鵜飼はかぶりを振るが、その動作は弱々しい。

「お認めになりませんか。では仕方ありません。鵜飼さんの証言のどこが虚偽なのか、当ててみせましょう」

大神は思わぬ提案をする。そんなことができるのかと疑ううちに、大神は言った。

「森林公園までの交通手段。電車とバスを使ったというのは、嘘ですね」

大神はピンポイントに嘘を断定した。そんなものが当たるわけがないと思ったが、鵜飼の顔を見て私は驚いた。鵜飼は、真実を言い当てられた者の顔をしていた。


「交通手段が嘘。どういうことですか」

鵜飼は力なく言い返してきた。大神はあくまで優しい声でそれに答える。

「簡単なことです。鵜飼さんは、森林公園へ行くのに電車とバスを使っていません」

「どうしてそんなことが分かるんですか。実際に見たわけでもないのに」

鵜飼は恐る恐る問い掛ける。真相を看破される恐怖に震えているのだろう。

「根拠は二つあります。一つは先ほどの逆時系列の証言です。鵜飼さんの証言は時系列のものと食い違いましたが、食い違いの箇所は全て森林公園へ向かう、あるいは森林公園から帰る交通手段についてでした。そこをうまく証言できなかったということは、その時の交通手段についての証言が嘘だということです」

言われてみれば確かにそうだった。証言のミスは森林公園絡みの交通手段だけだ。

「それは、たまたま忘れていただけです。当日の記憶は、実ははっきりしないんです。印象的な出来事で、記憶に残っていたと言ったのは嘘です。すみませんでした」

鵜飼は必死に逃げ道を探る。だが、大神はそれを許さなかった。

「いえ、時系列での証言ははっきりしていました。それに、森林公園に関する交通手段以外の証言は、逆時系列でも細かいところまで正確でした。これは、森林公園に関する交通手段のみが嘘だということの証明でしょう」

鵜飼は悔しそうに歯嚙みをする。大神の明らかな優勢だ。

しかし、ここで鵜飼は起死回生の逆転を狙った。

「ですが、それって偶然と言い張ればそれまでですよね。逆時系列の証言に動揺して、たまたま森林公園の交通手段について証言のミスを重ねたと言えばそれで終わりです」

確かにその通りだ。私は慌てて大神を見たが、彼はまだまだ余裕の構えだった。

「言ったでしょう。根拠は二つあると。二つ目は別の角度から見た根拠です」

鵜飼の目にまた緊張の気配が浮かんだ。大神はそれを見て穏やかに微笑む。

「そもそも、被害者の篠宮さんは、鵜飼さんの呼び出しに応じるでしょうか。心配して気に掛けている相手とはいえ、夜のひとけのない森林公園で男性と二人きりで会うなど、さすがに不審に思って警戒するのではないでしょうか」

そうだ、間違いなく不審に思うだろう。となると、前提条件が崩れてくる。

「鵜飼さんと篠宮さんは、森林公園では待ち合わせていなかった。そうなると、待ち合わせたのは別の場所で、殺害場所もそこだった可能性が高くなります。いくら説得したところで、夜の森林公園に篠宮さんを連れ出すのは難しいでしょうから。鵜飼さんが殺害場所をはっきり証言できなかったのも、真の殺害現場を隠すためですね」

逆時系列の証言の前、鵜飼は殺害現場をはっきり証言できなかった。そのことと理屈が合う。

「となると、別の殺害現場から森林公園までご遺体を運ぶ必要がありますね。しかし、これに電車やバスのような公共交通機関は使えないでしょう。他の乗客の目がありますからね。そうなると必然的に、ご遺体の運搬には車が使われたことになります」

別の殺害現場から森林公園まで、車で遺体を運ぶ。新しい視点が浮上してきた。

「ご遺体の運搬を車で行ったのなら、鵜飼さんの逆時系列での証言の不備も説明がつきます。実際に電車やバスを使っていなかったから、逮捕前に丸暗記で電車やバスの時刻等を覚えておくしかなかった。正確な証言を行い、殺害現場が別にある事実を隠すためです。しかし、逆時系列の証言には対応できなかった。そんなところでしょう」

なるほど筋が通る。それならば次に問題になってくるのは。

「ですがそうなると、誰の車を使ったかが問題になりますね。鵜飼さんは車をお持ちではなかった。それなら、別の誰かの車を借りたのでしょうか。しかし、車というものはそう簡単に借りられるものではありません。失礼ながら、鵜飼さんはご両親とは不仲で、ご友人も少なかったと聞きます。余計に借りにくかったでしょう。もちろん警察の捜査でも、鵜飼さんに車を貸した人物は見つかっていません。レンタカーについても同様です」

　話が妙な方向に流れていった。これではまるで……。

「おや、おかしいですね。このままでは、鵜飼さんは誰からも車を借りられません」

　その奇妙な結論に達した大神は、しかし満足そうに口角を上げた。

「ですが、実はそれでいいんです。鵜飼さんは車を入手できなかった。でも犯人はご遺体を車で運んだ。そう考えた時、私はある事実を思い出しました。柳秀臣さんが、失踪する少し前に、マンションの部屋の床板や壁紙を勝手に剝がし、強引にリフォームをしたという事実です」

　胸騒ぎが起こった。開けてはならないパンドラの匣を今から開けるかのような不安が、体の奥底から湧き上がってくる。

「柳さんはご自身の車をお持ちでした。そして、マンションの部屋をリフォームした。まるで床板や壁紙に残った何らかの痕跡を消し去ろうとするかのように」

　大神は真っすぐに鵜飼のことを見つめる。鵜飼は観念したように目を閉じた。

「殺害現場は、柳さんのマンションの部屋ですね。そして、殺人を犯したのは鵜飼さんではなく、柳さんです。そうですね」

　鵜飼はじっと目を閉じ、何かを必死に堪えるように肩を震わせた。

「僕は、篠宮さんのことが好きでした。そして柳も、彼女に好意を抱いていました」

鵜飼はぽつりぽつりと語り出した。悔恨に満ちた、重く悲しげな声音で。

「いつものように、篠宮さんの弱みも握ったんでしょう。ある時、柳は、彼女をもうすぐものにできると僕に自慢してきたんです。その頃、篠宮さんが退学したのも、あそれが理由かと思いました。助けたかったんですが、柳相手ではどうしようもありません。僕は黙って聞いていることしかできませんでした。つくづく情けない男です」

口元をいびつな笑みの形にしながら、鵜飼は証言を続けた。

「ここからは、柳に後で聞いた話なんですが、彼はマンションの部屋に篠宮さんを呼び出し、何らかの弱みで脅迫したそうです。ですが抵抗されたんでしょう。勢いで刺し殺してしまったと言っていました。柳は自分の車で死体を運び、一人で埋めたそうです。僕は篠宮さんが失踪したという噂を聞いて、柳のせいだと直感しました。だから柳を問い詰めたんです。すると、あいつはへらへらとして殺害を認めました。僕はカッとなって、念のため持っていた包丁で柳を脅し、篠宮さんを埋めた大体の場所と凶器のありかを聞き出しました。警察に事実を告げると僕は言いましたが、柳が抵抗してきたので、思わず包丁で刺し殺してしまいました。とっさに森林公園のことが思い浮かび、柳の車を使って死体を運び、穴を掘って埋めました」

鵜飼は背中を曲げて椅子にもたれ、ぐったりとした。篠宮を助けられなかったことを悔いて、柳を殺した。悲しい殺人だ。

「そうですか。よく分かりました」

大神は深く頷く。殺人犯が別にいたというのは大ごとだが、これで事件の全容は明らかになった。取り調べはひとまずこれで終了だと私は思った。だが、

「殺してもいない篠宮さんを、殺して埋めたと言ったのはどうしてですか」

鵜飼が目を見開く。オープン・クエスチョンだ。まだ終わりではないらしい。

「鵜飼さんは篠宮さんを殺してはいません。それなのに、もう一人埋めたと言って篠宮さん殺しの罪をかぶろうとしたのはなぜですか。殺人の件数を自分から増やそうとするなど、尋常ではありませんよ」

確かにそうだ。殺人が二件なら、最悪の場合死刑もあり得る。そこまでして、鵜飼はどうして嘘の罪をかぶろうとしたのか。

大神が重要視していた、「もう一人埋めました」の理由がここで問題になってきた。

「それは、僕のせいだったからです。柳が篠宮さんの弱みを握っていたのを知っていたのに何もしなかった。僕が殺したようなものです」

「しかし本当に悪いのは柳さんですよね。その柳さんの罪を鵜飼さんがかぶる。どうしてそんな不合理なことをしなければならないのでしょう」

「僕は、本当に篠宮さんに申しわけないと思ったんです。柳のためではなく、篠宮さんのために、自分を罰するために罪をかぶったんです」

「それでは、どうして最初から篠宮さん殺害を自白しなかったんですか」

大神の鋭い追及に、鵜飼は口ごもった。やはり鵜飼は嘘をついているのか。

「お答えになれませんか。では、私の考えを述べましょう」

だんまりを続ける鵜飼に向かって、大神は笑いかけた。「もう一人埋めました」の理由が分かったというのか。私は驚き、大神の横顔をじっと見た。

「鵜飼さん、あなたは柳さんを殺す直前、彼が篠宮さんを埋めた場所を聞き出したと仰いました。しかし、埋めた場所から遠く離れたマンションの部屋で、しかも包丁で脅した状態で口頭で聞き出したとなると、正確性は期待できませんね。恐らく、大体の埋めた場所しか分からなかったのではありませんか」

鵜飼の目が左右に揺れた。明らかな動揺のサインだ。

「篠宮さんに好意を抱いている鵜飼さんは、当然ご遺体を掘り起こすことを考えたに違いありません。せめてご遺体だけでもご家族に、と思ったはずですから。ところが、聞き出せたご遺体のありかはあいまいで、一人で全て掘り起こすにはあまりに広すぎました。そうなると、鵜飼さんはどう考えたか。当然、誰か他の人の手を借りて掘り起こそうと思ったはずです。しかし、ご遺体を掘り起こすなどと言って誰かの手を借りるのは相当難しいでしょう。殺人があったと言っても信じてもらえないでしょうし、悪くすれば鵜飼さんご自身の柳さん殺しも発覚してしまいます」

　そうなると、鵜飼が頼れる相手はもうあそこしかない。

「こうなってしまうと、もはや警察を頼るしかなくなります。殺人があって死体が埋められたから、警察が総出で掘り起こす。自然な流れです」

　その通りだ。私は内心で頷くが、大神はさらに論を進めた。

「ところが、ここで問題が生じます。警察が鵜飼さんの言い分を信じないという問題です。篠宮さんは失踪扱いで、殺されているとは思われていません。しかも、殺人犯の柳さんは地中に埋まっていて、殺して埋めたことを証言できません。鵜飼さんには、篠宮さんが埋まっていることを証明できないんです」

　それでは、「もう一人埋めました」の理由は、まさか。私は息を呑んだ。

「そこで鵜飼さんは考えました。警察に信じてもらうには、柳さん殺しで逮捕された自分が、篠宮さんも殺して埋めたと証言するしかない、と。つまりやってもいない篠宮さん殺しをやったと主張したのは、警察に篠宮さんが埋められていることを信じてもらい、掘り起こしてもらうためだったんです」

　鵜飼は頭を垂れ、深い吐息を吐いてから顔を上げた。彼の目には涙が光っていた。

「一人殺して埋めた殺人犯が、もう一人埋めたと証言した。警察は必ず、躍起になって殺人犯が指示した場所を掘り起こすでしょう。それがあなたの狙いでした」

顔を上げた鵜飼は小さく頷いた。目元をぬぐい、彼は大神の話を聞いている。

「もちろん、もう一人埋めたと証言するのは、柳さんのご遺体が発見されてからです。一方のご遺体がない中では、警察ももう一方のご遺体の存在を信じないでしょうからね。鵜飼さんは三年待ちました。そしてついに柳さんのご遺体は発見されました。そこで、鵜飼さんは柳さん殺しで自首し、もう一人埋めたと証言したんです」

そして篠宮の遺体は掘り起こされた。鵜飼が狙った通りになったのだ。

これが真相。思わぬ展開に私は唖然としつつも、調書を作成する用意を始めた。今度こそ取り調べは終了だ。

「さて、それでは」

大神は顔の前で手を組む。調書作成の号令が掛かるはずだ。

「三年前に自首をしなかったのはなぜなのですか」

ところが、発せられたのはまた質問だった。それもオープン・クエスチョン。

鵜飼は戸惑い気味に大神を見る。だが大神は、当然だとばかりに目を細めていた。

「ええと、検事さん、もう何もかも明らかになったと思いますが」

「いいえ、まだです。鵜飼さんはまだ何かを隠しています」

大神は断言した。鵜飼は参ったとばかりに頭を掻く。

「隠しているって、何をですか」

「三年前に自首をしなかった理由です。篠宮さんのご遺体を警察に掘り起こしてほしいのなら、三年も待たずに犯行直後に柳さん殺しで自首して、もう一人埋めたと証言すればよかったのではないですか。血の付いた凶器でも持参すれば逮捕もされたはずです」

鵜飼の顔が青くなった。まずいところを突かれたらしい。

「さすがに僕も、逮捕は嫌でした。自首してもう一人埋めたと言おうと何度も考えましたが、刑務所に入るのが嫌で言い出せませんでした」

「では、どうして三年経った今になって自首をしたんですか」

「それは、柳の死体が見つかったからです。もう逃げきれないと思ったから自首したんです。そしてその勢いで篠宮さんを救おうと、もう一人埋めたと言ったんです」

話の筋は通る。誰だって刑務所に入るのは嫌だろう。納得できる理由だ。

「なるほど。では匿名の通報をしなかったのはどうしてですか」

鵜飼が首を傾げた。私にもよく分からない。

「三年前に、森林公園にご遺体が埋まっていると、匿名で警察に通報しなかったのはなぜですか。その後匿名で凶器でも郵送すれば、警察は動いたかもしれません」

大神の指示で事前に確かめていたことだった。県警にも所轄にも、そんな通報の記録はない。

「それは、信じてもらえないと思ったからです。凶器の郵送は思い付きませんでした」

鵜飼は否定するように手を振る。大神はそれを見て朗らかに言った。

「鵜飼さん、今から私の目を見てもらえますか。絶対に視線を逸らさないでください」

不思議な指示だが、これは認知的虚偽検出アプローチの手法だ。効果が期待できる。

「凶器の郵送を思い付かなかったことはないと思います。鵜飼さんの頭の中には、どうすれば警察に動いてもらえるか、様々な計算があったはずですから」

「ですけど、僕は本当に思い付かなかったんです」

「本当にそうでしょうか。おっと、目を逸らさないようにしてください」

鵜飼の視線が大神から外れていた。鵜飼は慌てて視線を合わせるが、大神のペースだった。

目を合わせ続けるというのは、認知的虚偽検出アプローチの手法の一つだ。目を合わせるのは心理的負荷の一つで、それを続けることにより負荷が掛かり、嘘をついているのなら証言や態度に影響が出るという仕組みだ。あくまで負荷を与えるのが狙いで、目の動きを見てそこから嘘を暴くことが必ずしも目的ではない。

証言は続く。鵜飼は目を合わせるものの、すぐ逸らしかけたり、証言の際に考え込んだりしていた。効果が出ているようだ。

「では、信じてもらえないと思ったこと以外に、警察への匿名の通報をためらった理由はありますか」

「それは、やはり僕の正体を警察に知られて、逮捕されるのが怖かったからです」

鵜飼は目を見開いて大神を凝視している。こうなるともう意地のぶつかり合いだ。

「匿名の通報なのに、正体がバレることを恐れたんですか」

「警察への通報って、記録に残るんでしょう。そこから調べられると思って」

「調べられると、鵜飼さんの立場が悪くなるんですか」

「当然でしょう。僕は殺人犯なんですから」

鵜飼の目が大きく揺れる。我慢しているようだが、そろそろ限界が近そうだ。

「ですが、匿名の通報で掘り起こされるのは篠宮さんのご遺体ですよね。篠宮さんを殺したのは柳さんで、鵜飼さんではありません。となるといくら正体がバレようが、篠宮さんのご遺体が掘り起こされようが、鵜飼さんの身に危険はないはずですよね」

鵜飼の顔面から血の気が引いた。それと同時に、彼の目線が大神の目から逸れる。

「おかしいですね。篠宮さんのご遺体が掘り起こされることに危険はないのに、鵜飼さんはそれを恐れていた。まだ何か、隠していることがありますね」

がたがたと何かが震える音がした。よく見るとそれは、鵜飼の震える両脚が椅子を揺らす音だった。大神の目を合わせ続ける手法が、彼を追い詰めたようだ。

「微細証拠は、見つからなくなるんですよね」

鵜飼はもう視線を合わせることなく、震えた声で言った。唐突な質問だった。

「二、三年もすれば、遺体に付いた微細証拠は見つからなくなるんですよね」

確かに、柳の遺体の微細証拠は二、三年の経過によってほとんど見つからなくなっていた。しかし、それは状況によるもので、必ずしもそうなるとは限らない。

だが今気になるのは、鵜飼がどうしてそんなことを言い出したかだ。

「なるほど。そういうことでしたか」

ところが、大神は大いに納得した顔をしていた。彼は口元を緩め、解き放たれたような声でこう告げた。

「殺害動機について、何もかも分かりましたよ」


大神はどすんと音を立てて椅子にもたれ掛かった。脚はデスクの上に置かれ、両手は頭の後ろで面倒くさそうに組まれた。いつもの粗暴な大神の態度に戻ったようだ。

「鵜飼連次郎。あんたは大嘘つきだ。篠宮友麻のために行動するヒーローのように振る舞ってはいるが、その行動原理は結局は自己保身だ」

鵜飼は驚きで絶句した。大神の変わりようと、否定的な発言。二重にショックだったろう。そして私もまた驚いた。鵜飼をここまで否定する大神の態度に。

「検事、お言葉ですが、鵜飼さんは篠宮さんのご遺体を助け出そうと必死だったんですよ。さすがにそこまで悪く言うのは、どうかと」

堪らず口を挟んだが、大神は軽く私をにらみ付けた。

「何も分かっていないようだな。この男は自分を守りたかっただけだ」

どういうことだ。私は思考がまとまらず混乱した。

「まあ仕方がない。説明してやろう。鵜飼はな、自分で篠宮を埋めたんだよ」

説明されても、まだ分からない。混乱は加速度的に広がっていく。

「察しが悪いな。いいか、柳の脅迫相手リストを思い出せ。鵜飼の名前の横には、『万引き』と一緒に『埋めた』と書いてあっただろ」

そんなリストもあった。しかし、それが何を意味するというのか。

「鵜飼が篠宮の死体を埋めたこと。それが脅迫の理由だったんだ。つまり、篠宮を埋めたのは柳ではなく鵜飼だったんだ」

「でも、篠宮さんを殺したのは柳さんですよ。どうして鵜飼さんが埋めるんですか」

「柳に命じられたからだ。いや、脅迫されたというのが正確かな」

私の脳裏に電流が走った。それでは、鵜飼がやったことというのは。

「鵜飼は、篠宮を殺した柳に脅迫され、篠宮の死体を埋めることを無理強いされたんだ。鵜飼は柳とは絶対服従の間柄。逆らうことはできなかったんだろう」

柳という男、なんて酷いことを。心の底が一気に冷え込むのを感じた。

「鵜飼が匿名の通報をためらったのはこのためだ。篠宮の死体が掘り起こされれば、その死体を埋めた鵜飼も罪に問われる。万が一を考えると、匿名の通報はできなかったんだ。微細証拠の消失を気にしていたのも、篠宮の死体に残った自分の微細証拠がどうなったかを気にしていたからだ」

死体遺棄罪を隠すこと。これが大神の言う鵜飼の「保身」だったのだ。

「しかも、鵜飼はさらなる保身を見せる。三年経って柳の死体が発見された時、鵜飼は自首をした。もう隠し通せないと思ったんだろう。そしてこの時すでに、篠宮のことも証言しようと鵜飼は考えていたはずだ。でなければ、あの逆時系列で説明させた、篠宮殺害時の詳細な証言など用意できないからな」

そういえばそうだ。篠宮殺害時の詳細な状況を暗記することは、篠宮殺害を自白することが前提となるはず。暗記をしていたということは、自白を考えていたということだ。

「だが、その後も鵜飼は篠宮を埋めたことを隠し続けた。考えてもみろ。本当に篠宮の死体を掘り起こしてほしいのなら、警察に自首してすぐに証言するはずだ。それをせず、検察に来るまで黙っていたのは、ひとえに自分の身がかわいく、証言する勇気が湧かなかったからだ。もちろん自分の身がかわいいというのは、死体遺棄罪に問われたくないという意味だ。ただ、好意を抱いていた篠宮を自らの手で埋めたというのは、人生の汚点でもあるだろう。それを誰にも知られないよう隠していたかったという、精神的な問題もあるだろうがな」

私は呆然とする。鵜飼の隠していた顔が暴かれ、悲劇的な真相が現れ出た。

「ちなみに、検察でようやく篠宮の殺害と死体遺棄を証言したのは、朝比奈が柳の死体から微細証拠がほとんど出なかったと言ったからだ。篠宮の死体も同様だと期待した鵜飼は、自分の罪を隠したまま篠宮の死体を助け出せると思い、証言をしたんだ」

あの時の私の発言が引き金になっていたのか。呆然とする私を横目に、大神は冷酷な眼差しで淡々と事実を告げていく。

「また、篠宮を殺したのは自分だと一度は自白したものの、鵜飼はきちんと保身のプランを描いていた。まずは、他人の柳が殺して埋めたと言っても警察が動かない可能性があるので、鵜飼自身による篠宮の殺害を自白する。そして、死体の発見後は、柳が殺したと証言を翻すつもりだったんだ。埋めた場所は柳から聞いたと言うつもりでな。柳がやった証拠としては、どこかに隠してある柳の車に付いた、篠宮の血痕でも提示するつもりだったか。篠宮殺害時に柳の車を使えたのは、持ち主の柳だけだからな。そうすれば篠宮の殺害も死体遺棄も、どちらの罪からも逃れられる」

考えられた計画だった。しかし、そこには誤算があった。

「しかし、運がないことに鵜飼の相手は俺だった。肝心の、篠宮の死体が発見されたかどうかという情報を俺がシャットアウトしたことで、鵜飼は本当の殺人犯が柳だと言い出せなくなった。鵜飼はタイミングを見失い、嘘を重ねるしかなくなったんだ」

そこを大神が突いて真相を見抜いたということだ。それにしても、篠宮の遺体発見の情報をシャットアウトした時点で、薄々この結論に勘付いていたのか。さすがは大神だ。

「どうだ、鵜飼。俺の言ったことに何か間違いはあるか」

大神が満足げに問い掛ける。鵜飼は首を振り、覇気のない声でこう答えた。

「間違いはありません。全て、検事さんの仰る通りです」

「あの夜は、不仲な家族の待つ家に帰りたくなくて大学にいたら、柳に電話で呼び出されたんです」

観念しきった鵜飼は、静かに真相を語り出した。

「夜中でしたが、柳には逆らえません。嫌々ながら指示された彼のマンションの部屋の前まで行くと、女性の悲鳴が聞こえました。退学した篠宮さんの声のような気がして慌てて部屋に入ると、床に篠宮さんが倒れていました。背中に包丁が刺さっていて、飛び散った血が床や壁を汚していたんです。もう生きていないのは明らかでした。愕然として柳を探すと、柳は部屋の隅でスマホを見ていました。動画を見ているようだったので覗き込むと、そこには柳が篠宮さんを襲っている場面が映っていました。白いワンピース姿の篠宮さんが悲鳴を上げていました。部屋の前で聞いた悲鳴は動画の音声だったんです。柳を問い質すと、勢いあまって殺してしまったとのことでした」

鵜飼は静かに語るが、その態度が逆に怒りや後悔の念を強く感じさせた。彼が秘めた思いはどれほど激烈なものか。私には想像もできなかった。

「どうするんだと柳に問うと、彼はキッチンからもう一本包丁を取って来て、僕に突き付けてきました。お前も死にたくなかったら、彼女の死体をどこかに埋めろと言って。最初は抵抗しましたが、柳の目は据わっていて、殺されると本気で思いました。気が付くと僕は柳の車の助手席に乗っていて、次に気付いた時は森林公園で篠宮さんを埋めていたんです。警察への通報は、柳がずっと見張っていてできませんでした。言われるがまま作業をしたので、埋めた場所も大体しか覚えていませんでした」

柳の脅迫相手リストにあった「埋めた」は、やはりこのことだったようだ。

「そして後日、柳は殺人の事実を知っている僕も殺そうとしました。再びマンションの部屋に呼び出されたかと思うと、包丁で切りかかってきたんです。僕は必死に抵抗し、揉み合ううちに柳の胸に包丁を刺してしまいました。人を殺してしまった。そう怯えるうちに、死体を埋めればいいと思い立ちました。一度は経験したことだったので、比較的スムーズに実行することができました。死体の運搬は、柳のキーを使って彼の車で行い、森林公園に一人で死体を埋めました。柳のスマホなどの、証拠が残っていそうなものは全てまとめて海に捨てました」

事件の流れを説明し終え、鵜飼は大きく息をついた。疲れきったように椅子にもたれる彼の動機は明らかになった。しかし、気になることはある。

「鵜飼さん、どうして篠宮さんのご遺体を掘り起こすことにこだわったんですか」

私は思わず問い掛けていた。鵜飼は、篠宮の遺体を掘り起こさせるために散々危ない橋を渡った。その行動の原動力は何なのか。大いに気に掛かった。

「それは、僕が篠宮さんのことを好きだったからです」

予想はしていた答えだ。だが、鵜飼はまだ語りたそうだ。私は黙って耳を傾けた。

「僕、一度大学近くの橋から飛び降り自殺をしようとしたんです。大学でも家でも何もかもうまくいかなくて、死んだら楽になれるかなと思ったんです。でも、そこを篠宮さんに助けられました。後で聞けば、彼女は大学での僕の様子がおかしいのに気付いて、後を追ってきていたそうです。死なせてくれと暴れる僕を、彼女は『その気持ち、分かるよ』と言ってなだめてくれました。それ以来、篠宮さんは僕のことを気に掛けて、色々話しかけてくれました。そのことは僕にとって救いでした」

鵜飼にとって篠宮は命の恩人だ。彼の危険を覚悟した行動にも納得がいった。

鵜飼は篠宮を懐かしむように目線を宙に向ける。だが、すぐにその目線を落とした。

「でも、篠宮さんは僕のことを好きだったわけではないんでしょうね。面倒な奴だと思いながらも、死なれると後味が悪いので嫌々世話をしていただけだったんでしょう。それなのに、僕は彼女を埋めることまでしてしまいました。脅されていたとはいえ、最低の行為です。きっと、彼女は僕のことを心底軽蔑（けいべつ）しているはずです」

鵜飼はうつむいて頭を抱えた。悲劇的な真相に、私の胸をやるせない思いが満たす。

「すみません。最後に一つだけ教えてもらっていいですか」

鵜飼は最後の気力を振り絞るように顔を上げ、大神に質問を投げかけた。

「篠宮さんのご遺体は、発見されましたか」

大神はやれやれとばかりにため息をつき、面倒くさそうに答えた。

「ああ、発見されたよ」

鵜飼は目を見開き、声を詰まらせた。洟を啜り、彼は震える声でつぶやいた。

「そうですか。ありがとうございました」

深々と頭を垂れた鵜飼を前に、私は何も言えなかった。

「やれやれ。悲劇の主人公気取りか。若者特有の自意識過剰には困ったものだ」

調書を取り、鵜飼が退室した後、大神はそんなことを口にした。椅子にだらしなくもたれ、脚を組んでいる態度も相まって、さすがに反発したくなってくる。

「検事、お言葉ですが鵜飼さんには同情の余地が大いにあります」

私が指摘すると、大神は眉間に皺を寄せてフンと鼻を鳴らした。

「同情の余地があろうがなかろうが、被疑者は被疑者だ。被疑者の分類で大事なのは、嘘をついているかいないかだけだ。同情など時間のむだだといつも言っているだろ」

いかにも大神らしい論理だ。しかし、賛同はできない。

「何だ、その顔は。また再捜査に出る気か」

表情を読まれた。私は少し赤面するが、お陰で決心がついた。

「はい、再捜査に出ます。鵜飼さんを救う真実を探してきます」

カバンを引っ摑み、私は走り出した。大神の制止は聞かない。そう思っていたが、背後から大神の予期せぬ重苦しい声がして、私は足を止めた。

「今回ばかりは、調べても何も出ない。時間のむだだ」

いつもとは違う声音だった。まさか、本当に何も出ないのか。振り向くと、大神は苦虫を嚙み潰したような顔つきになっていた。まるで鵜飼を救う真実が存在しないことを、心の底から痛ましく思うかのような。

大神なりに鵜飼を救おうと考えたが、何も手立てが浮かばなかったのか。それで敢えて突き放すような態度を。不吉な予感がよぎり、私は思わずぞっとした。

「なるほどね。その被疑者、確かにしんどい思いをしているな」

ハンドルを握る友永が嘆息した。車は、赤信号に引っ掛かって停車をしている。

「そうなんですよ。何としても救いとなる真実を見つけたいんです」

「そうだな。で、大神検事は何て言っているんだ」

そう問われ、言葉に詰まった。調べても何も出ないという大神の言葉は気になる。だが、再捜査をあきらめるわけにはいかなかった。あきらめれば鵜飼を救う手立てはなくなってしまう。命の恩人を埋めさせられて、殺人まで犯すに至った彼を放ってはおけなかった。

「まあ、言いたくないなら言わなくてもいい。朝比奈にも考えがあるんだろう」

友永は微笑み、信号が青になったのを見て車を発進させた。友永の気遣いに、私は感謝の念で一杯だった。

「ところで、篠宮の学歴が気になるらしいな」

前を見ながら友永が問う。私は頷いて、県警の書類送検のデータを説明した。

「気になるのは中学生の時の転校歴です。篠宮さんは、中学三年生の一月に学校を転校しているんです。受験直前のとても大事な時期にですよ。妙だとは思いませんか」

「確かに。それで、朝比奈は何があったと考えているんだ」

友永は県警の刑事なので、転校歴のことは当然知っている。試すように尋ねてきたので、私は自信のある答えを口にした。

「篠宮さんは、鵜飼さんの自殺未遂の際、自殺の兆候にいち早く気付いて止めることができました。自殺をしようとする鵜飼さんに、『その気持ち、分かるよ』とも言っています。これは、自殺未遂の経験があるからこそできたことではないでしょうか。そして篠宮さんは、中学三年生の時にその自殺未遂をしたのではないかと私は思います。だからこそ彼女は、周囲の好奇の目を避けたり、環境を変えたりするため、一月という中途半端な時期に転校したのではないでしょうか」

「そう来たか。可能性としては充分あり得るな。ただ、根拠が少し弱いかもな」

友永はますます試すように言ってくる。もちろん、私の根拠はまだあった。

「では、柳さんの脅迫相手リストの記述はどうでしょう。あのリストの篠宮さんの欄には『未遂』と書いてありましたよね。あの『未遂』は『自殺未遂』のことだったのではないでしょうか。明かされたくない過去なので、脅迫の材料にはなり得ますよね」

「なるほど。可能性が高まったな」

友永は納得した様子だ。私は自分の考えに自信を持った。

「鵜飼さんのことを気に掛けていたのも、自分に重ねて親身になっていたからです。

この事実が明らかになれば、鵜飼さんも少しは救われると思います」

「そうだな。まあ、真偽のほどは実際にあそこで聞いて確認するとしよう」

車は住宅街のコインパーキングに入った。友永は車を停(と)め、四、五軒ほど先の洋風一戸建てを見る。そこは篠宮の両親が住む家だった。今から私たちは両親に話を聞く。


私は肩を落として車に乗り込んだ。友永がコインパーキングの精算を済ませている間も、落ち込みで顔を上げられなかった。

「まあ、そう落ち込むな。こういうこともある」

精算から戻ってきた友永が、温かい缶コーヒーを差し出す。コインパーキング近くの自販機で買ってきてくれたようだ。肌寒くなり始めた季節ということもあり、気遣いが身に染みた。

「しかし、考え直す必要がありそうだな」

友永は自分の缶コーヒーを開けてぐいと飲んだ。私も同じように、苦いコーヒーを一気に呷(あお)る。篠宮家で出た、甘味の強い紅茶がなぜか思い出された。

篠宮の両親は、転校の原因は夫の仕事の都合だと答えた。急な異動が決まり、家族で引っ越さざるを得なくなったのだという。自殺未遂のじの字も出なかった。

嘘をついている様子はなく、話の筋も通っていた。本当のことで間違いない。

「すると、脅迫相手リストの篠宮さんの欄にあった『未遂』とは何なんでしょう」

「それなんだが、俺に一つ考えがある」

エンジンを掛けながら、友永は自信のある顔を向けてきた。

「『未遂』というのは、鵜飼の自殺未遂のことじゃないか。橋から飛び降りようとして、篠宮に助けられた一件だ。篠宮が柳に呼び出されたのは、鵜飼の秘密をばらすぞと脅されたから。それほど篠宮は鵜飼のことを守りたかったんじゃないかと俺は思う」

「おお。その真相なら、鵜飼さんを救うことができそうですね」

友永の発想に私は感嘆した。しかし、友永は渋い顔をしている。

「ただ、そこまでして、なぜ篠宮が鵜飼を守りたかったかが謎だ。それに、この真相を鵜飼に伝えれば、自分のせいで篠宮が柳のところに行ったと後悔するかもしれない」

その通りだった。行動の背景が分からない上、鵜飼を余計に絶望させるかもしれない。この可能性は慎重に扱うべきだろう。

いっそ、大神に相談すべきだろうか。悩みながら、私は発進した車に揺られた。

「鵜飼が自殺未遂を繰り返しているらしい」

執務室に戻るなり、大神が厳しい目をして言った。私は一瞬ぽかんとした後、ことの重大性に気付いて愕然とした。

「拘置区で、自殺未遂をしているということですか」

「そうだ。取り調べ終了後、首を吊ろうとしたり、舌を嚙み切ろうとしたりしている」

大神は顔をしかめた。だが、それはいつもの面倒だ時間のむだだと言う時の顔ではない。どうしたら鵜飼を救えるか真剣に悩んでいる顔だった。

「篠宮のところに行くと騒いでいるらしい。鵜飼は家族とも不仲で友人もいないようだから、もう生きている意味を見出せないんだろう」

思っていた以上に、事態は急を要する。私は迷いを振り切るしかなさそうだった。

大神を見る。鵜飼に同情して、本心から悩んでいるようだった。そんな大神だから、信頼できると私は思った。

「検事、相談したいことがあります」

私は、大神の目を真っすぐに見据えて言った。


拘置区の面会室に現れた鵜飼は、顔面蒼白で目の焦点も定まっていなかった。これでも数日置いて体調を整えてもらったのだが、会話が成り立つかどうかも怪しかった。

しかし、話をしないわけにはいかない。鵜飼を死なせるわけにはいかないのだ。

「鵜飼さん、検察事務官の朝比奈です。こちらは県警の刑事の友永です」

名乗るが、鵜飼は反応を見せない。暗雲が立ち込め始めていた。

それでも、友永が目線で話をするよう促してくる。私は覚悟を決めた。

「篠宮さんの死について、新たな事実が判明しました」

篠宮、と聞いて鵜飼が微かに反応した。顔が上がり、目が一点で留まった。これはいけるかもしれない。私は話し続けた。

「篠宮さんが柳さんのマンションの部屋に行ったのは、脅されていたからでした。脅しの理由は、鵜飼さんの自殺未遂です。鵜飼さんにその過去があることをばらすぞと脅された篠宮さんは、鵜飼さんを守るためにマンションに向かったんです」

鵜飼の瞼がぴくぴくと痙攣する。話が通じているようだ。私は一気に攻める。

「結果的に篠宮さんは殺されてしまいましたが、それは鵜飼さんを想っての行為です。彼女は死の間際まで鵜飼さんを守ろうとしました。彼女はそこまで、鵜飼さんのことを気に掛けていたんです。決して恨んではいないはずです」

自分のせいで篠宮が死んだ。そう鵜飼が思わないことを祈る。救いを感じて、これからも生き続けてほしかった。

「どうして、そこまで」

か細いかすれた声が響いた。一瞬誰が喋っているのか分からなかったが、すぐに気付いた。目の前にいる鵜飼が喋っている。

私は少し目を閉じた。今から自分がしようとしていることの意味を考え、迷ったが、もう突っ走るしかない。私は目を開け、鵜飼に語りかけた。

「ここまで鵜飼さんのことを気に掛けていたのは、篠宮さん自身も中学生の頃に自殺未遂をしていたからです。同じ経験をした者同士、彼女は鵜飼さんの痛みが分かっていたんでしょう。だから、必死に助けようとしたんです」

伝えて、すぐにまた目を閉じる。鵜飼がどんな顔をしているか見るのが怖かった。だが、ずっとこのままというわけにもいかない。私は恐る恐る目を開けた。

「そう、だったんですか」

鵜飼は目を大きく見開いていた。顔に血色が戻り、目の焦点も定まっている。

「篠宮さんは、そこまで、僕のことを」

鵜飼の目から涙がこぼれた。彼は嗚咽を漏らし、目元を手で覆った。

そんな彼に、私は苦い思いで最後の言葉を掛けた。

「これでも、面倒だと思って嫌々世話を焼いていただけの関係と言えるでしょうか。篠宮さんは鵜飼さんのことを大切に想っていたはずです。ですから、篠宮さんの思いを胸に、これからも生きてください」

鵜飼はむせび泣き、途切れ途切れの声でこう答えた。

「はい。篠宮さんのためにも、生きて償いをします」

その言葉を聞けて満足だった。私は後ろめたさを感じつつも、これでいいと思った。

拘置区を出て、無言のまま友永と別れた。秋の気配が涼しい風となって訪れる大通りを一人で歩きながら、私は深いため息をつく。自分は罪深いことをしたと思った。

大神に粘り強く相談した結果、彼は残酷な真実を教えてくれた。脅迫相手リストの篠宮の欄にあった「未遂」というのは、鵜飼の自殺未遂のことではなく、柳による篠宮への暴行未遂だったというのだ。

「暴行は殺害の日の一度だけだったんじゃないですか」

私はそう反論したが、大神は静かにかぶりを振った。

「いや、服装が違う」

大神曰く、白骨遺体は紺のワンピース姿だったが、鵜飼の証言にあった、柳が見ていた暴行動画では白のワンピース姿だった。同じ日のわずかな時間の間に、ワンピースの色が紺から白には変わらない。篠宮は死んだ日は紺のワンピース姿だったので、動画が撮られたのは別の日だと大神は断言した。篠宮は一度襲われかけた際に動画を撮られたが、辛くも逃げ出していた。これが「未遂」だという。柳はその動画で篠宮を脅していた。彼女が落ち込んだり退学したりしたのも、このせいだ。

「事件当日、篠宮は動画のことで脅されて再度、柳の部屋を訪れた。そしてそこで揉めたんだろう。柳に殺されてしまった」

大神は腕を組んで言った。鵜飼のことは何ら関係がなかったのだ。篠宮に自殺未遂歴はないし、鵜飼の自殺未遂に気付けたのもただ単に察しが良かったからという可能性が高い。「その気持ち、分かるよ」という言葉も、鵜飼を落ち着かせるための方便だったと考えられる。

そもそも、鵜飼の自殺未遂を知れば、柳はまずそのことで真っ先に鵜飼を脅迫したはずだ。だが、柳は鵜飼の脅迫相手リストに、過去の万引きのことと、篠宮を「埋めた」ことのみを書いていた。これは柳が鵜飼の自殺未遂を知らなかったことを意味する。

「そんな。そんなことって」

私は絶望した。鵜飼にとって得るもののない結末だ。だが大神はこう言った。

「俺はこの真相を黙っている。この意味が分かるな」

すぐには察せられなかったが、やがて驚きとともに理解が滲んでくる。

「検事、まさか……」

大神は、自分の言った真相は無視しろと言っている。私が考えた、誤った真相を伝えろというのだ。虚偽を事実として告げる。これは良くないことだ。しかし鵜飼は自殺未遂を繰り返している。彼の心を救うためには嘘も必要かもしれない。

大神の表情は葛藤に満ちていた。《嘘発見器》が自ら嘘をつくよう促すなど、確かにためらいがあるだろう。しかし、大神は嘘を推奨した。それが大神の答えだ。

大神は決断した。だとしたら、私も決断する他ない。

私は、嘘をつき通すことに決めた。


寒さを覚えて、私は顔を上げた。気が付けば空は真っ暗になり、私の座る公園のベンチを街灯が照らしていた。秋の戸外はさすがに冷える。ぶるっと震えて、私は腰を上げた。いつまでもこうしてベンチで休んではいられない。

地検に向けて歩き出した。しかし、歩みは重い。これで良かったのかという思いがどうしてもぬぐえないのだ。ふと見上げた空には明るい月が浮かんでいて、またあの事件を思い起こさせた。今日の行いで、少しはあの時の罪を償えただろうか。輝く月に問い掛けたいが、きっと答えは返ってこないだろう。

「ただいま戻りました」

執務室に戻ると、電気が点いていなかった。部屋は一面の闇に沈んでいる。慌てて電気を点けると、デスクで大神が頭を抱えていた。

「どうしたんですか、検事」

私が呼びかけると、大神は頷いてのろのろと顔を上げた。

「俺は罪を犯した」

大神は短く言った。本当の罪人のような顔をしている。

「さんざん人の嘘を暴いておきながら、今回は人が嘘をつくことを推奨した」

懺悔のように大神は嘆く。そこにはとてつもない葛藤が見て取れた。

その姿を見て、私は少しだけ楽になった。大神が同じ気持ちなら心強い。

窓辺に歩み寄り、夜空を見上げる。綺麗な月が冴え冴えとして浮かんでいた。

私は、前に大神にアドバイスされてから、過去の負の記憶を箱のようなものにしまって普段は思い出さないイメージを持つよう努めていた。ただ、私の場合、それは箱ではなく墓だった。墓の中に負の記憶を埋めるイメージをし、普段は見えないようにして、でも墓標があることで完全には忘れないという状態だ。私にとってそのイメージが一番しっくりきていた。そして今回も、私は頭の中でそのイメージを働かせた。鵜飼の負のイメージを墓の中に埋め、普段は見えないようにするが完全には忘れない形だ。

月で思い出す、悔いの残るあの事件の、あの人に次いでもう一人――。

「もう一人埋めました」

私はそっとつぶやいた。

第三話　風邪をひいたから殺した

「検事、お加減はいかがですか」

執務室に出勤して早々、私は部屋の中央に堂々と敷かれた布団に歩み寄った。そして、その布団にくるまっている大神に呼びかける。いつもの大神なら、のそっと起き上がって開口一番、嫌味の一言二言でも口にするはずだ。だが、今日は動きが鈍い。うう、と苦しそうに唸り、ますます布団の奥にもぐってしまった。

「検事、食事はされましたか」

「食欲がない」

布団の中からくぐもった声がする。声がこもっているとはいえ、その声はいつもと比べて格段に弱々しかった。私は哀れにすら感じてしまう。

「せめて、お粥ぐらいは食べましょう」

「いや、必要ない」頑なに布団から出てこない。私は呆れてため息をついた。

「何か食べないと、薬を飲めませんよ」

「それは、そうだが」

大神はゴホゴホと咳き込み、やがて観念したように布団から顔を出した。普段の自信に満ちた高慢な表情はどこにもない。青ざめて疲れきった顔があるだけだ。

「全く、この俺が風邪をひくとは。一生の不覚だ」

大神はかつてないほど後悔した声音でつぶやき、枕元のティッシュで勢いよく洟をかんだ。

大神が風邪をひいた。

そんな信じられない事態が起こったのは、十二月初旬のことだった。寒さが厳しくなり、風邪をひきやすい時期にはなっていた。だが、あの血の通わない仕事マシーンの大神が体調を崩すとは。私を騙すための演技じゃないかと散々疑ったほどだ。

しかし、大神は本当に風邪をひいていた。往診に呼んだ医師が間違いなく風邪だと断言したのだ。熱は三十八度七分、のどは腫れ、鼻水と咳が酷かった。

大神は、風邪をひいた原因について「鵜飼の事件で、あんたがむだに悩んでいるのを見て、俺らしくもなく色々気を回しすぎたせいだ」と言っている。回りくどいが、要約すれば、被疑者を救う方法を考えすぎて体調を崩したと言いたいのだろう。慣れないことを考えて体に負担が掛かったのだと。はっきり言えばいいのにとは思ったが、そこまで悩んでいたのかと驚かされる思いもあった。

すぐに薬が処方され、大神は二日間仕事を休んだ。医師は家に帰って休養すべきだと言ったが、大神は執務室で治すと言い張った。そもそも実家以外帰る家はないし、住み慣れた場所にいた方が治りやすいという考えらしい。医師は唖然としていたが、大神は当たり前のことを言っているだけという顔つきだった。

そして、大神が執務室で休養することで、必然的にそこで働く私が看病をすることになった。氷嚢（ひょうのう）を替え、熱を測り、買い物に行き（これはいつも行っているが）、三度の食事まで作った。大神は栄養を考え食事の作り方を細かく指示してきたので、それに従うのも大変だった。そしてそれらの作業の負担は思いのほか大きかった。現在、大神は風邪で休んでいるので、取り調べなどはストップしている。そのため業務量は減っているはずなのだ。それなのに、看病のために私の残業時間は長くなっていた。

結局二日間、私は大神を看病した。忙しく目が回るような二日間だったが、看病をしていていいこともあった。弱々しい大神を見ることができたのだ。

「食事はまだか」

ようやく布団から出た大神が、かすれた声で問い掛ける。カセットコンロで調理をする私は、わざと焦（じ）らして間を空けてからニヤリと笑いかけた。

「検事、食事が欲しいですか」

「おい、焦らすな。食えと言ったのはあんただろ」

大神の声が懇願するような調子になった。いつも嫌味を言われている身としては、このぐらいしても罰（ばち）は当たらないだろう。

「冗談ですよ。はい、検事の仰った通りに作った栄養満点のお粥です」

座卓にお粥の入った茶碗を置く。卵でふんわりとじた熱々のお粥だ。大神はそれを手に取り、啜るようにして一口二口と食べていった。栄養が体に行き渡ったのか、徐々に大神の血色が良くなっていく。

「ふう。悪くはない味だった」

素直でない大神は、完食してそうつぶやく。美味しかったと言えばいいものを。笑いを噛み殺しながら、大神の嫌味が復活したのを嬉しく思った。

「さて、では予定通り今日から職務に復帰する」

大神は腰を上げ、そう宣言した。だが、足元が若干ふらついている。咳も少し残っていた。

「大丈夫ですか。もう一日休まれた方が」

私は心配でそう諭すが、大神は手で制した。

「医者ももう治ったと言っていただろ。問題ない」

確かに往診の医師は、もう治っていて体内にウイルスもないと言っていた。大神は私の横を通り過ぎ、買っておいたマスクを着用する。本気で仕事に戻る気だ。説得をしたいが、素直に聞く大神ではないだろう。こうなったら、私はできる限りのサポートをするまでだ。

しかし、その前に一言言っておきたいことがあった。

「検事、風邪は一人で治すものではないですよ。看病してくれる人の力も大きいです」

大神は一瞬きょとんとした後、すぐに鼻で笑った。

「風邪は自分で治すものだ。おかしなことを言う」

大神らしい返答だった。だが、鵜飼の事件のことを一人で抱え込んだ結果の風邪だとすれば、一人で何でも解決するという考え方は適切ではないと思う。

「体調を崩すほど悩みがあるなら相談してください。私も力になります」

正直な気持ちを口にした。大神を全力でサポートしたいという思いの表れだった。しかし、大神は怪訝そうな表情を浮かべている。

「なぜ、あんたに相談しないといけない」

そう言われると言葉に詰まるが、私は鵜飼の事件の後、ずっと考えてきたことがあった。私と同じように、被疑者を救う方法について真摯に悩んだ大神。その姿を見ていると、私の中で大神との関係を表す、ある言葉が浮かんできた。

「私は、検事の『相棒』です。相談でも何でも受けます」

気恥ずかしかったが、言葉にした。大神がどう反応するか興味があったからだ。

「相棒だと」

大神は、一瞬目を泳がせた。しかし、すぐにいつもの調子に戻る。

「思い上がるな。頼りない事務官では、相談するに値しない」

大神はスーツに着替えるため、足早にパーティションの裏に向かった。だが、一瞬泳いだ目のことを思い出すと、私は愉快な気持ちになる。私が大神をサポートしなければという思いがますます強くなっていった。

大神が着替えている間、私は布団を片付ける。仕事を休んで休養していた時の大神はかなりうなされていたので、布団のシーツは皺だらけだった。丁寧に伸ばして折り畳み、コインランドリーに持って行くためのカバンに入れておく。

ただその作業をしているうち、思い出すことがあった。休養一日目、一番熱が高かった頃。シーツを皺だらけにしながら苦しんでいた大神が、妙なことを口走ったのだ。最初は、私の聞き間違いかと思った。だが、大神は確かにこう言っていた。

「すまなかった、ユウコ」

ユウコという女性に謝っていた。あの大神が。ユウコというのは誰なのか。なぜ謝っているのか。普段なら恋愛沙汰を疑って早速問い詰めるところだ。しかし、大神の声音は強い真剣味を帯びていて、私は軽い気持ちで問い質すことができなかった。

いつかこの謎が明らかになる時は来るのだろうか。私は大神の過去を思った。


「失礼します」

ノックの音の後に、被疑者が入ってきた。制服警察官に連れられて来たのは、茶髪をショートボブにした、四十歳ほどの小柄な女性だった。細身の体つきで、顔立ちは整っている。目つきに力があり、気が強そうな美人という印象だった。ただ、今は逮捕されているということもあり、疲労感が滲んでいる。彼女は力なく椅子に腰掛けた。

ところが、彼女はふと私を見ると、驚いたように目を見開いた。そしてそのまま、まじまじと私のことを見つめる。おかしな反応だった。知り合いではないはずだが。

「祖父江尚美さんですね」

大神がマスクの下で笑顔を作って問う。尚美は慌てたように私から目を逸らし、大神に頷きかけた。何だろう。私の顔がそんなに気になるだろうか。

「まずお伝えしておきますが、あなたには黙秘権があります。ご自身にとって不利益になる供述を拒否できる権利です」

大神が笑顔を続け、決まり文句を言う。だが、体調不良の中ではその笑顔は作りものめいていた。しかも、マスクの下なので笑顔が見えづらい。それらに加え、声にも力がなかった。マスクをしていることもあり、こもっていて聞き取りにくい。尚美は何とか聞き取ったようだったが、正しく聞き取れたかどうか半信半疑の様子で、おずおずと首を縦に振った。

尚美の態度や大神の体調に不安を抱きながらも、私は県警の調書に改めて目を通す。祖父江尚美、三十九歳。中学生の娘を持つ母親であり、スーパーのパートとスナックでのバイトを掛け持ちしている。

尚美は、夫の克也(かつや)と別居をしていた。離婚はしていなかったが、尚美とその娘は、克也とは別の家で暮らしていたのだ。そして克也は、養育費は払っていたものの、尚美の生活費までは援助していなかった。尚美は自分一人の稼ぎで娘と一緒に暮らしていかなければならなかった。そのため、スーパーのパートに加えスナックでのバイトを増やしたらしい。

克也は警備員の仕事をしていたが、収入は少なかったそうだ。別居前から、尚美のパートでの給料は家族にとって大事な収入源だったらしい。

調書をざっと見直したところで、大神が質問を始めた。まずは事件の概要からだ。

「それでは事件についてお聞かせください。祖父江さん、あなたは十二月六日、自宅アパートの寝室で夫の克也さんを殺害しましたね」

「はい、ガラス製の灰皿で頭を殴って殺しました」

尚美は克也を殺害した容疑に問われている。彼女は自宅アパートに克也を呼び出し、ガラス製の灰皿で後頭部を殴打して殺害したというのだ。

「殺害時刻は午後五時頃。その直前の午後四時三分に、あなたは克也さんを電話で呼び出していますね」

「そうです。殺そうと思って呼び出しました」

尚美はパートから帰って来て克也を呼び出し、犯行に及んだようだ。パートからの帰宅は午後三時半頃。その後、克也のスマホに午後四時三分、尚美からの着信が入っていた。それが呼び出しの電話と見られている。

ちなみに、尚美と同居していた娘の蓮花（れんか）――十四歳の中学二年生――はその時まだ学校から帰宅しておらず、警察に自首の電話をした母親が連行される際に帰宅したとのことだった。

「こちらが凶器の灰皿です。これで殴った。間違いありませんね」

「その通りです」

大神がガラス製の灰皿の写真を見せる。実物の灰皿は重く、凶器として使うには充分だった。水商売で煙草（たばこ）を吸う習慣のある尚美のものだろう。尚美は自らの寝室で、この灰皿を使って克也の後頭部を殴打して殺害した。

「何か物を落として、克也さんにそれを拾わせるために屈（かが）ませた隙に、頭部を殴打して殺害したとか」

「ええ。そうでもしないとあの人の頭に届きませんでした」

克也の身長は一八〇センチ台と大柄で、尚美は一五〇センチ台と小柄だった。高い位置にある克也の頭をどう殴打したかは問題になったが、警察内では、克也が屈んだところを上から殴打したという結論に至った。尚美の方で何か物を落として拾わせ、その隙に上から殴打すればいいということだ。尚美自身もその通りだと認めている。

「警察への通報はご自身でなさった。そうですね」

「はい。もう逃げられないと思いました」

犯行後、彼女は自分で警察に通報し、駆け付けた警察官によって逮捕された。灰皿には尚美の指紋だけが残っていた。本人も犯行を自白していることから、警察での取り調べもスムーズに進み、すぐに送検されてきたという流れだ。

ただ、一つだけ奇妙なことがある。それは、尚美の語る殺害動機だ。

「祖父江さん、あなたは『風邪をひいたから夫を殺した』と主張されていますね」

「はい、その通りです」

尚美は頷いた。主張に間違いはないらしい。ただ、どう解釈しても意味不明だ。

確かに、殺害当時、彼女は風邪をひいていたようだ。今は治っているが、事件の二日前に病院でもそのように診断されていた。

当時、彼女はスーパーのパートとスナックのバイトの両方に無理をして出勤していたようだ。しかし、事件当日のスーパーのパートは、体調不良で午後三時過ぎに早退している。事件当日の帰宅が三時半と早いのはそのためだ。

「なるほど、風邪をひいたからですか」

大神が体調不良なりにも、興味を持った口調で言った。ちょうど大神が風邪をひいていることもあり、私も同じような気持ちになった。もちろん偶然の一致だろうが、今回の事件には興味を惹かれるところがあった。

なお、この事件に興味を持っているのは私と大神だけではない。この不可思議な動機はマスコミに漏れ、その奇妙さからワイドショーで連日話題になっている。ちょうど大きな事件や話題がなかったことも影響した。日々、ワイドショーでは動機の考察が行われ、コメンテーターたちが次々と推理を披露している。

「以上が事件の概要ですね。何か付け足すことはありますか」

「いえ、特にはありません」

大神と尚美のやり取りで、事件の概要をなぞる時間は終わった。大神はマスク越しでも分かるよう大袈裟(おおげさ)な笑みを浮かべて、次の段階に話を進める。

「祖父江さん、体調はいかがですか。勾留生活では体調を崩しやすいと思いますが」

「今のところは、大丈夫です」

「しんどくなったら相談してくださいね。できる限りのことはしますから」

「はい。分かりました」

体調を気遣っての質問。恐らく、ラポールを形成するための会話だろう。尚美のことを心配することで、信頼関係を築こうという狙いだ。

「まあ、私自身体調を崩してしまっているので、偉そうなことは言えませんけどね」

大神は軽く笑った。自分の体調すらラポール形成のためのネタにしている。執念を感じた。この調子なら、今回も真相はすぐに明らかになるだろう。

「そう、ですね」

ところが、尚美の反応は薄い。いつもならもう少し響くはずなのだが。

大神も不安を覚えたのか、尚美には分からない程度に眉を寄せた。

「祖父江さん、娘の蓮花さんは中学二年生ですか。かわいい盛りですね」

「ええ、そうですね」

「未婚の私にはまだ分からないんですが、お子さんというのはどういう存在ですか」

「はい、やはり特別な存在です」

大神は事件とは関係なさそうな、娘の話を始めた。方針転換だ。ラポール形成のため、尚美が一番語りたいであろう娘への愛情を語らせる狙いだろう。尚美と娘との仲が良好なのは、県警の調書にも書いてあることだ。

「蓮花さんとは、普段はどのようなお話をされるんですか」

「どのようなといっても、まあ普通です」

「具体的には？」

「学校の話とか。そのあたりです」

「他にはありますか」

「まあ、テレビ番組の話とか」

「どのようなテレビ番組ですか」

「それは、ドラマとか」

大神は質問を重ねるが、どうもいつもとは調子が違った。普段ならこの会話は盛り上がるのだが、今回は尚美に響いていない。彼女の返答はどれも淡白で、ラポールを形成できているようには見えなかった。

大神もおかしいと思ったのか、質問を変えるなどして軌道修正を試みる。だが、どう足掻いてもうまくいかない。こんなことは珍しかった。

「では、そろそろ質問を変えましょう。事件についてです」

とうとう大神は折れた。ラポール形成を一旦中断し、事件についての質問に移った。めったにないことで、大神の表情にも若干の焦りが浮かんでいる。

「ご主人の克也さんと別居をされたのは、四年前のことですね」

「はい、その通りです」

「別居後の四年間、克也さんとは連絡は取られていましたか」

「ええ、取っていました。養育費はもらっていたので、催促のために時々」

「その時、連絡はどのようにされていましたか」

「電話です。スマホで連絡を取り合っていました。お互いスマホに番号を登録したままにしていましたから。万一スマホが壊れるなどして使えなくなった時に備えて、自宅に置いているメモ帳にも番号をメモしていました」

　そのメモ帳は押収されている。尚美の寝室のベッドサイドに置かれていた。

「ちなみに、養育費の催促というのは頻繁に行われていたんでしょうか」

「いいえ。ほとんどしていません。夫が養育費を払い始めた当初は、二ヶ月ほどお金のやりくりに失敗して支払いが滞ったので催促しました。ですが、それ以外の期間は欠かさず振り込みが行われていました」

　どうやら養育費はほぼ完璧に振り込まれていたらしい。警察が銀行口座を調べた結果も同じだったので、これが動機ではなさそうだ。

「それでは次の質問に移ります。ご主人との別居の理由は何だったのでしょう」

　大神はここで切り込んだ。尚美は暗い顔をして、話しにくそうにうつむいた。ラポールがまだ形成できていない中では、答えにくいだろうか。

「性格の不一致です」

それでも、尚美はぼそりと答えた。大神は安堵したように息を吐く。

「六、七年前から、意見が合わなくなってけんかが増えて。四年前に、夫と同居していたアパートから私と蓮花が出ました。そして新しいアパートで暮らし始めたんです。それ以後は養育費について電話をしただけで、ほとんど連絡を取っていませんでした」

尚美はそれだけ言うと、また下を向いた。大神は意外そうな顔をする。もっと喋ってくれると思ったのだろうか。

「他には、理由はありませんか」

「ありません。もう話したくないので、いいですか」

尚美は話の続きを拒絶した。大神は面食らった様子で、それ以上別居の理由は追及しなかった。大神にしては珍しいことだ。

「では、『風邪をひいたから殺した』という動機について、何か仰りたいことは」

「特にありません」

尚美は口を閉ざした。奇妙な動機を口にしながら、詳しくは語らない。謎めいた対応だ。大神も理解できないとばかりに首を捻っていた。

「祖父江さん、あなたはいつから風邪をひいていましたか」

ふと、大神はよく分からない質問をした。こんな質問で事件の何が分かるのだろう。

「十二月四日からです。事件の二日前ですね」

尚美ははっきりと答えた。記憶は鮮明なようだ。この風邪が原因で、事件当日はスーパーのパートを三時過ぎに早退している。

「そうでしたか」

大神は唸る。次はどんな質問を放つかと構えたが、大神は力なくこう言った。

「本日の取り調べはここまでにしましょう。お疲れ様でした」

唐突な取り調べ終了。いつも通りと言えばいつも通りだが、今回は普段とは少し違う。大神はラポールを形成できず、被疑者からあまり情報を引き出せなかった。

大神は取り調べに失敗したのだ。

「検事、買ってきましたよ」

私は重量のあるスーパーの袋を座卓に置いた。袋にはお粥やスポーツドリンク、ヨーグルトや果物がたっぷり詰まっている。大神が指示した風邪対策の買い物だ。

「ご苦労」

デスクで考えに耽る大神は、愛想なく言った。しかし愛想なくというよりは、弱々しくと言った方がいいかもしれない。まだ風邪症状が抜けきらないようだ。

取り調べが不調に終わったのは、体調が原因なのか。今もぼうっと考え込んでいるマスク姿の大神を見ていると、彼らしくないその様子に不安が膨らんでいく。

「朝比奈、そろそろ捜査に行ってもらおう」

ところが、大神が不意に力強い声を発した。はっとして見ると、大神は脚を組んで自信のある様子だ。考え込んでいた結論が出たのだろうか。期待が持てる態度だった。

「何を調べてきましょう」

私が勢い込んで尋ねると、大神は仕方ないなとばかりに肩をすくめる。

「祖父江尚美の自宅アパートの部屋についてと、彼女の周辺人物がいつ風邪をひいていたかについてだ」

不思議な指示だったが、大神の顔を見ると得意そうだった。こういう顔をしている時の大神は、間違えない。

「分かりました。早速、行って参ります」

私はカバンを引っ掴むと、執務室から駆け出して行った。


「大神検事が風邪ね。珍しいこともあるもんだ」

ハンドルを握る友永が苦笑した。車は幹線道路に入り、二車線の右側を走っている。

「で、大神検事の体調はどうなんだ」

「良くはなりましたけど、まだ少し悪いですね。それでも仕事はするんですよ」

「さすがは大神検事だな。仕事の鬼だ」

友永が呆れ半分、尊敬半分の表情を浮かべる。きっと私もそんな表情なのだろう。

「だが、そんな体調では仕事もきついだろ。取り調べは大丈夫なのか」

友永が不安げに問う。私は首を振った。

「あまりうまくいっていません。心配です」

「そうか。だとしたら、朝比奈のサポートが必要だな」

この私に何ができるだろうか。信頼する大神のために、一体何が。

「まあ、それを考えるのも朝比奈の仕事だな」

表情を読まれたのか、友永に宿題を出された。気持ちを見抜かれて恥ずかしさを覚えながらも、しばらく考えないといけないなと思った。

「おっ、ここを曲がってもうすぐだ。大きな池が目印なんだ」

右折して幹線道路沿いの脇道に入り、しばらく直進する。すると左手に、鬱蒼とした木々に囲まれた大きな池があった。どうやら相当深いようで、水遊び禁止の立て札がいくつも立っていた。

「ここだ。着いたぞ」

池の前を通り過ぎてしばらく行くと、一軒のアパートが建っていた。二階建てのやや古いアパートだ。ここの一階の一〇二号室に、尚美は娘の蓮花と一緒に住んでいた。

駐車場に車を停め、待ち合わせていた大家と合流した。大家は中年の男性で、とんでもないことをしてくれたと未だに怒り心頭だった。

「早く済ませてくださいよ。何度も警察が来て、うちの評判はがた落ちです」

大家を玄関で待たせ、私と友永は一〇二号室に入った。中は狭く、部屋は三室だけだった。キッチンと一緒になった居間が一室と、寝室が二室あるだけだ。

「左が尚美の寝室、右が蓮花の寝室だそうだ」

左右に並んだ寝室のうち、まずは左——尚美の寝室に入る。ここが殺害現場だ。

尚美の寝室には、大きめの窓があり、ベッドと机、本棚が置かれていた。それ以外はあまり物がないシンプルな部屋だ。床にはうっすらと血の染みが残っている。

「本棚、ほとんど空ですね。本は押収したんですか」

背の高い重そうな本棚には、数冊しか本がなかった。スカスカという状態だ。

「いや、本はそれほど押収していない。もともとこうだったんだ」

本棚を置いたものの、あまり本を買わなかったということか。尚美は経済的に苦しかったようだから、そういうこともあるかもしれない。

「次は娘の蓮花の部屋だ」

今度は右側の部屋に入る。娘の蓮花の寝室には窓がなく、ベッドと机が置いてあった。床には漫画本が山積みになっている。そしてかわいらしいキャラクターのぬいぐるみが多く置かれていた。いかにも中学生の女の子といった感じだ。

「うーん、特に重要そうな証拠はないですね」

私は困ってしまった。大神は部屋を見ろと言ったが、特に見るべきものがない。

「居間はどうでしょう」

蓮花の部屋を出て居間に戻るが、そこにもあまり注目すべきものはない。

「もう警察があらかた調べているからな」

「ですが大神検事が言うからには、何かあると思うんですが」

私が居間をうろうろしていると、友永が、そういえば、と声を上げた。

「そうだ。逆に何もなかったのが気になったな」

「どういうことですか」

私が顔を覗き込むと、友永は居間のテーブルを指差した。

「事件発生直後、警察が踏み込んだ時、テーブルの上や流しには何もなかったんだ」

片付けた直後ならあり得ることだと思ったが、私はいや待てよと考え直した。

「被害者の克也さんに出したはずの飲み物がなかったんですね」

友永は合格、とばかりに大きく頷いた。

「その通り。尚美は克也を部屋に呼び出している。最初に飲み物の一つぐらい出したはずだ。だが、そのグラスがどこにもなかった」

流しを見ると、洗い終えた食器を乾かすための食器立てがある。当然、そこにもグラスはなかったのだろう。殺害までにグラスを洗い終えたとしても、絶対に食器立てにグラスを置いて乾かすはずだ。そこにもなかったのなら、それは不自然だ。

「そもそも飲み物を出さなかった……。あるいは、飲み物を出す前に殺害したんでしょうか」

「そこまでは分からない。しかし、何かがおかしい気がする」

友永の覚えた違和感。それは重要なものだと私の直感が告げていた。


アパートを出て、次は尚美の母親の家に向かった。現在、この家には尚美の娘である蓮花が身を寄せている。幸い千葉市内だったので、すぐに会いに行くことができた。

「蓮花は繊細な子ですからね。細心の注意を払ってください」

尚美の母親にして蓮花の祖母――藤井好江は神経質な声で言った。白髪の多い髪からは、心配性ゆえに気苦労が多かったことが想像できた。

「あの子は友達に恵まれなくて、孤独で傷付きやすいんです。厳しく話を聞くことだけはやめてくださいね」

好江は口酸っぱく注意をする。ただただ、本気で孫娘のことを心配している口調だった。蓮花を安心して任せられる保護者のようだ。少しほっとした。

「蓮花さんは、昔からそのような性格だったんですか」

せっかくだから好江からも情報を得ようと思った。蓮花の性格について質問をすると、彼女は話してくれる。

「仲の良かった父親と四年前に別居して以来、暗い性格になってしまいました。それ以前は、父親大好きの明るい子だったんですが」

両親の別居がよほど堪えたということか。蓮花の心中を思うと胸が痛んだ。

「事件の前後での、蓮花さんの様子はどうでしたか」

「そうですね。事件の少し前、蓮花は部活をサボって帰りが遅かったんです。確か十二月一日だったでしょうか。こっちに来ていないかと心配する電話が、尚美から掛かってきました。普段はサボりなんて絶対にしないのに。やっぱり事件と関係して何かあったんでしょうかね」

好江は深いため息をついた。心配事は尽きないようだ。

「まあ、そろそろ蓮花を呼びましょうか。私の話ばかりじゃ、意味がないでしょう」

蓮花、と好江は声を上げた。すると二階の方から控え目な足音がして、やがて部屋に中学生の少女が現れた。身長は一四〇センチほどと小柄で、黒髪を後ろでお団子に結んでいた。伏し目がちで、大人しそうな子だ。どこかで見たような顔だと感じたが、どこで見たのかは思い出せなかった。

「私は外したほうがいいんですか。前の時もそうでしたけど」

好江が問い掛ける。友永が、できれば、と言うと彼女はそのままリビングを出た。警察の聴取でもそうしたようだが、やはり祖母がいると蓮花も話しにくいだろう。

「蓮花さん、初めまして。検察事務官の朝比奈です。こちらは県警の刑事で友永といいます」

「初めまして」蓮花はぼそぼそと返事をする。気は小さそうだが、話はできそうだ。

「つらいことを思い出させるかもしれませんが、許してくださいね。まずは、お父さんはどんな人だったか教えてください」

克也の人となりを知るための質問だ。蓮花はためらいながらも返答する。

「お父さんとは、十歳の時に別れて以来、一切会っていません。お母さんから絶対に会ってはいけないと言われていたんです。ですからあまり記憶にはないんですが」

「大丈夫ですよ。覚えている範囲でいいので、教えてください」

私が柔らかい声で言うと、蓮花はふうと息を吐いた。そして不意に眉を吊り上げた。

「お父さんは、最低の男でした」

長年煮詰めたような、深い憎悪のこもった口調だった。私は思わずぞっとする。

「最低の男というのは、どういうことですか」

「言葉の通りです。お父さんは、同居していた時も別居した後も、お母さんを困らせてばっかりだったんです。同居していた時は口げんかが毎日のように続きました。私とお母さんが大きなスーツケースに荷物を詰めて家を出るのが、どんなに悲しかったか。そして別居した後は、養育費の振り込みがたびたび遅れて、お母さんが何度も電話しないといけなくなっていました。養育費の電話は、お母さんは私に隠れてしていたようですけど、バレバレでした」

妙だな、と思った。好江は、蓮花は父親のことが大好きだったと言っていた。それなのにこの憎悪。それに加えて、養育費の振り込みはほとんど滞ることはなかったはずだ。尚美自身がそう証言していたのだし、銀行口座の振り込み記録からも間違いない。しかし、蓮花の証言はそれと食い違っている。どうしてだろう。

食い違いを問い質したかったが、父親を擁護するような発言を、父親嫌いの蓮花の前ではできそうにない。私は質問を呑み込んだ。

「そういえば、事件当日はお母さんが連行されるタイミングで帰宅したんでしたね」

私の迷いを察してか、友永が別の話題を口にした。蓮花はこくりと頷く。

「部活帰りでした。私は陸上部なんですけど、その日は一人で体育館で筋トレなんかの別メニューで調整をしていました。だから、少し早く帰れたんです」

「陸上部ですか。素敵ですね。しかし、どうしてその日は別メニューだったんですか。一人だけの部活動というのも寂しいでしょう」

友永が、私も気になったところを尋ねてくれる。蓮花はぼそぼそと答えた。

「その少し前に風邪をひいて、二日間学校を休んでいたからです。病み上がりだったので、体育館での別メニューを指示されました。その日は外が寒くて、病み上がりにはつらかったんです。まあ、友達はもともといないので、一人でも寂しくはなかったですけど」

納得すると同時に、蓮花の寂しい境遇が見えてきた。祖母の好江が、蓮花は友達に恵まれないと言っていた通り、彼女には友達がいないようだ。

少し気まずくなったが、私はそこで大神からの指示を思い出した。尚美の周辺人物が、いつ風邪をひいていたかを調べろ——。

「蓮花さん、その風邪をひいたのはいつからですか」

私が問うと、蓮花は妙な質問だとばかりに首を傾げた。

「ええと。木曜からだから、十二月二日からです」

事件の四日前だ。私はすぐさまメモを取る。メモ帳には尚美が風邪をひいたのは事件の二日前とも書いてある。蓮花は事件の四日前に風邪をひいて二日間休み、尚美は事件の二日前に風邪をひいた。恐らく、蓮花の風邪が尚美にうつったのだろう。

関係が見えたが、こんなことで事件が解決するのだろうか。風邪のことを考えすぎたのか、ゴホゴホと咳が出た。大神の思惑はまだ見えてこない。

その次に訪れたのは、被害者の克也の勤め先だった。警備員の派遣業務を行うその会社では、上司の松原（まつばら）という中年の男性が対応した。

「祖父江さんは、非常に真面目な方でしたよ」

細身の松原は、事務員が出したお茶をゆっくりと啜ってから言った。

「ほとんど無遅刻無欠勤。仕事は丁寧で評判も良かったんですよ」

働きぶりは真摯なものだったようだ。しかし、松原は何か言いたそうだ。

「それ以外に、何か気になることはありませんか」

私が水を向けると、松原はまた茶を啜ってから遠慮がちに答えた。

「それまで無遅刻無欠勤だった彼が事件の数日前——十一月最終日の三十日に突然、仕事を休んだんです」

「仕事を休んだ。どうしてですか」

「風邪をひいたと言っていました。休みの連絡の電話でも、咳と鼻水がつらそうでしたから。前日にも、仕事中に風邪症状が出てしんどそうでした」

また風邪だ。この事件には風邪というキーワードがちりばめられている。大神はそれが大事だと言いたいのだろうか。よく分からなかった。

「ですがその、風邪のこと以上に気になることがあるんです」

私が考え込んで間が空いたお陰なのか、松原はさらに発言を続ける。次は何だろう。

「仕事を休んだ日、祖父江さんは翌日には復帰できると電話で言っていたんです。だから私は、翌日の午前から夕方までのシフトに祖父江さんを入れると伝えました。本人も了承してくれました。ですが、翌朝早くになって急に、祖父江さんは深夜のシフトに変更してほしいと電話してきたんです」

直前でのシフト変更。真面目な克也らしくない。松原も困っただろう。

「急だったので驚きました。もちろん、祖父江さんに注意をしました。ですがどうしようもないそうで、仕方なくシフト変更をしたんです。電話越しでも、体調はかなり良くなっているように思えたんですが」

「妙ですね。シフト変更の理由は何だったんですか」

「人と会うことになった、とのことでした。ただし、誰にもこのことは言わないでほしい、と祖父江さんは頼んできました。ますます変な話で、気になりましたよ」

誰と会っていたのだろう。事件と関係していると仮定すると、やはり尚美と会っていたのか。そこで揉めて、事件発生に繋がってしまったということか。

私は考えを深めながらもメモを取った。大神が指示した、克也が風邪をひいた日付に加え、その前後の経緯もメモしておく。克也は十一月二十九日に仕事中に風邪症状を示し、翌日に仕事を休んでいる。そしてさらにその翌日には、人と会うと言って急なシフト変更を依頼した。

　この行動に何か意味はあるのだろうか。私は考え続けた。


　いちご、りんご、キウイ、みかん、バナナ。真っ白いヨーグルトの海に、漂流したヤシの実のように、色とりどりの細切れの果物がぷかぷか浮かんでいた。

「そうか。報告ご苦労」

　暖房を強くした執務室で、大神はヨーグルトを啜っていた。様々な果物を浮かべた、風邪対策のヨーグルトだ。ビタミンCをとったり、ヨーグルトで善玉菌を増やしたりするのが風邪にはいいらしい。

　まあ、本当は仕事を休んで休養するのが一番いいのだが、それを大神に言ってもむだだろう。私はいまさら大神を止めるつもりはなかった。

「しかし、なるほどな。真相が見えてきたぞ」

　唐突に大神がつぶやいた。私ははっとして大神を見る。まさか、もう分かったのか。

「次の取り調べで真相を看破する。明日の朝一番に取り調べを入れておけ」

　すぐさま指示が飛んだ。驚きを隠せないが、そうと決まれば行動するしかない。私は固定電話を摑んで関係各所への連絡を開始した。

「ただ、問題は俺自身だな」

電話をする傍ら、大神の声が聞こえた。悩んでいるような声音だった。

「だとしたら、あれでいくか」

受話器を耳に当てながら目を向けると、大神は意外にもニヤッと笑った。あれとは何だろうか。

気になるが、電話は掛けないといけない。各部署に無理を謝りつつ連絡を続けていると、デスクに重いものが、どん、と置かれた。

「明日の朝までにこれを仕上げておけ」

それは大量の書類だった。事務処理が速い私でも、明らかに徹夜が必要なほどの量だ。しかし内容を見ると、まだ先に回してもいいようなものばかりだった。

「どうしてこれを、今すぐ仕上げないといけないんですか」

電話が終わったので問うと、大神は意味深な笑みを浮かべた。

「今のうちにやっておかないと大変だからだ」

それだけを言うと、大神はヨーグルトを食べに戻った。ほとんど答えになっていないと思うが、ここで反論してもむだだろう。それに、大神のことだ。何か考えがあるに違いない。

私は黙って書類を手に取った。ゴホゴホと少し咳が出た。大神の体調ばかり考えているが、私自身も気を付けないといけない。できるだけ早く作業を終わらせようと思った。

「祖父江尚美さんですね」

大神がにこやかに問い掛けた。一晩明けた執務室にて、再び尚美の取り調べが行われている。大神は相変わらずマスク姿で体調も悪そうだが、昨日よりは顔色が良い。

だが、その一方で私は疲れていた。結局昨晩は完全に徹夜をし、一睡もしていない。指示された書類は処理し終えたものの、押し寄せる眠気には抗（あらが）いがたい。何度も瞼が落ちそうになり、そのたび慌てて目をこじ開けた。化粧でごまかしているものの、素の顔色は大神より悪いかもしれない。

「体調はいかがですか、祖父江さん」

「はい、まずまずといったところです」

「私のように風邪をひいたりはしていませんか」

「そうですね。大丈夫です」

大神と尚美の会話が、耳を素通りしていく。相変わらず尚美の反応が薄いということもあるのだが、大きな原因は私の寝不足だ。私は必死に堪える。

「朝比奈さん」ふと名前を呼ばれて、慌てて顔を上げた。声の主を探すと、大神がこちらを向いていた。首を振って眠気を飛ばし、私は姿勢を正す。

「何でしょう、検事」

「私の隣に座ってください」

思わず眠気が吹き飛んだ。隣に座れとはどういう意図だろう。

意味が分からないが、私は席を立つ。椅子を持って、大神の右隣に移動した。尚美がまたじっとこちらを見ているのは気になったが、それ以上に大神の考えが気になる。

「検事、これでよろしいですか」

椅子に座って問うと、大神は頷いた。そして、耳元でこうささやく。

「被疑者の発言に合わせて、俺以上にしきりに頷いたり、微笑んだりしてくれ」

それきり大神は私から目を外し、尚美との会話に戻った。私は戸惑ったが、その戸惑いの中で認知的虚偽検出アプローチの一つの手法を思い出した。

そうか、大神はあれをするつもりなのか。私は大神の考えの巧みさに舌を巻いた。

「祖父江さん、この朝比奈を第二の取調官だと思ってください」

「はあ、分かりました」

尚美は怪訝そうな表情を浮かべている。私は精一杯の笑顔でそれに応えた。緊張するが、こうなったら徹底的に第二の取調官を演じてやろう。

「祖父江さんはお仕事も忙しかったでしょうから、風邪対策などしっかりされていたでしょう。どのような対策をされていましたか」

「ええと、そうですね。結局大事なのは、手洗いとうがいですね」

オープン・クエスチョンに尚美が答える。私は全力で頷き、笑みを浮かべた。

「しかし時には風邪をひきますよね。そんな時はどうしましたか」

「暖かくして寝ていました。それが一番です」

「事件の二日前にも、風邪をひかれたそうですね。調子はどうでしたか」

「悪かったです。スーパーのパートを早退したほどです」

「そうでしたね。ですが体調不良でも仕事には出たんですね」

「生活費が必要ですから。仕方のないことです」

尚美が答えるたび、私は頷きと笑みを繰り返す。尚美は私のことを何度も見てきたが、私が好意的な反応を続けることで、次第に表情を緩めていった。

その過程で、私は大神のここまでの彼らしくない失敗の理由に気付いた。私が頷き微笑むだけでこうなるのに、大神がうまくできなかった理由。それを見つけたのだ。

「娘の蓮花さんも、事件の四日前に風邪をひいたとか。体調はどうでしたか」

「ええ、熱が三十八度六分も出て、体もだるかったようで大変そうでした」

「蓮花さんはどのぐらいで回復されたんですか」

「二日で回復しました。すぐに学校にも戻ることができて、ホッとしました」

尚美は私の方をちらちら見ながら、少しずつ饒舌（じょうぜつ）になっていった。ラポールが形成されていくのが目で見えるようだった。大神の仕掛けた奇策、第二の取調官。その効果が現れ始めてきた。

大神が私に第二の取調官を演じさせたのは、認知的虚偽検出アプローチの手法の一つだ。黙っていても、頷き微笑むなどするサポーティブな第二の面接者（この場合、私のこと）の存在は、被面接者（被疑者）にたくさん正直に話させる効果がある。自分の発言に積極的に同意してくれる第二の面接者の存在は、被面接者の話を引き出すことができるということだ。自分ではラポール形成が難しいと感じた大神は、今回に限り私にサポーティブな役割を担わせたのだ。

そもそも、大神は今回風邪をひいており、顔色が悪く声にも張りがなかった。おまけにマスクをしているせいで表情も読み取りにくい。笑顔と優しい声でのラポール形成が非常に難しかった。表情と声という武器を奪われた大神は言葉の力だけで会話をせざるを得ず、結果、ラポールを形成できなかったというわけだ。

だから、大神は考えた。だったら笑顔のような見た目の印象を、別の人に任せればいいと。そこで選ばれたのが私だ。大神はあくまで、会話をするだけ。見た目の優しい印象は、私が発揮すればいいということだ。

うまく考えられた作戦だ。大神は内心では大得意だろう。

「さて、では克也さんとの別居についてお聞きしようと思います」

尚美の反応が良くなったところで、大神はカードを切った。前回の取り調べで訊きされなかったテーマだ。

「事件発生時、祖父江さんは娘の蓮花さんと同居されていました。娘さんをどうするかについては、別居時に克也さんとどう話し合われたんですか」

「ええと、それは」

いきなりの深い質問。当然、尚美は答えにくそうだ。果たしてラポールの形成がどこまで効果を及ぼすか。私は精一杯の笑顔を浮かべた。

「蓮花については、私が引き取るということで話がまとまっていました。ただ……」

「ただ、どうされましたか」

大神は尚美のためらいを見逃さなかった。私が頷きを続ける中、勝負の質問を放つ。

尚美は迷うように目を揺らした。だが、その視線が私の方を向いた時、彼女は心を決めたように話し出した。

「夫は、蓮花に会いたがっていました。養育費は払っているんだから、時々は会わせてほしいと何度も要求してきていたんです。私は会わせませんでしたけど」

新しい情報だ。私は話の内容に合わせて神妙に頷き、尚美の発言を引き出しにかかる。

「事件の少し前にも、深夜に夫からしつこい電話が掛かってきました。ですが、私は会うことを許可しませんでした。こういうことは何度かありましたが、そのたび私は拒絶を続けていました」

「そうでしたか。ちなみに、事件の少し前の電話というのは、いつのことですか」

「十一月の末の——確か二十九日だったと思います」

大神は納得したように頷いた。どうやら情報を引き出せたようだが、この情報をどう料理するか。大神の手腕が問われる場面だ。

大神は尚美を見据え、何でもない会話のようにこう言った。

「となると、娘さんと克也さんがこっそり会っていたら大変ですね」

その瞬間、尚美の表情が引きつったように見えた。

「娘には、夫とは会わないようにと伝えています」

「ですからこっそり会うのではないでしょうか。もしそうだったらどう思いますか」

大神は畳み掛ける。尚美は唇を噛みながらも、平静を装って答えた。

「腹が立つでしょうね。ですが、それは仮定の話に過ぎません」

この話はもう終わりと言いたそうな態度だ。しかし、大神は彼女を逃がさなかった。

「そうでしょうか。残念ですが、それは実際に起こっていたことだと思いますよ」

思わぬ発言に、尚美は目を丸くする。私も驚いた。

「克也さんと蓮花さんは、こっそり会っていた。私はそう考えています」

大神は自信のある様子で、はっきりとそう言い切った。

「根拠は、この朝比奈が克也さんの職場で聞いてきた話です」

大神は私のことをちらりと見てから、尚美に向かって論理を語り出した。

「克也さんは風邪で休んだ翌日、予定されていたシフトを急に変更しました。理由は、人と会うからということでした。突然のことで、職場に迷惑が掛かることです。普通は、こんなことはしません。非常に真面目と評判の克也さんならなおさらのことです。ということは、そこまでして会いたかった相手ということです。そんな相手として候補に挙がるのは、娘の蓮花さんです。ずっと彼女に会いたがっていた克也さんなら、会えると分かれば急なシフト変更も願い出るでしょう。なにせ別居を始めてから四年間も、我が娘に会えていないんですから」

尚美の表情がますます険しくなる。雲行きが怪しくなっていくのが強く感じられた。

「でも、それは根拠が弱いです。久しぶりに会える友人などがいたのかもしれません」

ところが、尚美は落ち着いて反論した。確かに彼女の言う通りだ。

大神はどう切り返すのか。期待して待っていると、彼は短くこう言った。

「好江さんに、十二月一日に電話をしましたね」

蓮花の祖母だ。この話を聞くや否や、尚美は声を詰まらせた。妙な反応だった。

「蓮花さんの帰りが遅いという電話でしたね。蓮花さんは十二月一日、部活をサボって帰りが遅かったそうですね。これは克也さんと会っていたからではないですか」

「たまたまです。蓮花にだって、部活をサボってブラブラしたい日もあります」

「でしたら、『風邪』という根拠があればどうでしょう」

不意にその言葉が飛び出した。風邪。今回の事件に見え隠れする要素だ。

「祖父江さん、あなたは『風邪をひいたから殺した』と仰いました。風邪は最初からこの事件のキーワードだったんです」

大神は尚美に語りかける。尚美は苦しそうに歯を食いしばっていた。

「克也さんが風邪をひいて仕事を休んだのは十一月三十日。蓮花さんが風邪をひいたのは十二月二日です。そして、克也さんがシフト変更をして誰かと会い、蓮花さんが部活をサボったのは十二月一日。もし、この十二月一日に蓮花さんと克也さんが会っていたとしたら。克也さんは病み上がりで本調子でなく、風邪ウイルスをまだ持っていた可能性が高いです。そのウイルスが、実際に会うことで蓮花さんにうつったとしたら。日付としてはぴったり一致しますね。つまり、風邪の感染経路こそが根拠なんです。人と会うことを誰にも言わないでほしいという職場への克也さんの依頼も、会うことを禁じられている娘と秘密裏に会うともなれば、自然な言葉だと思えます」

克也の急なシフト変更、風邪がうつったと見られること、蓮花の部活サボり。全ての要素が、二人が会っていたことを示しているように感じられた。

では、殺害の動機は二人が会っていたことか。激怒した尚美が、克也を呼び出し殺したのか。ところが、

「ですが、二人が実際に会ったかどうかは、それほど重要ではないんです」

大神はおかしなことを言い出した。重要でないはずはないのに。

「祖父江さん、あなたは蓮花さんが部活をサボって帰りが遅かったことを知っています。蓮花さんが風邪をひいたことも知っています。そして、十一月二十九日に克也さんからしつこい電話が掛かってきたことから、風邪のひき始めの克也さんと電話をしていたことになります。十一月二十九日、克也さんには風邪症状が出始めていましたからね。十二月一日に、帰りの遅い蓮花さんを心配して好江さんに電話までしたあなたなら、十一月二十九日のしつこい電話のこともあり、絶対に克也さんを疑うはずです。実際に克也さんと蓮花さんが会っていたかどうかにかかわらず。そして、蓮花さんが風邪をひいたことで、その疑念は確信に変わります。これは克也さんの風邪がうつったのだ。そう思い、あなたは勝手に娘と会った憎き夫を罰することにします。本当に会ったかどうかは確認せず、克也さんを家に呼び出し、あなたは灰皿で殴打して彼を殺害しました」

大神の言う通りだった。実際に会ったかどうかは重要ではない。そう思ったかどうかに意味があったのだ。

「ちなみに殺害方法については、蓮花さんが家にいない時、祖父江さんが風邪をひいたからとベッドに寝込み、克也さんを呼んで看病させるというのはどうでしょう。実際、殺害時に祖父江さんは風邪をひいていたわけですから。そうして克也さんが看病に来て、ベッド脇にお粥でも運んできて一旦置き、そのお粥を持ち上げようと頭を下げたところを、灰皿で殴打するんです。そうすれば大柄な克也さんとの身長差、体格差はあまり関係なくなります。もちろん、灰皿は布団の中に隠して持っておけば見つかりません。このことは、現場の居間に飲み物のグラスが一つも出ていなかったこととも繋がります。普通は、客人があれば飲み物を出します。ですが祖父江さんがベッドで寝込んでいたので、誰も飲み物を出す者がいなかった結果、そうなったんです」

論理が一本の筋になった。風邪をひいたから殺したという不可解な動機の正体が、今まさに白日の下に晒された。

「いかがですか、祖父江さん。私の考えに何か間違いはありますか」

大神が笑顔で問う。尚美は反論の弁を探しているようだったが、やがてあきらめたように大きく息を吐き、言った。

「はい、全て検事さんの仰る通りです」

きっかけは、やはり蓮花が風邪をひいたことだったそうだ。

十二月二日、急に体調を崩した蓮花を見て、尚美は疑念を抱いた。十一月二十九日に蓮花に会いたいと必死の電話を掛けてきた克也が、風邪をひいていたことを思い出したのだ。蓮花が前日の十二月一日に部活をサボったこととも、尚美の中では繋がった。蓮花が連絡を取ったのか、克也の方から連絡したのかは分からない。ただ、憎き克也は禁を破って蓮花と会った。そう考えると怒りが込み上げたそうだ。

尚美は自分も風邪をひいたことを利用し、看病名目で克也を呼び出す。もちろん、蓮花が部活で家にいない時間を見計らって。そして尚美は灰皿で克也を殺害した。

「これが、私のお話しできる全てです」

事件の背景を語り終えた尚美は、観念しきった表情をしている。供述におかしなところはないし、「風邪をひいたから殺した」という発言とも内容が合致する。

これで事件の真相は明らかだ。私は調書を作成しようと元の席に戻ろうとしたが、

「朝比奈さん、まだ終わっていませんよ」

大神に呼び止められた。見ると、彼はまだ緊張感のある目をしていた。

「祖父江さん、あなたのシナリオ通りに進むのはここまでです」

さらに思わぬ発言が飛び出した。尚美のシナリオ？　どういうことだ。

「ここから、この事件の本当の姿を明らかにしていきます」

私が困惑する中、大神は自信ありげにそう宣言した。

「そもそも、ここに至るまでの証言の流れはあまりにもスムーズすぎました」

大神は笑顔を浮かべ、尚美に語りかける。

「『風邪をひいたから殺した』という思わせぶりな発言。その内容と合致する証言。まるで狙ったかのようでした。そして、狙ったというのは実際その通りだったんです。祖父江さんはわざと、私を誤った結論に誘導したんです。思わせぶりな発言によって」

では、先ほどの真相は間違いだというのか。辻褄は合っていたのに。

「恐らく、最初は動機については適当にごまかすつもりだったんでしょう。ですが警察での取り調べで追及を受け苦しくなった。そこで祖父江さんは、風邪をひいたから殺したとわざとらしく仄めかすことで、先の動機に誘導する手口を思い付きました。普通に嘘の動機を口にしても、やがて見破られてしまう。それよりも、警察自身に嘘の動機を見破らせれば、警察は満足し、後で真の動機にまで迫られることはないと思ったからです。しかし警察は追及しきれず、風邪をひいたから殺したという謎の発言だけを残して、祖父江さんを送検したんです」

確かに、そうなれば「風邪をひいたから殺した」という発言の意味が分かってくる。

だが、そこまでして隠したかった真の動機とは何なのか。

「何のことですか。検事さんの仰っていることは、私にはさっぱり分かりません」

尚美は当然、そう答える。とぼけているのか、本心なのか。まだ見極められない。

大神はにこやかな表情を保ちつつ、尚美を見る。そしてこう言った。

「肝心なのは、会うために最初に連絡を取ったのが、蓮花さんからなのか、克也さんからなのかということです」

尚美は首を捻った。そんなことのどこが重要なのかと、私も疑問に感じる。

「いかがですか。その点について、祖父江さんはどう思われますか」

大神のオープン・クエスチョンが飛んだ。尚美は困ったように眉を寄せる。

「それは、夫の方からでしょう」

「どうしてそう思うんですか」

「夫は蓮花に会いたがっていましたから。連絡を取るなら夫からだと思って」

「では、克也さんは蓮花さんの連絡先――スマホの電話番号やメールアドレス――を知っていましたか」

「いいえ、蓮花にはスマホは持たせていませんでした。経済的に余裕がありませんので」

「おや、そうなると克也さんは、どうやって蓮花さんと連絡を取ったのでしょう。蓮花さんの住むアパートの電話に掛けたはずはないですよね。同居する祖父江さんが電話に出てしまうかもしれないんですから」

尚美が電話に出れば、克也の企みは発覚する可能性が高い。そうなれば余計に警戒され、もう娘とは会わせてもらえないだろう。そんな危険を克也が冒すとは思えない。

尚美は少し言葉に詰まる。これは矛盾が生じたということなのか。

「学校の校門前で待ち伏せたんじゃないでしょうか」

ただ、尚美はすぐに立ち直った。はっきりとした声でそう推測する。

「通っている学校名は、夫にも伝えていました。四年会っていませんが、面影から蓮花のことは分かったはずです。声を掛けて会う約束をするぐらいはできるでしょう」

「なるほど。それなら筋は通りますね」

大神は何度も頷く。そして、尚美の考えに従って細部を詰め始めた。

「蓮花さんと克也さんが会ったのは十二月一日。蓮花さんは普段絶対にサボらない部活をサボって待ち合わせに行っていますから、約束をしたのは部活をサボるより前ということになりますね。サボった理由が待ち合わせなら、事前に約束をしていないとサボれませんから。そして、克也さんが十二月一日早朝に急遽職場にシフト変更を申し出たことから、前日十一月三十日の夕方に校門前で約束をしたと見られます。校門前で会うには朝か夕方の出入りのタイミングしかないですからね。それに、約束をしたのが十一月三十日の夕方より前なら、もっと早くにシフト変更できたはずです。真面目な克也さんが意味もなくシフト変更の連絡を遅らせるはずがありません。もっとも、翌日の早朝の連絡になったのは、夜間の連絡を申しわけないと思ったからでしょう。この点、間違いないと思われますか」

「そう、ですね。間違いないと思います」

納得できるまとめ方だった。二人が約束をしたのは、十一月三十日の夕方だ。

「しかし、そうなると疑問が一つ浮かんできます」

意外にも、大神にはまだ疑問があるらしい。こめかみをこつこつ叩いている。

「なぜ別居四年目にして、克也さんはあのタイミングで会いに行ったのでしょう」

また妙な質問が飛んだ。尚美は困ったように頭を搔いている。

「蓮花に会いたい気持ちが高まったからじゃないですか。十一月二十九日に、夫は蓮花に会いたいとしつこい電話を掛けてきました。その思いが昂じたんでしょう」

会いに行くタイミングなど、克也の気持ち次第じゃないか。大神がこんなことを訊く意図がよく分からなかった。

やはりまだ体調が良くないのか。大神のことが心配になるが、ふと見ると大神は余裕のある表情だった。

「そうでしょうか。克也さんはしつこい電話を掛けた十一月二十九日、すでに風邪をひいていたはずです。校門前で会ったと見られる十一月三十日には仕事すら休んでいます。そんな風邪をひいた状態で、四年ぶりに娘に会おうとするでしょうか。せめて回復してから会いに行くものではないですか」

尚美の頰が引きつった。明らかな動揺の色が見える。

「風邪をひいていることを自覚しながら、大事な娘に直接会って翌日にまた会う約束をする。こんなことはまずあり得ませんね。先に連絡を取ったのは克也さんの方ではないということです」

理解できる論理だ。しかし、そうなると導き出される答えは。

「したがって、先に連絡を取ったのは蓮花さんの方ということになります」

蓮花の方から会いたいと連絡を取った。意外な事実が浮上してきた。

「祖父江さんは、克也さんの連絡先をベッドサイドのメモ帳にメモしていました。蓮花さんはそれを盗み見たのでしょう。蓮花さんは、公衆電話などを使って、克也さんにこの日に会おうと指示を出しました。克也さんはその約束を守ろうとするあまり、風邪をひいたままで会いに行ったんです。四年も会っていない娘が、急に連絡をくれて会おうと言ってきたんです。無理をしてでも会いたくなるのが人情でしょう。風邪だからと日にちの変更を申し出れば、機嫌を損ねてもう二度と会ってくれなくなるのではという考えもあったはずです。だから、風邪をおして会ったんです」

どちらから会おうと言ったかで、見え方ががらりと変わる。鮮やかな反転だった。

ただ、大きな疑問が一つある。これは根本的な問題だ。私はおずおずと手を挙げた。

「あの、検事。一つよろしいでしょうか」

「何でしょう、朝比奈さん」

大神は笑顔で答えるが、内心では邪魔をするなと怒っていることだろう。しかし、こればかりは問わずにはいられない。

「蓮花さんは、克也さんのことが大嫌いだったはずですよね。そんな蓮花さんが、克也さんと会おうとすると思いますか」

大神なりの答えを期待した。だが大神は、その通りとばかりに頷いている。

「そうですよね。祖父江さん、あなたはどう思いますか」

大神は尚美に話を振る。だが、尚美の答えは決まっている。蓮花が克也を嫌悪していた以上、蓮花の方から会いたいと連絡するはずはないと言うだけだ。

ところが、いくら待っても返事がなかった。尚美の顔色を窺うと、顔面蒼白だった。

「あ、あの、私」尚美はうわ言のようにつぶやいている。単純な反論をすればいいだけなのに、一体どうしたというのか。

「その反応を見て、よく分かりました」

大神は穏やかにそう告げた。何が分かったのか。私は戸惑うばかりだ。

「これで事件の構図は、一八〇度引っくり返ります」

大神の自信満々の断言に、私はついていくことができなかった。

「気になったのは、アパートの部屋のインテリアです」

大神は、柔和な声で疑問点を突いていった。

「部屋を見てきた朝比奈さんの報告によると、死体があった方の寝室は、祖父江さんの寝室だったそうですね。大きめの窓があり、ベッドと机、本棚が——中身はスカスカでしたが——置かれていました。床にはうっすらと血の染みがありました。一方、娘の蓮花さんの寝室には窓がなく、ベッドと机が置いてありました。床には漫画本が山積みになっており、キャラクターのぬいぐるみが多く置かれていました」

こんなインテリアの何が重要だというのか。私は首を傾げるしかない。

しかし、大神はさも当然とばかりに疑問を呈した。

「このインテリア、実に奇妙です。まず、母親が窓の大きな部屋を取り、娘には窓がない暗い部屋を与えるでしょうか。普通は娘に窓の大きい部屋を譲るのではないですか。祖父江さんはそれほど強権的な母親には見えませんし、蓮花さんからの評価も悪くありません。だとしたらこれは妙です。なぜなのでしょう」

「それは、その」

尚美は口ごもる。言われてみれば大神の言う通りだ。これは少しおかしい。

「奇妙な点はまだあります。祖父江さんの部屋の本棚がスカスカなのに、蓮花さんの部屋の床には漫画本が山積みという点です。蓮花さんが多く漫画を読み、祖父江さんが本をほとんど読まないなら、本棚は蓮花さんの部屋に置くべきです。それなのに本棚は祖父江さんの部屋にあります。不思議ですね」

尚美は返事ができない。ここに至って、私もおかしいという思いを強くしていた。

「これらの疑問を解決する答えは一つです。即ち――」

大神は、風邪ひきなりにせめてもの張りのある声で言った。

「祖父江さんと蓮花さんの部屋は、入れ替わっていたんです」

予期せぬ答えだった。私は目を見張るが、大神は落ち着いて続けた。

「窓の大きい部屋が蓮花さんの部屋で、窓のない部屋が祖父江さんの部屋ですね。本棚はもともと蓮花さんの部屋にあって漫画本がたくさん詰まっていましたが、その漫画本だけ抜いて隣の寝室に移したんでしょう。本棚は重いので、女性の力では動かしづらかった。それでそのままになったんです。ぬいぐるみももちろん移動しています」

ということは、まさか。嫌な予感を覚えつつも、私は問い掛けた。

「検事、祖父江さんはどうしてそんなことをしたんですか」

大神はちらりと私を見て、覚悟しろとばかりに顎を上げ、尚美に向き直った。

「こんなことをした理由。それは、死体がもともと蓮花さんの部屋にあったからです。

蓮花さんの部屋の床には血が流れ、証拠として残ってしまいました。その事実を隠すため、祖父江さんは蓮花さんの部屋を自分の部屋に模様替えし、警察に自分がやったと通報したんです」

嫌な予感が当たった。そうなると、この事件の本当の姿というのは。

「克也さんを殺害したのは、祖父江さんではなく蓮花さんです」

大神の指摘に、尚美は頭を抱えて体を折った。

「蓮花さんが犯人なら、色々と腑に落ちることがあります」

大神は丁寧な口調で、蓮花犯人説に合致する証拠を挙げていった。

「蓮花さんの方から克也さんに連絡を取ったのも、殺害する下準備でした。祖父江さんが事件の真相を隠していたのも、愛する我が娘を庇うため。部屋の交換も、娘が部屋で殺人を犯した痕跡の隠蔽のためだったんです」

大神の言うことは全て辻褄が合っていた。となると、犯人は本当に蓮花なのか。

そう考え始めていたが、私はあることを思い出してはっとした。

「ですが検事、蓮花さんは祖父江さんが逮捕された後に帰宅したはずですよ。それまでは、学校で部活をしていたというアリバイがあります」

現場にいられないのなら殺人は行えない。そう思ったが、大神は動じなかった。

「いいえ、部活のアリバイなど無意味です。なぜなら、部活をこっそり抜け出せばいいだけだからです。蓮花さんは犯行当日は病み上がりで、一人体育館で別メニューをしていました。抜け出しても気付かれにくい状況です。友達がいない彼女なら、他の部活の生徒からも注目されにくいでしょう。帰宅して犯行に及び、後でこっそり部活に戻ればアリバイは成立です」

アリバイは意味を成さなくなった。こうなるともう、蓮花の犯行としか思えない。

「ちなみに、蓮花さんの想定していた犯行の流れはこうです。まずは部活でアリバイを作り、帰宅して待ち合わせた克也さんを殺害。死体をスーツケースなどで運んで、あの近所にある大きな池に沈める計画だったと思われます。別居の際、荷物を詰めて持って出た大きめのスーツケースを使えば実行可能と踏んだのでしょう。ただ、克也さんは大柄でした。大きめのスーツケースといえども、さすがに入りません。試行錯誤しているうち、体調不良でスーパーのパートを早退した祖父江さんと鉢合わせてしまい、庇われる羽目になりました。自宅以外を犯行場所にしてもよかったんでしょうが、身長差、体格差のある克也さんを殴打する方法が看病されるふりをして殴打、という方法しか思い付かず、自宅での犯行となったんでしょう」

「違う。違います。蓮花がやったんじゃありません」

尚美は顔を上げ、否定を始める。だが、大神は笑顔で首を振る。

「では、蓮花さんが犯人ではない理由を教えてください」

尚美は面食らったようだったが、すぐに反論を口にした。

「蓮花は優しい子です。そんなことはしません」

「うーん。残念ながら取り調べの場でそれは通用しません」

「では、これならどうですか。蓮花は風邪から回復したばかりでした。体調が万全でない中で、危険な犯行を行うとは到底思えません」

「なるほど、それは筋が通りますね」

「ですよね。だったら、蓮花が殺したという考えは今すぐ捨ててください」

「しかし、風邪をひいたからすぐに殺さざるを得なかったとしたら、どうでしょう」

尚美は驚いたように言葉を途切れさせた。ここでまた「風邪をひいたから」なのか。

「蓮花さんは克也さんと会って風邪をひきました。そのことで祖父江さんに、克也さんと会ったことを勘付かれたと考えました。このままでは母親に殺害計画を気付かれ、妨害されるかもしれない。そう思って、決行を早めたんです」

まさに「風邪をひいたから殺した」。尚美の言葉は、皮肉にも真相を捉えていた。

「いかがでしょう、祖父江さん。蓮花さんの犯行だったと認めますか」

大神は優しく促す。呆然自失の尚美だったが、彼女は気力を振り絞り大声を上げた。

「違います。犯人は私です。蓮花ではありません」

あくまで蓮花を庇うつもりらしい。強情だが、我が子のためともなれば同情してしまう。

頑なな尚美をどう扱うか。大神の方を見ると、彼は決意を込めた目をしていた。

「仕方ありませんね。それでは、さらなる真相を明らかにしましょう」

ここに来てまだ隠された真相があるというのか。私はめまいがしそうだった。

「祖父江さん、克也さんのことをどう思っていましたか」

大神は妙な質問をした。このタイミングで克也への気持ちを尋ねるとは。

「それは、もちろん嫌いでした。大嫌いでした」

尚美は動揺の色を濃くして、早口で証言する。別居したのなら当然の答えか。

「蓮花さんにも、そのことは伝えていましたか」

「ええ、包み隠さず伝えていました」

大神はふんふんと頷き、納得した顔でこう告げた。

「父親への嫌悪を伝えられていた。それが、蓮花さんが克也さんを殺害した動機です」

私は驚きに目を剝いた。大神は、蓮花の犯行動機まで明らかにしようとしている。

「別居後、蓮花さんは克也さんと連絡が取れない状況でした。その間に、母親である祖父江さんから毎日のように父親への憎悪を聞かされました。その結果、蓮花さんはいつしか本当に父親嫌いになり、憎悪するようにさえなってしまったんです」

見えない相手への憎悪は膨らみやすい。そのことが父娘間で起こったのだ。

「違います。蓮花は、同居していた頃から夫を憎んでいました」

尚美は言い返すが、大神はゆるゆると首を横に振った。

「蓮花さんの祖母の好江さんは、同居時の蓮花さんと克也さんが仲良しだったと言っていました。明らかに別居後に蓮花さんの心情が変わったんです。その原因は、祖父江さんが吹き込んだ克也さんへの嫌悪だったに違いありません。仲が良かった分、別居という結果に、裏切られた気持ちもあったんでしょう」

尚美は言葉を失った。何を言っても反論され、気力も体力も削がれたのだろう。

それでも、彼女はあきらめなかった。懸命の声を振り絞り、同じ言葉を繰り返す。

「違います。犯人は私です。蓮花ではありません」

大神はさすがに考え込んだ。尚美を折れさせるのは容易ではないと思ったのだろう。

「それでは、ここからはちょっと変わった質問をしましょう」

にこやかにそう言うと、大神はその質問を口にした。

「これから二つ質問をしますので、答えを列挙してください。まずは一つ目。祖父江さんが、克也さんのことを悪い人間だと思う理由は？」

あの手法だと私はピンときた。頑なな尚美を突き崩すため、大神は手を打ったのだ。

しかしそうとは知らない尚美は、克也への思いを順に口にしていった。

「夫は、人の意見を聞きません。それから、すぐ不機嫌になります。それに、大声を上げることもありました」

「その他には、何かありますか」

「私とけんかになることが多かったです。それに、そのけんかの理由も、些細なものがほとんどでした」

「他にはどうでしょう。そのぐらいですか」

「そうですね。あと、夫は私の嫌いな煙草をよく吸っていました」

尚美はなおも考えていたが、もう思い付かないようで首を左右に振った。

「これだけです」

「分かりました。それでは次は、克也さんを良い人間だと思う理由を教えてください」

大神の指示が予期せぬものだったのだろう。尚美は慌てたように言葉を返した。

「そんな思ってもいないこと、答えられません」

当然といえば当然の反応だろう。しかし、大神はそんな尚美を説得する。

「祖父江さんのお気持ち、よく分かります。ですが、二つの側面からものごとを見るのは大事なことではありませんか。一方的なものの見方をしていると、誤った結論にたどり着いてしまいがちです」

「ですけど、思ってもいない意見を言って、それを証言として採用されてしまったら不利じゃないですか。検事さんはそれを狙っているのでは？」

「そんなことは絶対にしません。お約束します」

「ですが……」

「そもそも、人間には良い面と悪い面が同時に存在するのが普通です。ことさらに良い面を見ようとしないというのでは、裏に何かあると勘繰りたくなってしまいます」

尚美の顔色が悪くなった。大神の言う通り、裏に何かあるのか。

「克也さんが本当に悪い人間なら、祖父江さんがいくら良い面を指摘しても、事実は揺らがないのではないですか。それとも、良い面を言うことで、本当は良い人間だったということが発覚するのを恐れているのですか」

尚美はなおも迷った様子だったが、やがてゆっくりと頷いた。

「分かりました。お答えします」

大神の攻めが功を奏した。尚美は一つ一つ、克也の良い面を挙げていく。

「夫はいざという時に頼れる人でした。そして娘思いです。自分のミスを反省できる人でもありました。けんかの後もすぐに謝ることができるという、素直な人でもあったんです」

「他にはどうでしょう」

「夫は真面目な人でした。優しい人でもありました。家族を笑わせるのが得意で、それでいて大切なことは真剣に家族に伝えられる人でした。それに、幼かった娘を泣きやませるのも、私より上手でした」

尚美は一気に言い切った。その目に微かに涙が浮かんでいるように見えたのは、気のせいだろうか。

「このぐらいでしょうか」

「え、はい、そうですね。このぐらいです」

大神に声を掛けられ、尚美は我に返ったようだった。彼女は慌てたように髪を掻く。

「では、今の二種類の質問の意味をお伝えしましょう」

大神は引き続き取り調べ用のスマイルを浮かべながら、いよいよ真意を明かした。

「今の二種類の質問は、『悪魔の代弁者』と呼ばれる手法です。対になる二つの意見の理由をそれぞれ挙げさせ、挙げられた理由が多い方が本音と見るものです」

私が思っていた通り、「悪魔の代弁者」だった。尚美の顔色がまた青みを帯び始める。

「先ほどの、克也さんのことを悪い人間だと思う理由は六つ。良い人間だと思う理由は九つでした。つまり祖父江さんは克也さんのことを、理由の多い方である『良い人間だ』と思っているということです」

大神は断言する。尚美は恐怖に震えるかのように、全身を小刻みに痙攣させていた。

「こんなゲームみたいなやり方で、何か分かるんですか。こんなの意味ありませんよ」

尚美は怒った声で主張するが、大神はそれを無視した。

「祖父江さんは、克也さんを良い人間だと思っています。そんなあなたが、蓮花さんに克也さんの悪口を吹き込むはずがありません」

「ですから、私は夫のことを良い人間だなんて全く思っていません」

必死の抗弁をする尚美だったが、大神はそれを聞かず目を閉じた。思案に耽っている様子だ。尚美は反論を続けていたが、むだだと分かったのか口を閉ざす。しばらくの間、沈黙が下りた。

どのくらい時間が経っただろう。ようやく、大神の目は静かに開かれた。そしてそれと同時に、大神の口からあの台詞が飛び出した。

事件の解決を告げる、あの台詞が。

「殺害動機について、何もかも分かりましたよ」

大神の態度に変化が起こった。それまで真っすぐに伸ばされていた背中は、椅子に深くもたれることでだらしなく曲げられた。脚は両方ともデスクの上に投げ出され、両手は面倒臭そうに頭の後ろで組まれた。

「祖父江尚美。あんたのついた嘘は全て見抜いた。これ以上ごまかしてもむだだ」

大神はそう告げると、戸惑いを隠せない尚美をじっと見つめた。

「蓮花の憎悪は、確かにあんたに吹き込まれて育ったものだ。だが、事件発生時にはその状況が変わっていた。そうだな」

大神はよく分からないことを言う。しかし、尚美は目を見張って明らかに狼狽していた。大神の指摘は的を射ているらしい。どういうことだろう。

「別居当初は、あんたは克也への憎悪を蓮花に吹き込み続けた。そのせいで蓮花は克也を憎悪した。だが、今は違う。あんたは、克也を良い人間だと思うようになった。別居時には憎悪したものの、時間の経過とともに二人の仲は修復したんだ。恐らく、再び同居することすら計画していたんじゃないか」

まさかの展開だった。しかし、それなら悪魔の代弁者の結果が腑に落ちる。尚美にとって、今や克也は「良い人間」なのだ。

「そんなことはありません。私と夫は、今も不仲なままです」

尚美は髪を振り乱して否定する。だが、大神はその言葉に耳も貸さない。

「別居当初、憎悪を吹き込まれた蓮花は克也を憎んだ。その後、尚美は克也との仲を修復するが、蓮花は克也を憎悪しきっている。克也への憎悪の吹き込みをやめ、克也を慕うよう誘導しようとしてもうまくいかなかった。克也を擁護する尚美の言葉は、多感な時期の蓮花を思いやって、家族仲良しを演じる嘘の言葉にしか聞こえなかったんだろう。蓮花を克也に会わせるのは危険とあんたは判断し、二人を会わせられず仲直りもさせられなかった。そして最後は憎悪が極限に達し、殺害に至ってしまった」

　これが事実なら、悲劇と言う他ない。十代の多感な少女が、家庭内不和で心を痛め、激しい憎悪に駆られてしまったということだ。

「違います。検事さんの言っていることは全て間違っています」

　それでも、尚美は否定を続けている。本当に違うのか、この事実を隠したいのか。

「祖父江尚美、残念だが今の話には根拠がある」

　大神はデスクの上の脚を組み直し、得意げに根拠を語り出した。

「蓮花の証言で気になったのは、養育費の振り込みが遅れて、あんたが何度も克也に電話せざるを得なくなった、という点だ。だが、実際には養育費が遅れることはごく稀だった。となると蓮花は、なぜ勘違いをしたんだ」

　そういえばその点は矛盾していた。どうしてなのだろう。

「そもそもの発端は、あんたが克也に頻繁に電話を掛けていたのを、蓮花に気付かれたからだ。この頃には夫婦の仲は修復しており、同居に向けての話し合いでもしていたんだろう。だがそれを蓮花に不審がられ、思わず養育費が遅れているから電話をしているんだ、と嘘の理由を述べてしまった。克也を憎悪しきっている蓮花には、まだ同居のことは言えないからな。また、克也から電話が掛かってきたのなら、克也がしつこくてとごまかせたが、あんたから掛けたのでは養育費のことしか言い繕う方法がなかったということもある。しかし、そういうことがたび重なり、蓮花は養育費が滞っていると勘違いし、ますます克也への憎悪を募らせたんだ」

　根拠のある話だった。この勘違いが起こる前提は、尚美と克也が頻繁に連絡を取り合っていたということだ。それを踏まえると、関係の修復はやはりあったのだろう。

「この勘違いが、根拠の一つ。もう一つは凶器の灰皿だ」

　まだあるらしい。大神は一体、どこまで根拠をそろえているのか。

「そもそも、どうして現場には灰皿があったんだ。先ほどの悪魔の代弁者で、あんたは煙草が嫌いと言った。ということはあんたに灰皿は不要。スナックで働いている時は客に勧められれば吸っただろうが、家では一切吸わないはずだ。そして、もちろん未成年の蓮花にも灰皿は不要だ。しかし、アパートの部屋に灰皿はあった。別居時は、あんたと蓮花の方から、克也と一緒に住んでいたアパートを出たので、灰皿を持って出るはずはない。おや、おかしいな。どうして現場に灰皿があったんだ」

　確かに不思議だった。凶器の灰皿は、どこから出てきたのか。

「この謎は、あんたと克也が同居を計画していたことから説明できる。灰皿は、同居の用意だったんだ。克也は煙草が好きだから、灰皿は必須。同居再開を前に、事前に用意していたんだ。そしてその用意は、蓮花への同居の仄めかしだ。灰皿があれば、あんたが克也と関係を修復したと暗示できると考えたんだろう。だが、克也への憎悪に囚われた蓮花には通じなかった。この灰皿の存在が、関係修復の二つ目の根拠だ」

まさか灰皿にそんな意味があったとは。大神の推理が冴え渡っていた。

「これらの根拠が真相を指し示している。あんたはもう終わりだよ」

尚美は唇を震わせている。言い返すこともできないようだ。

「結局、あんたは二つの嘘を重ねたな。最初は、蓮花を庇うために、自分が犯人だという嘘をついた。その後は、蓮花が勘違いで殺人を犯したことを悟らせないため、夫婦仲について嘘をついた。この事件はワイドショーで大きな話題になっている。蓮花の勘違いがそこで大々的に報じられれば、蓮花はそれを知って傷付くし、周囲からも白い目で見られる。自分の娘をそんな目に遭わせたくなかったんだろう」

尚美は今にも自白しそうだった。顔色は悪いし言葉もない。しかし、彼女は口を開かなかった。娘を守らねばという気持ちだけで堪えているのだろう。

「ふん、強情だな」

大神は大きく息を吐き、不意に私の方を見た。

「朝比奈、あんたも被疑者と話してみろ」

予期せぬ指示だった。面食らう私をよそに、大神は顎をしゃくって早くしろと促す。

「ええと、祖父江さん。正直に話してみませんか」

なぜ私が、と思いながらも問い掛ける。だが尚美は何も答えなかった。

「根拠は出そろいました。ここで認めなくても、いずれ裁判で真相は明らかになります」

　色々考えて発言するが、尚美は無反応のままだ。ここまで様子を見ているだけでよかったのに、急に頭を使うことになってきた。

「祖父江さん、蓮花さんのことを考えてあげてください。真相を隠されて、一番苦しいのは蓮花さんのはずです」

　尚美ははっとしたように私の方を見た。そういえば彼女はずっと、そんな顔をして私のことを見てくる。何か意味があるのだろうか。

　とはいえ、反応を引き出せたので、これはチャンスだ。そう思って私は声を掛け続けるが、徐々にしんどくなってきた。昨晩徹夜したことを思い出す。もともと今日は疲れていたのだ。第二の取調官として普段より緊張していたために、何とかなっていただけだった。

　急激に疲労が戻ってきた。何だか頭が熱い。いや、顔全体が火照（ほて）っている気がする。

「どうした朝比奈、続けろ」

　大神が言うのなら続けないといけない。私は口を開くが、その口から軽い咳が出た。そういえば、昨日も咳が出ていたな。そう思っていると、その咳が止まらなくなった。軽いものだが、私はゴホゴホといい続ける。

「大丈夫か、朝比奈」ふと大神の大きな声が響いた。視線を向けると、大神が席を立って私の肩に手を置いていた。心底私を心配するような表情をしている。

「昨日から体調が悪いんだったな。すまん、無茶をさせて」

大神は大げさに私の体を揺さぶる。普段と違う態度に、私は困惑した。

「あ、いえ、大丈夫です。ちょっと咳き込んだだけなので」

大神の態度に驚いて咳は止まった。だが、大神の大げさな反応は止まらない。

「そうか？　昨日は本当にしんどそうだっただろ。おい、熱もあるじゃないか」

私の額に手を当て、大神は嘆く。明らかに彼らしくない対応だ。

しかし、熱があるのは本当のようだ。顔が火照っているように感じたのも、気付かぬうちに熱が出ていたかららしい。そう思うと、急に疲れてきた。

「もういい。休め。他の事務官を呼んで病院に連れて行ってもらおう」

大神は私から離れ、固定電話を取った。そして他の事務官を呼び出す。

「迎えが来るまで休んでいろ」

大神の矢継ぎ早の指示に従い、私は椅子にもたれて体を休めた。休めると分かった瞬間、さらに疲れが押し寄せてきた。徹夜疲れも相まって、眠気が襲ってくる。

それにしても、どうしてこんなことに。戸惑ったが、顔の熱さと、後からやってきたのどの痛みで確信した。私は風邪をひいたのだ。大神の風邪をうつされて。

今までは仕事中だと意識していたから、アドレナリンが出ていて我慢できた。だがそれも、尚美と話すという大きな負担によって、我慢できる限界を超えてしまったようだ。

恐らく、尚美の取り調べが始まる前にはうつっていたのだろう。看病をした二日間でうつったに違いない。すでに咳が出ていたのもその証拠だ。ただ、悪化した原因は徹夜の仕事だろう。あれがなければ、ここまで悪くならなかったはずだ。

目が閉じて、眠りに落ちそうになる。だが、半ば夢の世界に入っても、不安が残っていた。尚美は一体どうなったのだろうか。私は猛烈な眠気に抗い、何とか目を開けた。尚美の様子を窺う。

すると、尚美はどういうわけか泣いていた。

「すみませんでした」

しゃくり上げながら、尚美は謝る。そして、頭を下げた。

「検事さんの仰ったことは、全て正しいです。犯人は蓮花で、その原因を作ったのは私たち夫婦です」

突然の自白だった。私はわけが分からず、状況を把握できない。

「どうして、急に認めたんですか」

私は眠気を飛ばしながら問い掛ける。のどが痛くかすれた声しか出なかったが、伝わったようで尚美は涙声で答えた。

「朝比奈さん、でしたか。気付いていないでしょうが、あなたは蓮花によく似ているんです」

蓮花に似ている。今まで思いもしなかったが、言われてみるとそうかもしれない。蓮花と会った時、どこかで見たような顔だと思ったのも、自分と似ていたからだろう。尚美が私を気にするように見ていたのも、娘に似ていたからだった。

「蓮花が夫から風邪をうつされ、ダウンして看病した時を思い出しました」

私の風邪症状と、娘の看病時の症状を重ねたのだ。それでつらくなったのだろう。

「蓮花が風邪でダウンした時、まさかそこまで思い詰めていたとは思いもしませんでした。気付いてあげられなかった私が悪いんです。だからこそ、蓮花に似た朝比奈さんから追及され、そのせいで朝比奈さんが風邪でダウンするのを見て、私は……」

私の風邪症状はそこまで重くないのだが、大神のおおげさな反応もあり、尚美は重いと思い込んだのだろう。尚美は嗚咽を漏らしながら、全ての真相を語り出した。

「アパートの部屋に帰ると、蓮花の部屋で夫が死んでいました」

涙をぬぐいながら、尚美は事件のことを回想していく。私たちはそれを黙って聞いた。

「風邪のせいでスーパーのパートを早退して帰宅すると、蓮花の部屋で夫が死んでいました。私の早い帰宅は想定外だったようです。死体をスーツケースに詰めるのに苦労していた蓮花を問い質すと、自分が殺したと認めました。あの子は、『お母さんはだまされている。この悪魔と一緒に暮らすようになる前に殺さなきゃと思ったの』と言ったんです。私のせいで、夫が悪いという思い込みが抜けないようでした。私はすぐに庇おうと思いました。死体を隠そうにも、夫は大柄でスーツケースには入りきらず、女性二人の力では運ぶことも難しそうだったからです。偽装工作として、凶器の灰皿の指紋をぬぐって私の指紋を付けました。また、私のスマホで夫のスマホに電話を掛けて通話履歴を残し、部屋を入れ替えることもしました。そして部活を抜け出していた蓮花に学校に戻るよう指示し、私は警察に自首の通報をしたんです」

大神の推理通りだった。ここまで見抜けるとは、やはりさすが《嘘発見器》だ。

「夫とは仲を修復していて、同居に戻る準備も整えていました。ですが、蓮花が異様なまでの嫌悪を放っていて、事情を言い出せませんでした。その結果、私は夫との関係修復を隠し続けるしかなく、こんな事態に陥ってしまいました」

尚美はまた声を詰まらせる。深い悔恨の情が滲み出ていた。

「蓮花には申しわけないことをしました。私のせいで、あの子は罪を犯したんです」

尚美は懺悔の言葉を述べた。一番の罪人は自分であるかのように。

きっと、誰もこんなことは望んでいなかった。しかし、皮肉な運命はそれを招いた。

「もう、何もかもおしまいですね。後悔するのが遅すぎました」

尚美は寂しそうに息を吐いた。一度掛け違えたボタンはなかなか元には戻せない。すれ違いが生んだ悲劇だった。

「さて、つまらない話は終わったか。では取り調べを終了する」

不意に、大神がそう言った。驚いて目を見張る尚美――ここまで私をおおげさに心配していたこととのギャップのせいだろう――を前に、大神は淡々と続ける。

「事務官が体調不良なので、調書はまた次回の取り調べで取る。今日は終わりだ」

そう告げると、大神は椅子を回して尚美に背を向けた。いつもの冷酷な態度だ。その間にも、制服警察官が尚美を連れて執務室を出ていこうとしていた。

これは良くない。私は気力を振り絞って声を発した。

「待ってください、祖父江さん」

尚美が振り返る。私はのどの痛さをおして、彼女に言葉を掛けた。

「今からでも遅くありません。どんなことにも、遅すぎるなんてことはないんです。蓮花さんに本当のことを話してみてください。きっと大丈夫です」

尚美はしばらく私を見つめていたが、やがて洟を啜り、小さな声で何かつぶやいた。

私には、それが「ありがとう」と聞こえた気がした。

尚美が制服警察官とともに出ていくと同時に、別の事務官がやって来た。私は肩を借り、病院へと向かう。ふと大神の方を見ると、気持ちを切り替えたのかパソコンと向き合っていた。私の方はちらりとも見なかった。

その後、私は病院で薬をもらい、二日間養生した。温かくして栄養のあるものを食べたお陰で、比較的早く回復できた。食事については、大神の要求で栄養価の高い料理を作っていた経験が活きたのも幸いだった。

そしてあの日から三日後。私はついに職場復帰した。

「検事、おはようございます。また本日からよろしくお願いします」

執務室に入るなり、深々と一礼した。そしてゆっくり顔を上げ、大神の顔色を窺う。

「挨拶はいい。早く仕事をしろ。書類が溜まっている」

いかにも大神らしい素っ気ない言葉だ。だが、大神らしくて私は安心した。

デスクに座ると、確かに書類が山積みになっていた。これはさすがに時間が掛かりそうだ。

「そういえば、こんなものが届いていた」

ふと、大神が声を掛けてきた。彼らしくない、おずおずとした声だ。

何だろうと振り向くと、大神は封筒を差し出していた。白の、飾り気のない封筒だ。

「何ですか、これ」

首を傾げながら受け取る。だが、差出人の名前を見て鼓動が速まった。

差出人の名前は「祖父江尚美」となっていた。

「あの、これは」

私は大神を見るが、彼はすでにパソコンと向き合っていて反応してくれない。仕方がないので、恐る恐る封を開けて中の便箋を取り出した。数枚の、罫線(けいせん)だけが引かれた真っ白な便箋に、丁寧に綴(つづ)られた文字が並んでいた。

千葉地方検察庁　検察事務官　朝比奈こころ様

ご無沙汰しております。祖父江尚美です。

取り調べの際には大変お世話になりました。そして、ご面倒をお掛けしました。あの時は娘を守らなければならないという思いに囚われ、失礼な態度を取ってしまいました。まことに申しわけありませんでした。

私と娘のその後についてはご存じのこととは思いますが、一応ご報告させていただきます。私は、殺人の事実がなかったことから不起訴となりました。犯人隠避や証拠隠滅罪に問われる可能性もありましたが、自分の家族のために行う場合は刑が免除され得ると大神検事からお聞きしました。そして大神検事はその免除を適用してくださいました。本当にありがたかったです。

ただ、娘は逆に警察に連れて行かれ、事情を聞かれました。十四歳という年齢と犯行の背景を考慮した結果、近いうちに保護施設に送られることとなりそうです。

守りたかった娘を守ることができなかった。最初は後悔しました。ですが、警察での聴取の合間に娘と話をするうちに、その後悔は消えていきました。

朝比奈さんが最後に、娘に本当のことを話すよう言ってくださったこと、強く印象に残っていました。ですので、私は娘に正直に話をしました。私と夫は仲を修復していた。そう聞いた娘は呆然として、やがて涙しました。それでも時間が経つと、殺害の前に、部活を休んで夫と会った時のことを話してくれました。娘は殺害をしやすいよう、父親を慕うふりをしていたのですが、それを受けて夫は大いに喜んでいたといいます。夫は、私にも娘にも悪いことをしたと反省し、また仲の良い家庭を作っていこうと語っていたそうです。その意味を改めて噛み締めた娘は、憑き物が落ちたような顔で、一生かけて償っていくと言いました。保護施設でも頑張る、と。その姿を見て、私は安心しました。娘はまだ大丈夫。そう思えたんです。

娘がいつか帰ってくる時のためにも、私は頑張らなければなりません。気持ちを新たに、前を向いて歩いていこうと思っています。

長くなりましたが、これで今回の手紙を終えます。また、お手紙差し上げるかもしれません。その時はまたご一読いただければ嬉しいです。

それでは失礼いたします。

読み終えて、私は大きく吐息を吐いた。私のやったことは間違いではなかったのだ。尚美から直接認められて、胸の奥が温かくなっていた。
彼女の置かれた状況は良くはない。むしろ悪い方だろう。だが、今の彼女なら大丈夫。彼女なら、罪を償った蓮花を笑顔で迎えられるだろう。私はそう信じることができた。
さあ、仕事に戻ろう。封筒の中にしまおうと、私は便箋を揃えた。しかし、まだ読んでいない便箋が、最後に一枚残っていることに気付いた。手紙の文章は終わったはずだが。首を傾げて見ると、追伸の文字が目に入った。

追伸

書くべきかどうか迷いましたが、やはり書きます。これは全くの想像に過ぎないのですが、朝比奈さんにも、過去に大きな過ちがあったのではありませんか。何となくですが、そう感じました。ですが朝比奈さんの表情を見れば、それを乗り越えたことが分かりました。そんなあなたの言葉だったからこそ、私の胸に響いたのではないでしょうか。的外れな指摘でしたら、笑ってお忘れください。余計な付け足し、失礼しました。

◇

目が潤んだ。二つの事件が思い出される。鵜飼連次郎の事件と、室月凛奈の事件だ。室月の事件は、被疑者が動機を「月が綺麗だったから」と語った、私にとって後悔の大きい事件だ。鵜飼の事件と合わせて、その二つの事件で私がやったこと。それを、尚美は見抜いていた。しかし、彼女は私がそれを乗り越えたと感じた。私自身、あの二件についてはまだまだ心に留めておかなければならないと思っている。だが、尚美にそう言われると心が穏やかになった。私は徐々に、あの事件を乗り越え始めているのだ。

胸が一杯になった。私は被疑者を救おうとしているが、こうやって被疑者の方から救われることだってたくさんあるのだ。

溢れそうな涙を堪えつつ、私は便箋を封筒にしまった。これは大切な宝物になりそうだ。そう思っていると、ふと視線を感じた。顔を上げると、大神がこちらを向いていた。

大神もきっと、同様の手紙を尚美からもらっているだろう。私への手紙の宛て名は私だけになっていたのだから、大神宛てのものもあるはずだ。となると大神は大体の手紙の内容は察したはずで、その手紙から私が受ける影響を気にしているはずだ。

大神はすぐに私から目を逸らした。だが、彼には訊かなければならないことがある。風邪で休んでいた間、ずっと聞きたかったこと。とても大事なことだ。

「あの、検事」

わたしは口を開く。だが、その先が続かない。その先には質問があるのだが、こんなことを問うなんて、正直怖い。答え次第では絶望してしまいそうだ。

しかし、訊かなければならない。このまま放置するわけにはいかないのだ。

私は大神に、こう問いたい。
――検事は、わざと私の風邪を悪化させたんですか。

風邪のひき始めの段階で、無理に徹夜の仕事をさせたこと。その際、まるで風邪が悪化することを見越していたかのように、先の仕事を処理させていたこと。私が風邪でダウンしたお陰で、尚美を自供させられたこと。

全てが繋がる。大神の中で、風邪でダウンした私を見せることで、尚美の自供を引き出すという計画があったとしか思えない。大神が大げさに私の風邪の重症度をアピールすることで、さらにその効果を深めるという作戦も。

普段の大神なら、こんな回りくどい手は使わなかったはずだ。だが、大神は風邪をひいていた。ラポール形成がうまくいかず、いつもより苦戦していた。そんな中、私に風邪がうつっていることに気付き、奥の手として、私の風邪を悪化させた。

私は、その事実を大神に問い掛けようとする。しかし、言葉が口から出てこない。もし大神がその通りだと言ったらどうしようと思ったのだ。私は、大神のことを信頼していた。互いに支えあう相棒だと思っていた。だが、大神の方はそうではないとしたら。私を道具程度にしか思っていないとしたら。

実際、大神は私の体調など気にせず、風邪を悪化させて事件の解決を優先した。大神にとって、私はその程度の存在なのではないか。

大神への信頼が揺らいだ。質問を口にできないまま、私は固まる。

「ふん、言いたいことは分かる」

パソコンのキーを打ちながら、大神が言った。画面から目を離さないまま、何でもないことのように、彼は真実を告げた。

「風邪がうつったのはただの偶然だ。だが、風邪を悪化させたのはわざとだ。あんたを、自供を引き出すための道具として使った」

聞いた瞬間、血の気が引いた。大神にとって、私は道具。その程度の扱いなのか。

「まあ思っていたよりも、風邪が重症だったのが分かった時は焦ったがな」

私の中で何かが崩れ落ちた。自分は大神の「相棒」だと思っていたのに。

私はしばし呆然とした。

最終話　相棒を殺すとき

「検事、おはようございます」

意識的に声を張り上げながら、私は執務室に足を踏み入れた。自分でもわざとらしい元気さのアピールだと思う。それでも、気落ちしているのを大神に悟られたくないからそうしてしまう。

「本日もよろしくお願いします」

二月に入り、必要不可欠となったコートを脱ぎながら大神に一礼する。だが、当の大神は素知らぬ様子で朝食を食べていた。メニューは朝からまたしてもカレーだ。いくら栄養豊富な完全食だからといって、食べ過ぎではないかと思う。

カレー大好きの大神を横目に、私はデスクに着いた。仕事の段取りを確認しつつ大神のことを見るが、私には目もくれない。やはり、私は大神にとって道具に過ぎないのか。年明け前の、祖父江母娘の事件の結末が脳裏を過る。

十二月初旬のあの事件以来、二ヶ月の間。私と大神の関係はぎくしゃくしていた。

いや、大神はいつも通り振る舞っているので、私の方が距離感を測りかねているだけなのだろう。独り相撲を取っているようで情けなかった。

その時、私の落ち込みを吹き払うような勢いで固定電話が鳴った。私が急いで受話器を取ると、電話口から耳慣れた声が響いた。

「朝比奈か。俺だ、友永だ」

友永の声を聞くとほっとした。だが、よく聞くと背後がやけに騒がしい。大勢の人が行き交う足音や、怒号までもが聞こえてくる。

「友永先輩、何かあったんですか」

不安を抱いて問うと、友永は緊張した声で答えた。

「紅葉ヶ丘高校の生徒が殺された事件、あっただろ。あれの被疑者が逮捕された」

私の緊張も一気に高まった。紅葉ヶ丘高校の事件というのは、千葉市内にある私立紅葉ヶ丘高校の女子生徒が殺害された事件だ。三日前の夜に事件が発生し、警察が総力を挙げて捜査していた。ようやく被疑者が捕まったようだ。

「犯人は、どんな人物だったんですか」

私が尋ねると、友永は無念そうに唸った。

「紅葉ヶ丘高校の男性教師だ」

教師が生徒を殺した。センセーショナルな事件だ。世間は衝撃を受けるだろう。

「またマスコミが大勢集まりそうだ。トップニュース確定の事件だからな」

友永が嘆息した。確かにこの事件は、発生時から世間の注目を集めている。ワイドショーでもニュースでも、この事件はトップで扱われていた。

しかし、この事件が話題になっているのは、高校生が殺されるというショッキングな事件だから、というだけではない。もっと因縁深い理由がある。

「分かりました。大神検事に伝えておきます」

私は電話を切ろうとしたが、ふと気になったので質問をした。

「ところで、どうしてわざわざ被疑者逮捕の連絡をくれたんですか。普通の事件ではこんなことはしませんよね」

警察、検察が扱う事件は日々何十件も発生している。それら全てを報告していたのでは、友永の時間はあっという間になくなってしまうだろう。

「ああ、それは大神検事に頼まれていたからだ。この事件の被疑者を逮捕したら、電話をくれって。聞いていないか？」

聞いていなかった。道具の私には伝える必要もないと判断したのだろうか。また現実を見せられた気分だった。

「じゃあ大神検事によろしく。詳しい資料は後でメールで送るとも言っておいてくれ」

電話は切れた。受話器を戻すと、私は大神の方に視線を移した。どうせ私のことなど見てもいないのだろうと思って。

　ところが、大神は私の方を凝視していた。その強い視線に私は驚く。

「検事、どうされたんですか」

「いいから電話の内容を報告しろ」

　大神の目は少し血走っていた。異様なまでの迫力だ。

「ええと、紅葉ヶ丘高校の生徒が殺された事件で、被疑者が逮捕されました。被疑者は紅葉ヶ丘高校の男性教師だそうです。詳細な資料はメールで送るとのことでした」

　私の報告が終わるや否や、大神はカレーを皿に残したまま、デスクに向かった。パソコンを開き、メール画面を開いて何度も更新ボタンを押す。

　その姿を見て、私は悟った。大神は、この事件に強いこだわりがある。友永にわざわざ連絡させたのも、電話をしていた私を注視していたのも、事件のことをいち早く知りたかったからだ。しかし、この事件の何にそこまで興味を惹かれたのだろう。

「来たか」

　怪訝に思っているうち、大神がつぶやいた。素早くマウスを動かす様から、メールが届いたのだと分かる。大神は集中して、添付の資料を読み込んでいるようだった。

　それにしても大神の様子がおかしい。一つの事件にここまで力を入れることがあっただろうか。資料を読む姿勢も前のめりで、普段とは明らかに違う。

「朝比奈」

　ふと呼ばれたので、私は慌てた。姿勢を正し、大神の言葉を待つ。

「この事件、俺のところに送検されて来る。そうなったらすぐに捜査をしろ」

　あまりに早い指示だった。まだ送検前だというのに。

「事件資料もメールで送っておく。全て読み込んでおけ」

　大神はてきぱきと指示を飛ばす。だが、私はついていけない。いつもと違う大神の様子に戸惑いを隠せなかった。

　これまでなら、どうしてですかと質問できただろう。だが、今は大神との関係がうまくいっていない。私は質問をためらってしまい、結局何も訊けなかった。

　大神から送られてきた資料に書かれていたのは、今回の事件が生む奇妙な一致だった。信じられないほど細かい部分が一致している様は、明らかに作為的だ。この事件には、犯人による強い「作為」が感じられる。

　事件が起こったのは、二月二十一日の夜八時頃。紅葉ヶ丘高校の近くの公園で、若い女性の悲鳴が響き渡った。通行人が様子を見に行くと、制服姿の女子生徒が頭から血を流して倒れていた。この女子生徒は、後に紅葉ヶ丘高校二年生の森脇琴音（もりわきことね）だと判明する。彼女が倒れていた場所の近くには、血の付いた凶器の金属バットが転がっていた。このバットで頭を殴られたようだった。

通行人が一一九番と一一〇番に通報し、救急対応と捜査が始まった。倒れていた女子生徒は救急搬送されたが、すでに絶命していた。一方、犯人は逃走していて、警察はすぐには逮捕できない。そうこうしているうちに情報がマスコミに流れ、女子高生、金属バットで撲殺！と大々的に報じられた。被害者の森脇琴音が、塾もないのに夜間に家を出て現場に来ていた不可思議さからも、報道は過熱した。

しかし、この事件が世間の耳目を集めたのは、むしろここからだった。始まりは、とある週刊誌が、今回の事件と十二年前の未解決事件を関連付けたことだった。

ここで関連付けられた十二年前の未解決事件というのは、「千葉市女子高生金属バット撲殺事件」と呼ばれる事件だ。名前を聞いて明らかな通り、犯行現場、被害者、凶器、殺害方法が似通っている。さらに、二つの事件の共通点はこれにとどまらない。

まずは犯行日時だ。十二年前の事件は、二月二十二日夜八時頃に起こっている。今回の事件が二月二十一日夜八時頃なので、非常に近い。そして犯行現場も、紅葉ヶ丘高校近くの同じ公園だった。被害者も、紅葉ヶ丘高校の女子生徒だった。金属バットで撲殺されたと見込まれるのも同じだ。ただし、この十二年前の事件では凶器の金属バットは発見されていない。

十二年前の被害者は、紅葉ヶ丘高校三年生の真壁優子（まかべゆうこ）だった。学年は今回の事件とは違うが、それ以外は共通している。優子は十二年前、間もなくに迫った国公立大学の二次試験に向けて学校で受験勉強をした帰りに、無残にも殺害されてしまった。

以上のように、二つの事件の共通点は非常に多い。ここまでの共通点を偶然と言い切るのは不可能だろう。二つの事件には関連性がある。そういった報道が大々的に行われ、もちろんそんなことは百も承知だった県警も全力を挙げて捜査に挑んだ。その結果が、今回の事件の被疑者逮捕だ。

県警としては、今回の事件の被疑者が十二年前の事件について、何か知っていることを願っているはずだ。さらに言うなら、今回の被疑者が十二年前の犯人でもあることを期待しているに違いない。そうなれば、十二年前に事件を未解決のまま終わらせてしまった無念を払拭できるからだ。

そこで、県警が最も注目している証拠品が、凶器の金属バットだ。今回の事件で現場に残されていたこの金属バットからは、二種類の血液が検出されている。ＤＮＡ鑑定の結果、一つは今回の被害者・森脇琴音のものと分かっている。そしてもう一つは、十二年前の被害者・真壁優子のものだと判明していた。

つまり、この金属バットは両方の事件で使われている。そうなると、逮捕された被疑者が十二年前の事件について何か知っているのは確実だ。県警はその点を追及すべく、懸命の取り調べを行っている。

以上が事件の概要だ。二つの事件に存在する無数の共通点。それらが意味するものは果たして何なのか。一刻も早い事件の解明が待たれた。

二日後の朝、出勤して早々、大神が早口でまくし立てた。
「朝比奈、紅葉ヶ丘高校の事件、たった今送検された。資料はメールで送ったから、それを読み次第、すぐに捜査に出ろ」

大神は明らかに焦った様子で指示を下した。らしくない態度に首を傾げるものの、指示とあっては動くしかない。私は席に着き、パソコンで資料をざっとチェックすると、カバンを摑んで執務室を出た。
「何かあったら、逐一俺に報告しろ。いいな」

大神の大声が背中に響いた。それにしても、大神の態度はどう考えても妙だ。そう考えていると、ふと大神が風邪をひいた時のことを思い出した。熱に浮かされていた時、大神は「すまなかった、ユウコ」とつぶやいていた。

そして十二年前の事件。被害者の名前は「真壁優子」。「ユウコ」なのだ。

もちろん偶然の一致と言えばそれまでだが、今回の大神のおかしな態度から考えると、あながち偶然とも言い切れない。大神は、十二年前に殺された真壁優子と何か因縁があるのでは。私は考えを巡らせた。

大神という、謎多き人物。もしかしたら今回の事件は、彼の人生を知るきっかけになるのかもしれなかった。

「大神検事の様子がおかしい、か。確かにそうだな」

ハンドルを握る友永は、思い当たる節がある様子だった。私は思わず問い掛ける。

「どうしてそう思ったんですか」

「被疑者逮捕を連絡してくれ、と言われた時からおかしいと思っていたよ。普通、大神検事は一つの事件にそこまで入れ込まないだろ」

その通りだった。普段の大神は、事件を流れ作業のように淡々と処理していく。

「それに、連絡を頼んできた時の声音もおかしかった。異様に焦っていたよ」

「そうですよね。私も近くで見ていてそう感じました」

意見が合うということは、私だけの思い込みではない。今の大神は明らかに変だ。

「一体何があったんだろうな」

友永はウインカーを出しながらつぶやく。ユウコのことを言ってみようかと思ったが、大神にとって他人には知られたくないことかもしれないので、黙っておくことにした。

「お、着いたぞ。ここだ」

右折してしばらく直進すると、広いグラウンドが見えた。今は体育の授業をしているようで、男子生徒たちがサッカーボールを追っていた。

私立紅葉ヶ丘高校。ここが、千葉県内随一の名門校にして、今回と十二年前の事件の被害者が在籍していた学校だ。


応接室には、数々のトロフィーや表彰状が並べられていた。紅葉ヶ丘高校は創立五十年の名門校で、毎年国公立大学に数多くの合格者を輩出している。部活動も盛んで、全国大会に進んだ部も数多い。地域での評判も上々で、千葉県内の私立高校としては最上位に位置していた。

「いやはや、今回の事件には言葉もありません」

応接室のソファで、校長と教頭が驚きを表現した。太った校長はハンカチを額に当てることで、痩せた教頭は上ずった声で喋ることで驚愕の意を示している。

「森脇琴音さんの死だけでも驚きなのに、まさか西口先生が犯人だったなんて」

教頭は目を泳がせながら言った。西口先生というのは、今回逮捕された紅葉ヶ丘高校の教師・西口宏光のことだ。

西口宏光は四十六歳の英語教師だ。今回の被害者の森脇琴音の担任教師で、彼女とよく喋っているところを目撃されていて、最初から捜査線上に上がっていた。

「西口先生は、どのような先生だったのでしょう」

私が問うと、教頭は素直な口調で答えた。

「真面目な良い先生でした。生徒対応もしっかりこなしていて、頼りにしていました」

校長も頷く。示し合わせた嘘でなければ、これが共通の認識と見ていいようだ。

「私生活での悪い噂などはありませんでしたか」

続けて問うと、今度は校長、教頭ともに微かな動揺の色が浮かんだ。

「あったんですね。教えてください」

少し強めに言うと、教頭は参ったと言いたげに首元をさすった。

「悪い噂といいますか、西口先生のことを、十二年前の事件の犯人ではないかと噂する声が多くありました。西口先生は十二年前にも我が校で教師をしていましたので」

「どうしてそんな噂が流れたんでしょう」

「何度か警察署で聴取を受けたからです。犯人ではないかと疑われて警察署に呼び出されたのを、誰かが見たんでしょう。結局アリバイがあって疑いは晴れたのに、その噂だけがずっと残っていました」

教頭は熱のこもった口調で語り続ける。実は、西口が十二年前に疑われていたという事実を、私たちはすでに掴んでいた。校長と教頭が本当のことを話しているか確かめるため、わざと話題をそちらに向けたのだ。この校長と教頭は正直者らしいので安心した。

ちなみに、西口のアリバイというのは、十二年前の夜、遠方の友人宅で酒を飲んでいたというものだ。友人の証言には信憑性があり、西口への疑惑は立ち消えになっていた。

「ですがアリバイがあったのに疑われたというのは、どうしてなのでしょう」

私は重ねて、校長と教頭を試す質問をした。答えはすでに知っている。

「現場から逃げ去る、西口先生に似た体格の男性が目撃されていたからです」

十二年前の事件には目撃者がいた。現場の公園を通りかかった帰宅途中のサラリーマンだ。彼は、真壁優子をバットで殴打し逃走した男性を目撃したと証言した。その男性の背格好が、ちょうど西口ぐらいだったのだ。

「ですが私たちは、十二年前の事件の犯人は彼ではないと考えています。だからこそ、西口先生には我が校で働き続けてもらっていたんです」

教頭は西口を庇いながらも、苦い表情を見せる。そう、今回の事件があるからだ。

「ただ、今回の事件については、西口先生が犯人で間違いないようですね」

私が失礼ながら指摘すると、教頭は肩をすぼめて言葉を途切れさせた。

「仰る通りです。私どもには見る目がなかった。まさかこんな事件を起こすなんて」

校長が話を引き継いだ。汗を拭いながら、落ち込みがちに視線を落とす。

「警察では、西口先生はどのような様子でしたか」

校長がおずおずと問い掛ける。友永に目で問うと、彼は頷いて口を開いた。

「おおむね素直に自供しています。ただ、十二年前の事件については一切無関係だと主張しています。アリバイもあることですし、これは本当でしょう」

十二年前については無実の可能性が高い。だが、今回の事件の凶器の金属バットからは、十二年前の被害者・真壁優子の血液も検出されている。十二年前の事件と完全に無関係かというと、疑問が残る状況だ。

「しかし、今回の事件の動機については、西口先生は頑なですね。『動機を当ててみろ』と挑発的な態度を取るばかりで、何も教えてくれません」

友永は嘆くように言った。彼の言う通り、西口は動機については語っていない。何か後ろ暗いことでもあるのだろうか。

「では最後に、今回の被害者の森脇琴音さんと、西口先生の関係はどうでしたか」

私が再度質問をすると、教頭がうーんと唸りながら返事をした。

「西口先生は、森脇さんの担任でした。よく喋っていて、仲は良好なように見えていました。ただ、事件が起こったということは、そうではなかったのかもしれませんね」

教頭はよく分からないようだ。二人の仲については、ここでは情報は得られそうになかった。このあたりが潮時だろう。

「ありがとうございました。この後、校内を回ってもいいですか」

「ええ、どうぞ。ですが生徒たちに話を聞く際は注意してください。皆、心を痛めていますので」

校長と教頭は誠実に対応した。隠蔽など考えないその態度は立派だった。


「西口先生、いい先生でしたよ。面白くて教え方もうまかったし」

校内で摑まえた生徒数人に話を聞くと、西口への評価は高かった。

「西口先生の英語、分かりやすくて俺は好きでした」

「進路指導も親身になってくれて。優しかったですよ」

「いい先生だった。ちっちゃいトートバッグを肩掛けしているのはダサかったけど」

高評価が続く。しかし、粘り強く話を聞くうち、それだけではない面も見えてきた。

「でも、今回の事件だけじゃなく、十二年前の事件の犯人でもあったんでしょ」

校舎裏で一人煙草を吸っていた女子生徒は、堂々とそう言ってのけた。

「十二年前の事件の疑いは晴れていたよ。アリバイがあったんだ」

友永が柔らかく言うが、女子生徒は頑なに首を振った。

「偽装工作をしたかもしれないじゃん。偽のアリバイって奴？」

十二年経っても、疑惑は残っていたようだ。

「西口先生を疑っているのは、君だけかい」

「ううん。結構たくさんの生徒が疑ってた。保護者とか地域の人も、大勢ね」

そうなってくると、疑惑は相当大きかったはずだ。西口が十二年前の事件について無実なら、理不尽極まりない仕打ちだ。

「そうだ、森脇琴音さんと西口先生の関係について聞いてもいいかな」

この女子生徒なら色々話してくれると踏んだのか、友永が次の質問を繰り出す。女子生徒は周囲を窺いつつも、問い掛けに答えてくれた。

「森脇ならクラスメートだったから、まあ、ある程度は知ってるよ。あの子は西口先生と仲が良かったね。よく喋ってたし」

「じゃあ、森脇さんってそもそもどんな生徒さんだったの」

その問いに、女子生徒は再び注意深く左右を見回し、誰もいないのを見て語り出した。

「森脇はちょっと精神的に不安定な感じの子だったな。自殺未遂もしてるって噂だった」

新しい情報だった。少なくとも警察の捜査では得られなかった情報だ。

「それ、本当ですか」

思わず私は問い掛ける。女子生徒は眉を寄せたが、やがて嘲るように笑った。

「皆、このことを隠してたんだ。まあ当然か。森脇を精神的に追い込んでるのは自分たちだもんね」

「どういうことですか」私がさらに問うと、女子生徒は声を落としてこう続けた。

「いじめだよ。森脇はクラス中からいじめられてたんだ。メンヘラだし格好のターゲットだったんだろうな。悪口から暴行まで、何でもありだったよ。先生たちに気付かれないよううまくやってたから、止められることもなかったね」

この名門校にも、いじめはある。どんな学校だって負の側面が存在するとは分かっていたが、この紅葉ヶ丘高校もそうだとは思いたくなかった。

「いじめのせいで、森脇は部活のバレー部を休みがちだった。学校を休むこともちょくちょくあったかな。成績も下がって、随分苦しんでたよ。自殺未遂もそのせいだって噂されてる」

女子生徒は、蔑むでもなく同情するでもなく、客観的に語った。それが彼女の立ち位置なのだろう。

「じゃあ、いじめのきっかけは、森脇さんが精神的に不安定だったからなんだね」

友永がまとめようとしたが、女子生徒は悩むように首を捻った。

「そうとも言い切れないかな。西口先生と仲良くしてたからいじめられた、っていう方が正しいのかも」

「どういうこと？」

「いや、西口先生って疑惑の人でしょ。そんな人とことさら仲良くすると、目を付けられるんだよ。それこそが一番大きな理由だったと思う」

表面上は人気のあった西口。しかし、西口と親しくすることがいじめを生むほどだったとなると、陰では相当警戒されていたのだろう。

「分かった。ありがとう。君は素直ないい生徒さんだね」

話が終わったタイミングで、友永が言った。すると女子生徒は明らかに赤面し、恥ずかしそうに手を振った。

「何言うんだよ。私は別に、そんなつもりじゃ」

「でも、他の生徒さんは誰も教えてくれなかったことを話してくれた。ありがとう」

「だから、そんなつもりじゃないって」

褒められ慣れていないのだろう。耳まで真っ赤にした彼女は、それをごまかすように言った。

「話そうかどうか迷ってたんだけど、最後に一つだけ話したいことがある」

私と友永は顔を見合わせた。思わぬところで情報が手に入りそうだ。

「森脇は、十二年前の事件のことを調べていたんだ」

予期せぬ情報だった。私は思わず目で続きを促していた。女子生徒は苦笑する。

「十二年前の卒業アルバムを調べたり、当時からいる教師たちに話を聞いて回ったりしてた。事件のことを調べていたんだと思う」

奇妙な行動だ。何が琴音をそうさせたのか。事件の真相に繋がっていきそうな謎だ。

「まあ、森脇の母親は昔、紅葉ヶ丘高校の教師をしてたから、そのことに関係した調べものなのかもしれないけど。母親は十二年前にここで教師をしてたらしいし」

女子生徒はぶっきらぼうに言った。母親のことを調べていた可能性も残るが、やはり十二年前の事件絡みの可能性の方が高そうだ。私は友永を見る。

「今回の事件、思っていた以上に複雑かもしれないな」

友永はそうつぶやくと、女子生徒に一礼して踵を返した。私も頭を下げ、友永の後を追う。背後で女子生徒の発した、あーあ、という疲れた声が強く耳に残った。


「検事、ただいま戻りました」

執務室に戻ると、大神がデスクでぼんやりしていた。効率第一のはずの大神が、何もせず呆けているのは異様な光景だった。

「検事、どうされましたか」

私が声を大にすると、大神はようやくはっとした。我に返った様子で、恥ずかしそうに私のことを見る。

「朝比奈か。捜査はどうだった」

ごまかすように問う。今回の事件が起こってからの大神はどうもおかしかった。私は疑問を抱いたが、さりとて直接問うこともできず、捜査の概要を伝えた。

「なるほど」

捜査報告を聞き終えた大神は頷き、そのまま私に指示を飛ばした。

「では明日、朝一番に西口の取り調べを行う」

またいつもの急な決定だ。しかし、大神らしいといえば大神らしい。

普段の調子が戻って来たか。そう期待したが、指示を飛ばした大神はまた物思いに耽っていた。やっぱり大神らしくない。私は漠然とした不安を覚えた。


「失礼します」

制服警察官に連れられて、西口宏光が執務室に入ってきた。四十六歳の英語教師。そのイメージに違わず、縁なし眼鏡を掛けた真面目そうな男だった。とはいえ、留置場暮らしはさすがに疲れたようで、椅子に座った背筋は曲がり、髪は乱れていた。もともと小柄な体格だが、それにも増して小さく見える。

「西口宏光さんですね」

「はい」質問に答える声にも疲労感が滲んでいた。よく見ると目も虚ろだ。

「まずお伝えしておきますが、あなたには黙秘権があります。ご自身にとって不利益になる供述を拒否できる権利です」

大神がいつもの前置きを入れるが、西口はしんどそうにかぶりを振った。

「前置きは結構ですから、取り調べなんて早く終わらせてください。私は全面的に罪を認めています」

警察での取り調べで、西口は今回の事件の犯行を洗いざらい自供している。ただ、動機を語っていない上に、十二年前の事件については一切無関係との主張を続けていた。金属バットの血液の件から、無関係と言い張るには無理があるというのに。

こうして送検されてきたのも、今回の森脇琴音殺害の罪のみを問われてのことだ。十二年前の事件については、そもそも逮捕も送検もされていない。つまり、十二年前の事件については、今回の事件に関係ない限り追及できないということだ。

「それでは取り調べを始めます。まずは、西口さんのお仕事について教えてください」

大神は笑顔でラポールの形成に取り掛かる。今回は教師という職について語らせるようだ。いつもの、テンポの良い会話が始まる予感があった。

「西口さんはどうして教師になったんですか」

「憧れていたからです。中学の時の担任が熱意のある良い先生で、私は――」

「では中学生の頃からの夢を叶えられたんですね」

「あ、ええ。そうです」

「実際に教師になってみて、どうでしたか」

「そりゃ、思い通りにならないことも多いですが、生徒との触れ合いは楽しいですし、充実した日々を送っていましたよ。それに――」

「それでは、教師という職には満足されているということですね」

「はい。まあ、そうです」

会話を聞きながら、私は首を傾げた。どうもリズムが悪い。普段なら大神と被疑者の会話は、テンポが絶妙で聞いていて心地良い。それなのに、今回はそのテンポが最悪だった。原因は大神だ。相手が話し終わっていないうちに、拙速に次の質問を放っている。何を急いでいるのか分からないが、これではラポールは形成できない。

「生徒さんとの触れ合いは楽しいとのことでしたね。森脇琴音さんはどうでしたか」

「ええと、彼女は私を慕ってくれていたので、楽しく会話できていました」

「しかし、彼女を鬱陶しいと思う理由もあったのではないですか」

「それはまあ、なくはないですが」

「それほどあいまいでしょうか。もっとはっきりした理由があったはずです」

そして、事件の核心に迫るのも早すぎる。一体、大神はどうしてしまったのだろう。

「では、西口さんが森脇さんを鬱陶しく思った理由を挙げましょう。ポイントは、森脇さんが十二年前の事件を調べていたことです。理由は定かではありませんが、彼女は卒業アルバムを見たり、古株の教師たちに聞いて回ったりして事件を調べていました。十二年前の事件に何らかの関与をしている西口さんは、自らの関与を気付かれたくなく、森脇さんを十二年前と同じ凶器の金属バットで殺害したんです」

大神は長々と一方的に喋った。相手の話を聞く段階なのに。

そして、話した内容もまずかった。西口は怒りの表情を浮かべた。

「十二年前の事件は関係ないでしょう。私は十二年前の事件では逮捕も送検もされていません。そのことを訊くのはルール違反です」

痛いところを突かれた。だが、大神はひるまなかった。

「いえ、今回の事件に関係していれば質問も充分可能です。さあ、どうなんですか。西口さんは十二年前の事件への関与を知られたくないから、殺人を犯したんでしょう」

大神は前のめりになって問う。西口は怒りを通り越して呆れたような顔つきになり、やがて大きなため息をついた。

「そうですね。検事さんがそう仰るのなら、そうなのかもしれません」

西口は馬鹿にするように笑った。侮蔑とあきらめの気持ちが混じった笑みだった。

「私は十二年前の事件に関与していたんでしょう。とはいえ、十二年前の殺人を犯してはいませんので、そのつもりでお願いしますよ」

認めた、のだろうか。いや、大神の強引さに押されて、やってもいないものを認めたようにも見える。本当に大丈夫なのかと、不安になるやり取りだった。

「そういうことでしたら、十二年前の事件のことを教えてください。西口さんは、どのような関与をしていたんですか」

大神は軽く机を叩いた。大神らしくない、古い刑事ドラマのような取り調べだった。

「さあ。それは検事さんがご存じなんじゃないですか。私の考えていることは全てお見通しのようですから」

西口は完全に開き直っている。いつもの大神の取り調べでは、あまり見ない被疑者の態度だった。

「西口さん。そろそろ本当のことをお話しいただけますか」

「だから、検事さんは分かっているんでしょう。考えをお教えください」

不毛なやり取りが続く。このままではまずかった。

「あの、検事。少しよろしいでしょうか」

私は思い切って手を挙げた。大神は不快そうに私を横目で見たが、取り調べ中の優しさを演じているので、そうそう無下にはできない。大神は笑顔で私の方を向いた。

「どうしましたか、朝比奈さん。何か気になることでもありますか」

「はい。あります」

良くない雰囲気を打破するべく、私は疑問点を突いた。

「西口さんは、どうして凶器に金属バットを使ったんでしょう」

大神は不満そうに眉を寄せたまま、分からないとばかりに首を振った。

「凶器に何を使うかなど、個々人の自由です。考えても意味がないですよ。それとも、バットの出どころが気になりますか」

「いえ、そうではなく」

私は激しく首を振り返し、大神に訴えかけた。

「バットは十二年前の凶器でもあるんですよね。でしたら、おかしいことになります。西口さんは、証言を聞く限り十二年前の事件との関与を強く否定しています。十二年前の事件とは関わり合いになりたくない様子です。それなのに、その西口さんは今回の事件で、十二年前と同じ凶器のバットを使いました。これって矛盾していませんか。そんなことをすれば、十二年前の事件への関与を強く疑われてしまうのに」

大神の肩がぴくりと動いた。椅子が引かれ、前のめりだった姿勢が正された。

「確かにそうですね。これはどういうことでしょう」

大神は私の方をしばらく見て、やがて恥ずかしそうにさっと目を逸らした。そして考え込み始める。こんな程度の矛盾に気付かないなど大神らしくないが、私の目には、ようやく冷静さを取り戻したように見えた。

大神は大きく息を吸い、ゆっくりと吐き出す。そして落ち着いた声で質問をした。

「西口さん、凶器のバットは、どうして十二年前と同じものを使ったんですか」

「それは、特に意味はないです。ちょうどいい凶器になると思ったからです」

西口は小声でぼそぼそと答えた。大神でなくても、嘘だと分かる反応だ。

「では、そのバットは一体どこから持ち出したんですか」

「それは、その。あまり答えたくありません」

質問に答えられない。バットについては、都合の悪いことがあるようだ。

「そうですか。ただ、そうなると疑問が浮かんできます」

大神はいつもの調子を取り戻したように、満面の笑みで追及を始めた。

「十二年前に西口さんが何度も警察に聴取を受けていたのなら、当然家宅捜索を受ける可能性も頭にあったはずです。そうだとすると、自宅に決定的証拠のバットを置いておくのは危険すぎると容易に分かったはずです。西口さんが犯人であっても、そうでなくても。だとしたら、バットは西口さんの自宅にはなかった——恐らく、捨てられていたはずです。それなのに、どうして今回、その凶器を使えたのでしょう」

そのことは大きな疑問点だ。ただ、抜け道もあるので私はそれを指摘する。

「警察に二十四時間見張られていると思って、自宅から捨てられなかったのではないですか。だから今に至るまで、ずっと隠し持っていたという可能性もあります」

「なるほど。ですがそれなら、バットについて決定的証拠だという意識が強く形作られたはずです。そんなバットを、再び凶器として使うはずはありません」

確かにその通りだった。大神の思考が冴えてきたようでほっとする。

「さあ、いかがですか西口さん。どうして、凶器にバットを使ったのでしょう」

大神は優しく問い掛けるが、西口は青い顔をしてうつむくばかりだった。


「裁判に、掛けてください」

長い沈黙の後、西口はそうつぶやいた。そして感情を露わにして言葉を続ける。

「早く裁判に掛けてください。罪は認めたんだから、もういいでしょう」

不審な態度だった。何かを隠していることが簡単に想像できてしまう。

「そうはいきません。全てを明らかにするのが、我々の仕事ですから」

大神は殊勝に言ってのける。本当は嘘を暴きたいだけだろうが。

「全て明らかになっているでしょう。私は何もかも話しました」

「ですが、動機についてはお話しになっていませんよね」

「それは、そうですけど」

西口はまた下を向く。大神はそんな彼の様子を見ながら、大きく頷いた。

「分かりました。一旦、バットの話はここまでにしましょう」

私は面食らった。ここまで攻めておいてバットの件を放置するのか。また大神の調子が悪くなったのかと思った。

「代わりに、犯行前後の時間についてお聞きしましょう」

大神は爽やかな笑顔で質問を繰り出す。私の心配に反して調子は悪くないようだ。

「犯行時刻は夜八時ということですね。被害者の森脇琴音さんは、塾もないのに夜間に家を出て現場に向かっています。ということは、被疑者である西口さんに呼び出された可能性が高いですね。その点、いかがですか」

西口は迷うように目を揺らしたが、話題が変わって幸いだと思ったのか、素直に答えを口にした。

「そうですね。彼女とは殺害現場の公園で待ち合わせようと約束しました。私が仕事を終えた夜八時頃に会おうと言って」

「ありがとうございます。では、西口さんは直前まで学校で仕事をしていたということですよね。しかし、警察の調べでは、西口さんと森脇さんのスマホには連絡を取った形跡がありません。一体いつ、待ち合わせの約束をしたのでしょう」

時間についての質問。これはもしや。私は胸に期待を抱き始めた。

「待ち合わせの約束をしたのは、犯行当日の昼休みです。お昼の〇時半頃だったと思います」

「校内で直接会って、口頭で約束をしたんですね」

「はい、その通りです」

「実際、仕事を終えたのは何時で、公園で会ったのは厳密には何時でしたか」

「仕事を終えたのは午後七時五十分頃で、公園で会ったのは八時ちょうどでした」

「その際の交通手段は何でしたか」

「徒歩です。私は徒歩と電車での通勤ですので」

西口は言葉を選んだ様子で、あまり多くを語らない。先ほどまでより口が堅い印象だ。時間の話題になった途端これだ。どうしたのだろう。

「そういえば、この待ち合わせですが、そもそも何の待ち合わせだったのでしょう」

西口の堅苦しさを気にしたのか、大神は話題を変えた。「何」と問うオープン・クエスチョンだ。すると、西口の表情が一瞬にして和らいだ。

「森脇さんに、相談があると言われて待ち合わせたんです。学校でするような相談ではないということでしたので。生徒と学校の外で会うのはまずいかと思いましたが、相談をしてきた森脇さんの表情が真剣で、断りきれませんでした。もっとも、相談の内容を聞く前に殺害したので、何の相談だったかは分かりませんが」

西口はよく喋った。この質問は想定していて、答えやすかったということだろうか。

「待ち合わせた時の、森脇さんの様子はどうでしたか」

「落ち着きのない様子でした。待ち合わせ場所の公園で、森脇さんとは少し喋ったんですが、彼女は興奮していて言っていることがよく分かりませんでした。もともと精神的に不安定な生徒さんでしたが、あの時は特に落ち着きがなかったですね」

やはり先ほどよりよく喋る。どうしてなのかと考えていると、大神が質問をした。

「約束を持ち掛けてきたのは森脇さんの方だった。そして約束をしたのは犯行当日のお昼。そうなると、西口さんは待ち合わせを前日には予期できなかったんですね」

一転してクローズド・クエスチョンだ。勝負を掛けてきたのだろうか。

「ええ、前日には予期できません」

西口は怪訝そうな顔で頷く。すると、大神は不敵に笑った。

「そうですか、よく分かりました」

大神は口角を上げ、宝物を手に入れた少年のような口調で言った。

「西口さん、あなたの証言は虚偽のものですね」

「虚偽って、そんなことないですよ。私は真実を答えています」

西口は激しくかぶりを振ったが、大神はその弁明を受け入れなかった。

「いいえ、西口さんの証言は嘘です。それを証明する根拠もあります」

「そんな。じゃあその根拠っていうものを教えてくださいよ」

西口が訴えると、大神は望むところだとばかりに顎を引いた。

「西口さんが森脇さんと約束をしたのは、事件当日の昼の〇時半頃。そして事件が起こったのはその夜の八時。西口さんはその間、仕事でずっと学校にいたはずです。一体、どのタイミングで隠しているバットを持ち出したのでしょう」

西口が、あっと言いたげに口元をゆがめた。

「前日には約束を予期できなかったと、西口さんは確かに仰いました。ですので、朝に隠し場所からバットを持ち出すことはできません。車に隠そうにも、西口さんは徒歩と電車での通勤なのでそれもできません。そもそも電車内でバットを持っているのは目立ちすぎます。お持ちのカバンも小さめのトートバッグだそうで、バットは入らないでしょう。持ち歩くなら剝き出しで持つしかないのですが、十二年前に警察に疑われた経験のある西口さんが、そのような危険を冒すとは思えません。おや、そうなると、持ち出すこと自体不可能ですね。これはどういうことなのでしょう」

全ての可能性を潰した指摘だった。西口は目を見開き、言葉もなかった。

大神の認知的虚偽検出アプローチが利いた結果だった。今回大神が使った手法は、

「予期せぬ質問」と呼ばれるものだ。

「予期せぬ質問」は、認知的虚偽検出アプローチの手法の一つだ。被疑者にとって予期せぬ想定外の質問をぶつけられると、被疑者は戸惑うので、その反応や返答で嘘が分かるというものだ。「時間」に関する質問は、その予期せぬ質問の代表例だ。

また、予期される質問／予期せぬ質問への対応を比較することで、嘘をついているかどうかを見分けることもできる。特に、嘘をつく人は予期される質問についてのみ妙に詳細に喋る傾向があるという。予期せぬ「時間」についての質問には言葉少なだったが、何の待ち合わせだったかという予期される質問にはよく喋ったことから見て、今回もちょうどそれに当たるようだ。もちろん、大神はそれに気付いて嘘を見抜いた。

「こうなると、一つの結論が出ますね」

すっかり調子を取り戻した大神は、いつものペースで真実を指摘した。

「西口さんは、バットを持ってこなかったんです。どう考えても、持ってくることは不可能ですから」

ただ、そうなるとまた疑問が出てくる。だが、大神はそれも織り込み済みのようだ。

「では、誰がバットを持ってきたのでしょう。現場にいたのは西口さんと森脇さんだけです。ということは」

大神はわざとらしく間を開けて、西口に向けてその答えを口にした。

「バットを持ってきたのは森脇さんですね」

西口は、蒼白な顔色で唇をわななかせた。肯定はしていないものの、その反応は頷いているのとほとんど同じ意味だった。

「その態度を見て、何もかも分かりました」

大神は今日最も優しい笑みを浮かべた後、こう告げた。

「殺害動機について、何もかも分かりましたよ」


「バットは森脇琴音が持ってきた。そう考えると、色々と見方が変わってくるな」

脚をだらしなくデスクの上に投げ出し、椅子に深くもたれた大神が言った。あまりの態度の変わりように、西口は言葉を失っていた。

「バットを持参しなかった西口に殺意はなかった。それは間違いないだろう。しかしそうなると、十二年前の凶器のバットを、森脇はどこから持ち出したんだ。西口が自宅に隠していたら森脇には持ち出せない。ということは——」

予想外の新事実に、私はついていくのがやっとだった。だが、大神は余裕の態度で説明を続けていく。

「ひとまず事態を整理するために、今回の事件についてのみ語るぞ。森脇はバットを持参した。彼女はバレー部だから、バレーボール入れのバッグにでもこっそり入れて持ってきたんだろう。バレー部の彼女にバットは必要なく、またそのバットは十二年前の凶器であることから、殺人の道具として持参したと見るべきだ」

この点について疑義はないだろう。西口が何も言わないので、大神は話を進めた。

「では森脇は西口を殺そうとしたんだろうか。しかし、体格差のある男性を殺す道具として、バットというのは重たすぎる。しかも、狙う場所は高い位置にある頭部だから、女性にはやや向いていない。包丁などの軽い刃物の方がよほど有効だ。となると、別の見方が出てくる」

別の見方など思い付かない。私は大神の説明を待つばかりだった。

「森脇は学校でいじめられていて、心が傷付いていた。精神的にも不安定だったとか。そして結果的に、西口が森脇を殺害している。そのことから見て、森脇は自分を殺してくれと西口に頼んだんじゃないか。持参したバットは自分を殺す凶器として用意したんだ。男性の西口が、女性の森脇を殺すなら、バットでも問題ないだろ」

琴音の方から殺してくれと言った——。思わぬ推理が披露された。

「西口は、待ち合わせ場所で興奮気味の森脇と少し喋ったと証言した。しかし、凶器のバットは大きさから言って隠すのが難しい。その場にそぐわないバットを西口が持っている中で、少しであっても喋るというのは不自然だ。ただ、森脇がバットを出して殺してくれと言ったのなら筋は通る。そこで押し問答があり、彼女が興奮してよく分からないことを言ったのなら、より西口の証言通りになる」

きちんと根拠もある。私の中で、大神の推理への信頼度が増していった。

ただ、疑問点がなくなったわけではない。大きな謎がまだ残っている。

「どうだ西口。俺の考えはどこか間違っているか」

大神は最後通牒のごとく問い掛ける。西口は驚きに目を見開いているようだった。まさかここまで見抜かれるとは、といったところか。

やがて西口は大きな息をつき、あきらめたようにこう言った。

「いえ、間違いなどありません。その通りです」

西口は頭を垂れる。そして、苦悩を感じさせる口調でこう語った。

「森脇さんの方から、殺してくれと頼んできました。彼女はいじめに悩んで、自殺を計画したそうです。しかし思い切れず、死ぬことはできなかったようでした。そこで、彼女は私に目を付けました。私に殺してもらおうと思い、バットを持参して殺害依頼をしてきたようです」

大方の謎は解明された。大神は満足そうだ。だが、まだ全てではない。未解明の部分は残っている。

「あの、検事。よろしいでしょうか」

　私はまた手を挙げる。本性を明らかにした大神は態度悪く私をにらみつけるが、話してみろとばかりに顎をしゃくった。私はそれを受け、おずおずと発言する。

「そもそも、どうして西口さんはそんな無茶な依頼を受けたんでしょう。殺してくれと言われて殺す人なんて、そうそういないですよ。森脇さんも、どうして西口さんにそんな滅茶苦茶な依頼をしたんですか」

　これが残された疑問だった。しかし、大神はおかしそうに冷笑した。

「そんなことも分からないのか。無能だな」

　ムッとするが、分からないのは事実だ。私は我慢して大神の説明を待った。

「原因は十二年前の事件だ。十二年前、西口は殺人事件で疑惑の人になり、現在もその疑惑は続いている。きっと、森脇はそれを知ったんだ。在籍する学校の生徒の十二年前の死に、死を望んでいた彼女は惹かれたんだろう。調べるうちに西口への疑惑を知り、これは使えると思った。『一度人を殺したのなら、二度目も殺せますよね』──そうとでも言えば殺してもらえると、彼女は思ったんだろ。殺害の場所や日時をほとんど同じにすれば、より効果的とも考えたはずだ。だから、彼女は十二年前のその日に近い日時を設定して、西口に殺人を依頼したんだ」

　なるほど、琴音が殺害依頼をした理由としては充分だ。しかし、だからと言って西口がその通りに動くだろうか。私は首を捻るが、大神は自信満々に話を続けた。

「一方西口は、十二年間殺人犯として疑われ続けたことで常に追い詰められていた。誰も大っぴらには疑惑を口にはしないが、陰でささやかれている噂を聞いてはいただろう。十二年もの間、疑惑を抱かれて、西口はどう思っていたことか。それなのに、森脇は十二年前とほとんど同じ状況で殺人を依頼してきた。どうせ十二年前に殺したんだろう、と言って。これは西口にとって精神的なダメージが大きい。西口は、十二年間溜め込んでいたものが爆発するのを覚えたはずだ。彼は森脇からバットを奪い、彼女を殴打して殺害した」

十二年間溜め込んだ鬱屈が原因。驚いたが、納得はできる話だった。

「さあどうだ、西口。これでもまだ、動機を黙秘するか」

大神は詰め寄る。西口は苦しそうに唸ったが、やがてゆっくりと肩を落とした。

「検事さんの仰ったことは、全て正しいです」

下を向き、西口は力なくそう言った。

「待ち合わせた公園で、森脇さんに殺害を依頼されました。私は彼女に挑発されるまま、彼女の持参したバットを奪って殴打しました。一度人を殺したんだろうという言葉に、我慢ならなかったんです」

西口は頭を抱え、苦悩が滲むような表情で独白を続けた。

「でも、悪かったとも思っているんです。殺害直前、森脇さんは興奮して意味不明なことばかり口走っていました。『誰のせいでもない』だとか、『行きずりの犯行ですよね』だとか。妄想に取り憑かれているとしか思えませんでした。恐らく、正常な状態ではなかったんでしょう。そんな彼女を怒りのままに殺害してしまったことは後悔しています」

西口は髪を掻きむしり、大いに悔いている様子だった。もう少し彼が冷静でいられたら、結末は違っていたのかもしれない。

「さて、では重要なのはここからだ」

全て終わったと思いきや、大神が口を開いた。

「西口、十二年前の事件について聞きたい」

大神は深刻な目つきで言った。大神の狙いはこの質問だったのだろうか。だとしたら、最初の拙速な取り調べは、この質問をしようと気が逸っていたためなのか。

「十二年前の凶器だったバットの出どころは、西口——あんたではなく森脇だった。ということは、十二年前の犯人は、やはりあんたではないんだな」

大神は低い声で問う。西口は顔を上げ、真剣な表情で答えた。

「はい、私ではありません。私は十二年前には、誰も殺していません」

西口は無実だった。アリバイも正しいものだったのだ。それなのに、十二年間、噂で疑われ続けた。そのことで彼は苦悩し、琴音の挑発に乗って殺してしまった。

大神は不満そうだった。西口こそ十二年前の犯人と見込んでいたのだろうか。一方私は納得したが、別のところでは理解できないことがあった。私はその点を尋ねた。

「あの、取り調べ当初の投げやりな態度は何だったんですか」

大神は面倒くさそうな視線を寄越したが、西口が答えてくれた。

「十二年間疑惑に苦しんだ挙句、今回の殺人と逮捕です。もうどうでもいい気分になって、開き直っていました」

「では、動機を隠したのはなぜですか」

「それは、十二年前の事件と関連付けられて、十二年前の犯人と疑われるのが嫌だったからです。どうせ警察は聞く耳を持たないだろうとあきらめていたせいもあります」

確かに開き直ってしまいそうな状況だし、一度殺しただろうと言われてカッとなって殺したなど、十二年前の疑惑を再燃させるのに充分だ。動機を隠したくもなる。

「まあ結局、検事さんには隠し通せないぐらい真相を言い当てられてしまったので、話しましたけどね。最初はあんなに下手な取り調べだったのに、急に上手くなるなんてどういうことですか」

西口は乾いた笑いを漏らした。皮肉めいた形に唇がゆがむ。

「真犯人は誰だ」

不意に重い声が響いた。大神の声だ。彼は質問には答えず、西口に詰め寄った。

「それじゃあ十二年前の真犯人は誰なんだ。教えてくれ」

また拙速な態度だった。十二年前の真犯人をそれほど知りたいのだろうか。

「私は知りません。十二年前の事件とは無関係なんですから」

「だったら、そう、凶器のバットの出どころはどこだ。森脇は何か言わなかったか」

大神が唾を飛ばしながら問い掛ける。西口は困惑気味に考え込んだ。

「自宅から持ってきたと、言っていた気がします」

「だとしたら、森脇の家族が犯人か」

大神は手元の資料を素早くめくり、内容に目を通した。

「森脇琴音は、現在母親と二人きりの母子家庭だ。だとしたら、母親か」

大神は目を激しく動かして資料を読む。そして力強く机を叩いた。

「そうか、森脇琴音の母親は、十二年前に紅葉ヶ丘高校の教師をしていた。だとしたら、犯人である可能性もある」

そういえば、琴音の母親はかつて紅葉ヶ丘高校の教師だった。煙草を吸っていたあの女子生徒が言っていたことだ。だが、そのことが意味を持ってくるとは。

「くそ、今すぐ家宅捜索させないと」

大神は固定電話を取り、電話を掛けた。そして早口で指示を飛ばす。内容を聞くに、県警に森脇家への家宅捜索を要請したようだった。

「これで取り調べは終了だ。調書は後日取るから、今日は留置場に戻れ」

受話器を置いた大神は、西口のことを見もしないまま指示した。これで真相は全て見抜いたと考えているのだろう。確かに、大神の見抜くべき真相は明らかになった。

しかし、まだ残っている。私が見抜くべき真相が。

「検事、まだ気になる点は残っています。西口さんを帰さないでください」

挙手して発言する。西口は驚いたように動きを止め、大神はうるさそうに私を見た。

「何だ。もう今回の事件は解明されたぞ。気になる点など残っていない」

「いえ、まだあります。森脇さんが、どうして西口さんに殺害を依頼したかです」

私は懸命に抗弁する。だが、大神は不快そうに目を細め、口元を冷たくゆがめた。

「そんなもの、西口なら殺してくれると思ったからだろ」

確かにそれで論理は繫がる。しかし、それだけで何もかも説明できるわけではない。

「いいえ。森脇さんは西口さんと仲良くしていて、それがきっかけになっていじめを受けていました。西口さんを慕っていたはずで、そんな彼女が西口さんを殺人犯にする計画を立てるとは思えないんです」

「慕っていたというのは、西口に接近するための演技だろ。森脇は、十二年前の事件に興味を持ち、噂のある西口がどういう人間か知りたかったんだ」

「ですが、そのせいでいじめを受けていたんですよ。さすがに、事件に興味を持った程度でいじめを我慢してまで接近する必要はありません。森脇さんは、いじめを受け始めた後も西口さんと引き続き仲良くしていたんですから」

「最初から、西口に殺してもらうために接近したとしたらどうだ。もうすぐ殺してもらえると思えば、慕う演技もできるし、いじめも我慢できたんじゃないか」

「森脇さんが死にたいと思った原因の大部分はいじめのはずです。順序が逆になっています」

　私の反論に、大神は言葉を途切れさせた。やはり今回の大神は何かがおかしい。

「西口と森脇は親しく、それゆえ殺害依頼はあり得ない、か。ふん、続けろ」

　大神は私に続きを促した。私は頷き、話を再開する。

「大事なのは、森脇さんが、自分の母親が殺人犯ではないかと疑っていたことです」

　大神は少し瞼を震わせた。想定していない推理だったのだろう。

「森脇さんは、自宅で血の跡のついたバットを発見したんでしょう。そうでなければ持ち出せないですからね。そしてその際、唯一の同居人である母親が犯人ではないかと疑ったに違いありません。そうなると、周囲の語る西口さんへの疑惑が勘違いだと気付いたはずです。にもかかわらず、周りは西口さんが殺人犯だと言います。一方、母親が殺人犯だという一〇〇％の確証もありません。ですが、西口さんのことは慕っています。そこで、彼女は計画を立てました」

「計画だと」

「はい。西口さんが人を殺せる人間でないと証明するため、自分から殺害依頼をしてみるという計画です」

西口が息を呑んだのが分かった。私はそれを確認してから続ける。

「十二年前の凶器らしいバットを持参して、場所や日時も十二年前の事件とほぼ同じにして反応を見る。当然、西口さんは殺害依頼を断るはずだと彼女は思いました。バットにも反応を示さない。むしろ何を馬鹿なことを言っているんだと注意してくれるだろうと考えたはずです。そうなれば、誰が何と言おうと自分は西口さんを信頼できる。彼は無実なのだから。そう思って、彼女はいじめを受けていることを理由として、実行されるはずのない殺害依頼をしたんです」

そんな、という嘆きが西口の口から漏れた。彼は驚愕に目を剝いている。

「それじゃあ私は、自分を信頼していた生徒を殺してしまったんですか」

私は何も言葉を返せない。西口はしばらく固まった後、大きな声を立てて泣き出した。後悔をしてもしきれない。そんな悲しみが彼の涙には詰まっているようだった。

被害者が抱いていた思い。これを伝えても何も変わらないかもしれない。でも、ほんの僅かでも変わる可能性があるなら、私は伝えていきたい。それが私の思いだった。

西口は、制服警察官に連れられて執務室を去って行った。彼が今後どう罪を償うかは、彼自身の覚悟に掛かっていると私は思った。しかし、去り際の吹っ切れたような表情を見ていると、私の中で希望が芽生えた。西口はきっと大丈夫。そう思えたことで、私は安堵した。

「また同情か」ふと大神の声がした。振り向くと、大神は受話器を置きながらこちらを見ていた。県警に森脇家への家宅捜索の状況を聞いていたようだ。

「今回は、特別激しく取り調べを掻き乱してくれたな」

大神は大きく息をつく。言われてみると、今回はかなり大神の取り調べに割って入ってしまった。迷惑だっただろうか。

「しかし、今回は俺も悪かった。集中力を欠いていたようだ」

珍しく非を認めた。まあ、大神らしくない失敗のオンパレードだったので、謝られてもおかしくはない。

「ミスを重ねた上に尻ぬぐいまでさせてしまった。さすがに事情を説明しないとな」

大神は私の方に膝を向け、真剣な声音で話しかけてきた。

「俺が今回、これほどミスを重ねるほど焦ったのは、ユウコという人物のためだ」

心臓が高鳴った。ユウコ。前に風邪にうなされていた大神が口にした名前だ。そして、十二年前の被害者の名前は真壁優子。やはり関係があるのか。

「少し長い話になる。だが、聞いてもらうぞ」

大神は前置きを口にした上で、ユウコとの物語を語り出した。

十二年前の事件で殺された高校生・真壁優子。彼女は俺の同級生だった。事件が起こった当時、俺はまだ高校生だったんだ。
高校は別々だったが、俺と優子は小、中と同じ学校で、家も近く親同士の親交もあった。いわゆる幼なじみという奴だ。でも、そんな単純な言葉では俺たちの関係は説明できない。俺たちはいわば――そう、「相棒」だったんだ。
俺は昔から、他人を見下す偏屈者の上に、人とうまくコミュニケーションが取れず学校に行く以外は家に引きこもりがちだった。今の俺から容易に想像できる子供時代だな。だから家が近いとはいえ、優子と仲良く遊ぶこともなかった。だが優子はご近所のよしみからか、俺のことを気に掛けていて、よく声を掛けてきた。ただし、勘違いするなよ。そこから凡百のラブコメのように、恋愛に発展することは一切なかった。
俺は優子を無視し、仲良くする気はさらさらなかったんだ。

だが小学五年生のある日、クラスで飼っていた小鳥が放課後に鳥かごから逃げてしまう事件が起こった。クラスの誰かが逃がしてしまったんだ。当日、交代制の飼育当番だった俺が疑われ、学級会で袋叩きの取り調べが行われた。しかし、俺は当日、世話をサボっていたので無実だったんだ。それなのに、周囲は嘘だと決めつけ糾弾してきた。俺は普段、人と喋らず大人しかったから、糾弾しやすかったということもあるだろう。非難は過激さを増していった。

そしてついに担任教師が俺に謝罪を強要してきた。そのことで、俺はキレてしまったんだな。降りかかる火の粉を払うべく、俺は嘘をついているらしい同級生たちを学級会の場で徹底的に尋問し返した。大人しい俺らしからぬ、鋭く激烈な尋問だったんだろう。何人をも泣かせ、最終的に、小鳥を一番かわいがっていた女子グループが逃がしたと見抜いた。放課後、小鳥のいた教室から大慌てで出てきたそいつらを、何人かのクラスメートが目撃していたんだ。もっとも、そいつらに口止めをされていて皆何も言えなかったんだがな。

学級会は阿鼻叫喚の状態となった。無能な担任教師では収拾がつけられず、大混乱となったその時。クラスメートだった優子が、泣いている犯人の女子グループに歩み寄った。悪気はなかったんだよねと優子は優しく声を掛けた。すると女子グループは、小鳥が狭い鳥かごにずっと入れられているのが可哀想だったとぬかした。だから、教室の窓とドアを閉め切り、教室の中だけで飛び回らせていた、と。だが、別の女子が忘れ物を取りに教室に戻って来てドアを開けてしまい、その隙間を経由して廊下の窓から逃げてしまったんだと。彼女らは自分たちが逃がしたと言い出せず、結果として、飼育当番だった俺が疑われてしまったということらしい。全く以て迷惑な話だ。

本当にとんでもない冤罪事件だった。俺は怒り狂っていたよ。だけど優子は、事情も汲むべきと言って、女子グループに謝罪をさせ、俺を引き下がらせたんだ。あの時の優子の仲裁は見事だった。全ての罪を認めて謝罪までした悪気のない女子たちを、これ以上糾弾することは冤罪と同じぐらい酷いことなんじゃないかと言って、この俺を不承不承ながら折れさせたんだからな。

そして、この事件がきっかけになった。優子は、嘘を見抜く俺の能力を気に入って、勝手に助手を名乗り始めたんだ。俺は嫌だったんだが、優子はついて回ってきた。優子は探偵の出てくる推理小説が好きで、俺はその探偵に相応しいと思っているようだったな。ホームズとかポアロとか、何度聞かされたことか。そして優子が変わっていたのは、自分はその探偵の優秀な助手だと自負しているところだった。ワトソンだとかヘイスティングスだとか、こちらの名前の方がよく聞かされた記憶があるぐらいだ。

そのうち、俺は優子が持ってきた些細な「事件」を、嘘を暴くことで解決するようになっていった。女子のリコーダー盗難事件、夏休みの自由研究損壊事件、消えたテスト答案事件……。しつこく事件解決を迫る優子に押され、嫌々ながら俺は嘘を見抜いていった。そして、次第に嘘を見抜くことに快感を覚えるようになっていったんだ。嘘を隠している相手をいたぶりながら追い詰めていく過程で、俺は他のどんな時よりも生きている実感を覚えていた。

そして、優子は俺が嘘を暴いた後をフォローし始めた。小鳥の事件の時のように。嘘をつくには誰しも事情がある。そう語る優子を、よく鼻で笑ったもんだ。しかし、その後も事件が起これば一緒に謎を解くという関係が続いたことで、いつしか俺たちは相棒になっていった。俺は積極的に優子を認めることはなく、むしろ鬱陶しがっていたが、俺たちは気が付けば一緒に嘘を暴き、謎を解いていた。俺は嘘を見抜く快感を求め、後先考えず突っ走る。だが、優子が後でフォローをしてくれるからこそ、それができたんだ。そのことは、俺も充分理解していた。

謎を解く時以外は友達のグループは別だし——と言うより俺には友達がいなかったんだが——家に帰ってからも一緒に遊ぶでもない。だが、事件を前にすると共闘する。俺たちの間には絆があったんだ。

俺が嘘を暴いて謎を解き、事後のフォローは優子が担った。俺たちは名コンビだった。同じ中学に上がってもその関係は続いたが、男女が一緒にいると恋愛関係と思われる年頃になり、さすがの俺も気になり始めた。俺は優子と少しずつ距離を取るようになったが、彼女は気にせずグイグイ来る。だから関係は変わらなかった。俺も心のどこかでこの関係を心地良く感じていたので、卒業まで俺たちの奇妙な関係は続いた。

高校が別々になり、俺たちは離れた。連絡先は交換していたから、優子から時折、学校であった些細な事件を語るメールは来た。だが、そのやり取りの頻度も低くなり、やがて疎遠になっていった。俺たちは少しずつ、別々の道を歩き始めていたんだ。

そして高校三年生の二月。受験シーズンということもあり、優子からはもう半年以上連絡がなかった。相棒の記憶が薄れていく。それを悲しいと思う自分には驚いたよ。どうせ幼い頃だけの、短い期間の関係だったんだ。そう自分に言い聞かせていたある日の夜、優子から携帯に電話が入った。だが俺は、ためらった末にそれに出なかった。いずれは離れる関係なんだ。ここで電話に出て関係を取り戻しても、すぐ別れが来る。そう考えて、俺は優子と離れる決心をした。携帯の電源を切って、着信を無視したんだ。

ところが、翌朝になって俺は優子の死を知った。夜に何者かに襲われて、金属バットで撲殺されたというんだ。着信は七件もあった。しかも、事件のあった時刻と、電話があった時刻は一致していたんだ。警察も事情を聞きに来た。警察曰く、優子の携帯に警察への通報の記録はなく、全て俺に掛けていたということだった。

あれは助けを求めての電話だったんだ。俺は心が切り裂かれるほどの後悔を覚えた。電話に出ていれば優子を救えたかもしれないのに。しかも、警察よりも自分を信頼して電話してくれていたのに。警察には、うたた寝をしていて電話を取り損ねたと嘘をついたことが、鋭いとげとなって胸に残った。俺は、ちっぽけな自分自身のプライドを守るために、つまらない嘘をついている。絶対に忘れられない記憶だった。俺にとって、電話を無視したその時はまさに、「相棒を殺すとき」だった。俺は、自分が優子を殺したも同然だと思った。

失意のうちに受験日がやって来た。一人暮らしをしたかった俺の第一志望は遠方の大学だったが、優子の事件の直後に受験のために外に出るなんてとてもできなくて、結局棄権をした。結果として俺はその前に合格していた東京の私大の法学部に入った。そして司法試験に合格し、検察官になった。検察官になったのは、優子を殺した犯人の嘘を暴き、動機を明らかにして裁くためだ。警察の懸命の捜査があっても逮捕されない、優子殺しの犯人。いつしかこの手で裁いてやりたい。そう思って俺は被疑者の嘘を暴き続けた。優子が死んだ時、警察に嘘をついた申しわけなさもあったのかもな。

俺はより一層嘘を暴こうとするようになった。優子のことを忘れようと、被疑者への思いやりをことさら排除しながら。

やがて俺は効率を重視し、多くの嘘を暴いて実績を上げ、大きな事件の担当を任せてもらえるようになった。その結果、願いが叶って今回の事件を担当し、気持ちが先走ってしまったんだ。

しかし、こうして振り返ってみると俺は罪深いな。優子を死なせて、嘘をついて。被疑者として名前は挙がっていないが、罪深さでは被疑者同然だ。以前の名無しさんじゃないが、言うなれば名前のない被疑者だ。

どうだ、これが俺の今回の不始末の原因だ。理解してもらえたか。

大神の長い語りを聞き終え、私は声を失っていた。大神にこんな悲しい過去があったとは。胸を締め付けられるような思いが込み上げていた。
以前に聞いた、大神のアドバイスが脳裏を過る。「忘れないでいることは大切だが、普段は頭の中の箱のようなものにしまって、見えないようにすることも必要だ」。そうやって見えないようにしておきたい大神の過去とは、この記憶だったのだ。
「ふん。いつになく喋りすぎてしまったな」

大神は私に背を向けた。私にこの話をしてくれたのは、信頼してくれたからではなくミスのお詫びのつもりだろう。だが大神の人間らしい部分に触れて、私は大神への信頼を取り戻した気がした。

「そうだ、この話は誰にも言うなよ。理由は分かっているな」

大神は背を向けたまま言う。理由はもちろん、すぐに分かった。検事が事件の被害者と知人関係だということがバレれば、担当を外される可能性がある。このまま十二年前の事件を担当したい大神にとって、それは絶対に避けたいことだ。だからこの事実は隠しておきたいのだ。

本当は、上に伝えなければならない事実だ。しかし、私は覚悟を決めた。

「被害者との関係は黙っています。その上で、私が検事のことを支えます」

大神の執念に感化された結果だった。後に処分されるかもしれないことも覚悟の上だった。

「支えるだと。大それたことを。俺と優子の関係を黙っている以外に、あんたに何ができる」

大神は辛辣だった。しかし、私にひるむ気はなかった。

「それだけではありません。今は信頼されていなくても、いずれは検事に信頼される相棒になります」

言ってから、それこそが自分の目指す方向だと改めて思った。私は大神の相棒になりたいのだ。

「何を言っている。あんたでは優子の足元にも及ばない」

大神は少し怒った声で言った。それでも私は、今回の事件を無事に解決することで信頼を勝ち取ると心に決めた。この事件を通して、私は大神の相棒になるのだ。

怒った大神と、覚悟を決めた私。にらみ合いを続けていたところ、その間に割って入るように電話が鳴った。私は急いで受話器を取る。

「もしもし、朝比奈か」

「あ、友永先輩」

友永からだった。声に緊張感があり、普通の電話ではなさそうだ。もしや。私は唾を飲み込んだ。

「十二年前の事件について、森脇琴音の母親、森脇美知を逮捕した」

スピード逮捕だった。私はメモを用意し、震える手で情報を書き連ねた。

「捜査員が家宅捜索に入った際、森脇美知は観念して罪を認めた。金属バットも自分が隠していたと説明している。美知はかつて紅葉ヶ丘高校の教師をしていて、十二年前も学校に在籍していた。その際に、生徒だった真壁優子と揉めて殺害に至ったんだ」

電話を受けながら、ちらりと大神の方を見る。通話が漏れ聞こえているのか、私の反応で大方を察したのか、顔色が青くなっていた。

「それじゃあ、大神検事によろしく」

友永からの電話は切れた。私は気まずい沈黙を感じながらも、大神を再度見た。すると彼は立ち上がり、私の書いたメモを奪い取った。

「そうか、母親が逮捕されたか。そして罪を認めた、と」

冷静を装っているが、メモを持つ大神の手は激しく震えていた。私の震えの比ではない。大神が十二年間、死力を尽くして追い続けた被疑者が現れたのだ。

そんな大神の姿を前にして、私の中で燃え上がるものがあった。やってやる、と私は思った。この事件を解決して、大神の真の相棒になってやる、と。

「捜査に行って参ります」

私はカバンを引っ掴み、執務室を飛び出した。様々な感情が入り乱れ、自分をどう律すればいいのか分からなかった。ただ、捜査に出なければという一心だった。


「朝比奈、大丈夫か」

捜査のため紅葉ヶ丘高校に向かう車中で、友永が何気なく訊いてきた。

「えっ、大丈夫って何がですか」

虚を突かれて戸惑っていると、友永は心配そうに言った。

「どうも前のめりになりすぎている。何かあったか」

そう問われて、初めて自分の気持ちが前に前にと進みすぎていることに気付いた。取り調べ中の大神が己の拙速さに気付かないのはなぜかと不思議に思っていたが、それが私にも当てはまっていたようだ。

「あの、私、そんなに気が急いていますか」

「ああ、かなり」

顔が熱くなった。友永から見て、私は相当慌てているように見えたことだろう。

「すみません。実は大神検事のことで、気合いが入りすぎて」

私は、大神の相棒になりたいと思ったことを説明した。大神の過去は言わないと約束したので説明しなかったが、友永はふんふんと頷きながら聞いてくれた。

「相棒ね。それもいいじゃないか」

友永は微笑んだ。少しだけ認められたようでほっとした。

「ただ、だからと言って前のめりになりすぎるのも問題だな。何を捜査するべきなのか、大神検事に電話で訊いておいた方がいい」

その通りだった。情けないことに、そう言われて初めて、捜査の内容を聞き忘れていたことに思い至った。私は慌てて大神に電話を掛けた。

「すみません、検事。朝比奈です。聞き忘れていたことがありまして」

「何だ。相棒になる条件は何ですかとでも訊くつもりか」

また顔がカッと熱くなった。冷静になると、先ほどの言動が恥ずかしい。

「違うんです。何を捜査すればいいか、ご指示をいただければと思いまして」

慌てて質問すると、大神は鼻から息を吐いた。

「相棒なら、そんなことは訊かなくても分かるはずじゃないのか」

とことん意地の悪い男だ。私はやり込められてぐうの音も出なかった。

「まあいい。あんたには分からないだろうから伝えておこう。真犯人の美知と優子の繋がりを調べてほしい」

何とか捜査内容は聞き出せた。私は安堵しながらメモを取った。

「まあ、せいぜい頑張ることだ」

大神は電話を切った。憎らしいが、私は彼の相棒になると決めた。そのためには、十二年前の事件を解決に導くだけだ。

友永の運転する車は一路、紅葉ヶ丘高校を目指していた。

紅葉ヶ丘高校に到着して、私たちは古株の先生に話を聞いた。もちろん聞く内容は、十二年前の真犯人の美知と、被害者の優子の関係だ。二人の間に何があったのか。二十年この学校に勤めているというベテランの男性教師は、静かに語った。

「森脇美知先生。覚えていますよ。彼女は文芸部の顧問をしていました」

文芸部というと珍しい部活のイメージだ。そう思っていると顔に出たのか、男性教師は微笑んだ。

「文芸部の部員は少なくて、十二年前は部員が一人だけでした。その一人というのが、十二年前の事件の被害者の真壁優子さんです」

優子が文芸部員で、美知がその顧問。早速、接点が見つかった。

「一人だけの部員と顧問というと親しい印象を受けますが、実際はどうでしたか」

「ええ、非常に親密でした。そもそも森脇先生は国語教師で、小説などの文芸には詳しかったですから。文芸好きの真壁さんとは馬が合ったようです。事件当時、森脇先生は二十六歳と若かったので、真壁さんとは友達のような距離感でした」

親しかった二人。何が二人を、殺人者と被害者にしてしまったのだろう。

「森脇美知さんは、どのような人物でしたか」

「森脇先生は明るいタイプではなかったですね。大きな声では言えないんですが、下を向いて歩くタイプで、授業もつまらないし頼りにならないと生徒からは不評でした。書類仕事も苦手で、いつも遅くまで残業していましたよ。苦労人だったようで、学生結婚だったご主人ともすぐに別れて、学生出産だった娘さんを一人で育てていたそうです。同僚とも飲みに行かず、友達もいなかったようで、何が楽しくて生きているのかと陰口を叩く同僚もいました。精神的にもちょっと不安定な感じでしたね」

思っていたより手厳しい評価だった。私は驚きながらもメモを取る。ちなみに、学生出産による娘というのが、今回の事件の被害者だった森脇琴音のことだ。

「ただ、森脇先生は文学に詳しく、そのことが真壁さんの部での活動に非常に役立っていたようでした。森脇先生の方も、仲良くしてくれる真壁さんのことを大事に思っていたようです。森脇先生は真壁さんのことを、自分の『相棒』だと言うほど信頼していましたから」

相棒、と聞いて鼓動が速まった。美知は優子を相棒だと思っていたのか。

「ですが、二人はきっと何かで揉めたんでしょうね。事件が起こったのは、真壁さんが第一志望にしていた京都大学の受験数日前でした。東京の私立大学はすでに複数受かっていたんですが、本命はこちらでした。受験直前ということで、真壁さんも気が立っていたんでしょうか。それでトラブルが起こったのかもしれませんね」

受験直前のトラブル。ありそうな話だ。私は様々な想像を働かせた。

相棒と呼んだほど、親しかった優子を殺害した美知。彼女の心の中に何があったのか。それを見極めていく取り調べが、もうすぐ始まる。

夜になるまで多くの人に話を聞き、執務室に戻ったのは午後七時半過ぎだった。ドアを開けるなり、香ばしい匂いが漂ってきた。

何だろうと思って見ると、大神が座卓でカレーを掻き込んでいた。

「検事、またカレーですか」私は呆れて問い掛けた。

「またとは何だ。今回はいつもとは違うぞ。シーフードカレーだ」

大神が皿を示す。確かに具材は、イカやホタテなどシーフードだった。

とはいえ、これも結局カレーには違いないのでは。そう突っ込みそうになったが、

それより先に大神が言った。

「ところで、捜査の方はどうだった」

確かにこちらが本題だ。私は捜査の概要を報告した。大神は黙って聞き入る。

「そうか。美知と優子は、文芸部の顧問と部員だったか」

大神もその点を気にしたようだ。やはり事件の根幹はそこにあるのか。

「なるほど。分かってきたぞ」

大神はカレーを置いて席を立ち、デスクに座ってパソコンのキーを叩き始めた。

「ああ、ちなみに森脇美知は警察では素直に自供をしているようだ。ただ一点、殺害

動機についてはは黙秘しているようだが」

動機についてのみ黙秘。一体何を隠しているのだろう。気掛かりだった。

しかし、大神なら、と思う。どんなに黙秘を続けている被疑者であっても、大神は

嘘を見抜いて自供させる。今回も必ずそうなるだろうと、私は信じていた。

十二年前の、大神にとって忘れられない事件。ついにそのベールを剝ぐ時が来たようだ。期待と不安が胸の中に同居し、何とも言えない落ち着かない気分にさせられた。

「失礼します」

制服警察官に連れられて、森脇美知が執務室に入ってきた。

大神にとって仇とも言える美知は、疲れきった様子の中年女性だった。女性にしては大柄だが、疲労感からか体全体が縮こまって見える。調書によれば三十八歳とのことだが、十歳は老けて見えた。髪は乱れ、肌には弾力がなかった。服についても古くぼろぼろのものを着ていて、靴も随分傷んでいる。

「森脇美知さんですね」

大神が落ち着いた声で問い掛けた。西口の時とは違い、今回は冷静そうだ。燃える闘志を内に秘めているのだろう。見ていて安心できた。

一方、美知はゆっくりと頷いた。まだ得体の知れない雰囲気だ。

「まずお伝えしておきますが、あなたには黙秘権があります。ご自身にとって不利益になる供述を拒否できる権利です」

いつもの台詞だ。美知はまた軽く首を縦に振るだけだった。反応は薄めだ。

美知は警察の取り調べには素直に応じた。罪を認め、言い逃れするような態度も見せなかったそうだ。ただ、動機についてのみ、なぜか完全に黙秘した。警察はそれを突き崩せず、大神のところにお鉢が回ってきた格好だ。

「それでは森脇さん、ご自身が何の罪でここに来たのかお分かりですか」

大神が質問を始めた。まずは事件の概要をなぞる質問だ。

「十二年前の、真壁優子さん殺害事件のことで、ですよね」

美知はぼそぼそと喋った。張りのない声で、疲労感が強く滲んでいた。

「その通りです。十二年前の二月二十二日午後八時頃、当時高校三年生だった真壁優子さんが、金属バットで撲殺された事件です」

この事件には目撃者がいて、犯人は男性と証言していた。しかし、それは誤りだったようだ。恐らく、美知は男性の服を着るなどして変装していたものと思われる。美知は女性にしては大柄だ。男性に見間違えられたということもあるだろう。

大神は注意深く美知の様子を窺いながら、急に満面の笑みを浮かべた。

「事件について詳しくお聞きしたいところですが、その前に。森脇さんは現在、教師のお仕事はされていないんですか」

一見事件とは関係なさそうな質問だ。ラポールの形成に取り掛かったようだ。

「ええ、教師は十年前に退職して、今は塾講師のバイトをしています」

「そうですか。経済的に大変でしょう」

「はい。かなり苦しいですね」

「そちらの服や靴も、随分傷んでいるようにお見受けします」

「そうですね。靴は特に、ここ二十年では八年前に一度買い替えたきりです」

「お仕事や子育てのことで、苦労が多かったんですね」

「そうなんです。苦労の連続で。しかも琴音が殺されてしまうなんて」

大神は同情するようにうんうんと頷いている。美知はそれを見て目元を拭った。ラポールの形成は着々と進んでいるらしい。

「琴音さんはどのようなお子さんでしたか」

「あの子は大人しいわりに相当な癇癪持ちで、育てるのに苦労しました。小学校入学前の三歳から五歳ぐらいがピークで、幼稚園を追い出されるほどだったんです」

「三歳から五歳ぐらいというと、十二年前も含みますか」

「ええ、十二年前は四、五歳でした。離婚していて夫もおらず、両親も亡くなっていて、あの頃は一人でとても大変でした。精神的にも追い詰められていました」

「そうでしたか。しかし、よくお一人で娘さんを育ててこられました」

「はい。ありがとうございます」

大神の優しい声や反応に、美知はついつい語ってしまうようだ。ラポールはかなり形成されたはずだ。

「それでは、そろそろ十二年前の事件について詳しくお聞きしましょう」

そして、いよいよ本題に入る。大神はにこやかに問いを口にした。

「十二年前の事件の被害者、真壁優子さんのことはどう思っていますか」

まずは「どう」と尋ねるオープン・クエスチョンだ。美知は戸惑う様子を見せたが、やがておずおずと話し出した。

「真壁さんには申しわけないことをしました。今でもずっと反省しています」

後悔の念はあるようだ。しかし、それならなぜ殺したのか。

「どうして真壁さんを殺したんですか」

大神は思い切った様子で問い掛けた。だが、美知はうつむいて何も言わない。警察での取り調べと同様に、動機については黙秘するつもりらしい。

「では、真壁さんのことについて、何でもいいので教えていただけますか」

大神は即座に方針を切り替えた。優子について自由報告を求める。美知はまた困惑したようだったが、これについては大丈夫と思ったのか語り始めた。

「真壁さんとは、文芸部でお互い本好きだと分かり意気投合しました。家族以上に深い付き合いだったと言えるかもしれません。密かに連絡先を交換し、互いに悩みも相談し合っていました。真壁さんは、『一番信頼しているのは先生、困った時は先生に助けてほしい』とまで言ってくれました。卒業後もずっと相談し合いましょう、と約束もしていたんです。だから、私は真壁さんを自分の『相棒』だと思っていました」

美知は「相棒」という言葉をやや強い口調で言った。彼女が優子を相棒と呼んでいたのは、捜査でも聞いた話だ。二人の間には強い絆があったようだ。

「そうですか。では次は、その真壁さんを殺害した時の状況について教えてください」

美知は迷ったようだったが、ラポール形成の影響なのか、しばらくして口を開いた。

「事件当日の夜八時、私は仕事を終え、待ち合わせ場所の公園に車で向かいました。そこで、学校帰りの真壁さんと待ち合わせていたんです。学校で遅くまで勉強する予定だった真壁さんを家の近くまで車で送ると、事前に約束していました。学校内で待ち合わせなかったのは、生徒と遅い時間に待ち合わせると上から怒られるのでと言い含めたからです。ですがこの時、私は殺害を予定していました。車には凶器として、元夫が家に残していた金属バットを積んでいたんです」

美知は言葉を選びながら証言する。動機に関することだけは、決して口にしないよう注意している様子だ。

「待ち合わせ場所の公園から少し遠くで、私は車を降りました。そして自分だとバレないよう男性ものの服を着て、覆面をかぶりました。そして気配を殺して近付き、バットで真壁さんを襲いました。一撃で殺すつもりでした。でも、バットは彼女の脚をかすっただけで、致命傷にはなりませんでした。真壁さんは逃げようとしましたが、周囲にはひとけがなく、助けも求められませんでした。一旦は見失ったので少し探した後に、真壁さんはようやく見つかりました。そこで、とどめを刺したんです。その際、通行人に目撃をされましたが、何とか逃げることにも成功しました」

生々しい証言だ。大神にとってつらい証言だろうが、彼はぐっと堪えて聞き入っていた。

「凶器の金属バットは自宅に持ち帰りました。何度も捨てようと思いましたが、捨てる現場を警察に見つかるのが怖くて、十二年間捨てられませんでした。その後押し入れの奥にしまい込んでいたものを、今回娘の琴音に見つかってしまい、あんなことに」

美知はがくりと首を折った。自身の判断を呪うように。

「ありがとうございました。ご丁寧に証言していただけて助かります」

大神はあくまで笑顔で対応を続けた。はらわたが煮えくり返っているだろうに、冷静な対応だ。西口の時とは随分違っていた。何か思うところがあるのだろうか。

「それでは質問を変えましょう。最初に真壁さんを襲った時の立ち位置を教えてください。森脇さんと真壁さんは、どのあたりにいましたか」

不意の質問だ。これはもしや、と私は期待する。一方、美知は目を泳がせていた。

「周囲の目印になるものの位置なども交えてお教えください」

大神が助け船を出すと、ようやく美知は考え込み始めた。少しの沈黙があって、彼女は返事をした。

「最初は、真壁さんは公園の街灯と茂みを背に立っていました。私はその茂みの後ろから悟られないよう近付き、茂みから飛び出してバットで殴りかかりました。ですがバットは真壁さんの脚をかすっただけで、ほとんどダメージにはなりませんでした」

「その際、何か気になったことはありませんでしたか」

「気になったことですか。そうですね……」

「どんな些細なことでも構いません。教えてください」

「では、そう、バットが街灯に当たったことですかね。真壁さんの脚をかすったバットは勢い余って、背後の街灯にぶつかりました。すごい音がしました」

優子の背後にあったという街灯だ。これは調書で見た。地面から十センチほどの位置がひび割れていたものだ。スイングしたバットが当たる可能性はあるだろう。

とはいえ、位置関係が分かりづらい気がする。そう思っていると、大神が提案した。

「森脇さん、図を描いてみませんか。最初の襲撃時の位置関係を描いてみましょう」

これまた大神お得意のやり方だった。私は期待を高める。

「図に描くんですか」

美知は戸惑っていたが、大神は明るくにっこりと笑う。

「そうですね。そうすれば、森脇さんの証言はより正確になるでしょう」

そう言って大神は紙とペンを手渡す。美知はなおも困ったような顔をしつつも、結局ペンを手に取って図を描き始めた。


「空間」についての質問は、予期せぬ質問の一種だ。西口に対して行った「時間」に関する質問と同じように。事件が起こった時、あの人とこの人はどこにいて、あれとこれはどの場所にあったか。そういった質問は、被疑者が予期しない質問となり、嘘や動揺を誘い出すことができる。

そして現場などの図を描かせることも、予期せぬ質問の一つになる。被疑者が事前に証言を練ってくることはあっても、図まで考えてくることはまずないと言っていい。大神はその想定外の事態に直面した被疑者の動揺を見抜き、嘘を暴くつもりなのだ。

「できました」

美知は、たっぷり十分以上かけて図を描いた。時間が掛かりすぎなので、動揺して慌てている可能性は高かった。

「ありがとうございました。拝見しますね」

大神は図に目を落とす。私にも見えたので覗き込むと、公園を上から見た簡単な図の中に、丸で美知と優子の位置が描かれていた。茂みや街灯も描き込んである。細かい位置を見ると、優子は茂みから数十センチの位置に立っていた。優子の背後の茂みの切れ目のあたりには街灯があり、その陰に美知が潜んでいる。

「この直後、茂みから飛び出して真壁さんを殴ったんですね」

「はい、そうです」

反省するようにうなだれていた美知に、大神は一言、こう告げた。

「森脇さん、あなたの証言は虚偽のものですね」


「そんな。私は嘘なんてついていません」

いきなりの指摘に、美知は声を震わせた。だが、大神は穏やかに続ける。

「では、バットの軌道はどう説明しますか」

美知が意味不明とばかりに首を振った。私にもよく分からない。

「バットは、真壁さんの脚と数十センチ後ろの街灯の根元に当たっています。ですが、このバットの軌道で人を殺せるでしょうか」

少し考え、私はあっと声を漏らしそうになった。そうだ、これはおかしい。

「真壁さんの脚と、数十センチ離れた街灯の根元に当たったことから、バットは低い位置を水平にスイングされたと考えられます。しかし、脚元を狙っても人は殺せません。殺したいなら普通、頭を上か横から狙うはずです。ところが、頭部を狙った場合、こんなに低いスイングにはなりません。頭部を上から狙ったなら、狙いを外れた場合、バットは街灯よりも地面に当たるでしょう」

その通りだった。このバットの軌道は、明らかに美知の証言とずれている。

「一旦脚を怪我させて、動けなくさせてからとどめを刺すつもりだったんです」

美知は慌てて反論するが、大神はそれさえも見越したような笑みを浮かべた。

「おや、先ほどは『一撃で殺すつもりだった』と証言されたはずです」

即座の反論潰しに、美知は絶句した。言い返すこともできず静止したようになる。

「お答えになれませんか。でしたら、私が答えをお教えしましょう」

大神は柔らかく口元を緩め、思わぬ答えを口にした。

「森脇さんは、真壁さんを殺すつもりはありませんでしたね」

そんなはずはない、と思った。美知は優子を殺すつもりだったはずだ。だって、実際に殺しているのだから。しかし、大神は自信ありげな顔をしている。美知の方も、真相を言い当てられたとばかりに肩を震わせていた。

「殺すつもりがなかったから、脚元だけを狙った。そういうことだったんですね」

大神は話を続けるが、私はついていけない。思わず手を挙げて質問をしていた。

「検事、お言葉ですが、殺すつもりもないのに金属バットで襲いかかるでしょうか」

当然の質問をしたはずだった。だが、大神は美知に見えない角度で嘲笑を浮かべた。

「朝比奈さん、森脇さんは真壁さんに怪我を負わせるつもりだったんですよ」

「怪我、ですか。どうしてそんなことを」

重ねて問うと、大神は笑顔でこう断言した。

「森脇さんは真壁さんに怪我を負わせ、受験を失敗させようとしたんです」

またうまく理解できない発言だった。私は首を捻る。

「あの、どうして仲の良かった真壁さんの受験を失敗させようとするんですか」

これまた当然の質問だ。しかし、大神は分かっていないなと首を振る。

「全ての受験ではありません。第一志望の京都の大学だけ、受験を失敗させようとしたんです。真壁さんは事件の数日後に京都に受験をしに行く予定でした。ですが脚に怪我をすればどうなるでしょう。遠方での受験は困難となりますね。狙いはそれです」

説明をされたが、未だに理解できない。そもそもどうして受験を失敗させようとするのか。美知は優子の志望校合格を願っていたんじゃないのか。

「森脇さんは、離れたくなかったんですね」

ただ、そんな疑問を吹き飛ばしたのは、大神の出した答えだった。

「十二年前の森脇さんは、職場では不人気で、友人もおらず癇癪持ちの子供と二人きりの母子家庭でした。そんな中でできた、仲の良い生徒である真壁さん。森脇さんにとってはすがりたい存在だったんでしょう。そんな真壁さんを、千葉から遠く離れた京都に行かせたくなかったんです。二人は卒業後も仲良くしようと約束していました。しかし、距離が離れれば疎遠になると森脇さんは思ったんですね。だから、京都での受験だけを妨害しようとしたんです。東京の私大はすでに受かっていましたが、そのぐらいなら千葉から通学できますからね。そちらを妨害する必要はなかったんです」

垂らしたインクが染みていくように、理解が滲んでいった。まさかそんな理由で、とは思うものの、美知が当時精神的に不安定だったことを思えば説得力がある。

「いかがですか、森脇さん。私の考えに間違いはありますか」

大神が問い掛ける。美知は下を向いていたが、絞り出すような声でこう言った。

「間違いはありません。全て検事さんの仰る通りです」

大神は真相を見抜いた。十二年越しに何もかもが明らかになったことに、私は少なからず感慨を覚える。だが、大神はそれほど喜んでいる様子ではない。落ち込む美知に合わせて喜びを控えているのだろうか。それとも。

「身勝手な理屈だというのは分かっていました」

一方、美知はようやく顔を上げた。暗い声で、動機について語り出す。

「でも、当時の私にはそれしかできなかったんです。まだ若かったし、頼れる人は他に誰もいませんでした。どうしようもなかったんです」

大神の眉が微かに動いた。一瞬、表情に怒りが浮かんだように見えたのは気のせいだろうか。

「唯一のすがれる存在を失いたくなくて、怪我をさせるだけのつもりで襲った。しかし、勢い余って殺してしまった。そういうことですか」

大神は落ち着いた調子で話をまとめる。だが、大切に思っていた優子の殺害動機がこれでは我慢ならないのではないか。私は大神の内面を想像し哀れに思った。

しかし、大神はやはり大神だった。これだけでは終わらなかったのだ。

「ですが、動機についてまだ説明されていない点がありますね」

大神はさも当たり前のようにそう指摘した。美知は大きく目を見開く。

「そんなものはありません。全てお話ししました」

「いいえ、まだのはずです。では一度目の殴打後、逃げた真壁さんを追って二度目の殴打を加え、殺害するところまでを証言してください」

美知は戸惑って首元を掻いた。優子は一度目の殴打では軽傷で一旦逃げている。その後、二度目の殴打で死亡したのだが、その後半部分に今回は焦点が当たるようだ。

「さあ、証言をお願いします」

美知は嫌そうな顔をしたが、大神が穏やかに迫るのを受け、不承不承証言をした。

「一度目の殴打後、真壁さんは公園を出て道路へと逃げました。一瞬、私は真壁さんを見失いましたが、しばらくして道路脇に屈み込む彼女を見つけました。バットが脚をかすっただけでしたが、それでもある程度のダメージを与えたようでした。それを見て、私は歩み寄ってバットを頭部に振り下ろしました」

想像するのもつらい光景だ。私でもこうなのだから大神は、と思って視線を向けたが、大神は平然としてこう問い質した。

「どうして急に殺意が湧いたんですか」

理由を問うオープン・クエスチョンだ。その問いに、美知がハッとした。

「頭部を狙ったということは、殺意があったんですよね。直前までは怪我をさせるだけのつもりだったのに、どういう心境の変化ですか」

大神が考える通り、不思議な心境の変化だ。美知は慌てて言い繕った。

「それは、電話です」

「電話。誰の、どのような電話ですか」

「真壁さんを見つけた時、彼女は携帯でどこかに電話をしていました。通話の内容を聞いて、警察への通報だと思って逆上しました。だから、頭部を殴打して殺害したんです」

話としては筋が通る。しかし、大神はどう見るだろうか。

「その通話の内容とはどのようなものでしたか。聞こえた範囲で教えてください」

「そうですね。『公園で襲われた』『早くパトカーを寄越してほしい』『助けて』と言っていました」

明らかな警察への通報だ。これで逆上したということなのか。

「いや、それは嘘ですね」

ところが、ここで大神が動いた。笑顔で優しい声のまま、そう指摘する。

「どうしてですか。これは本当のことです」

美知は抗弁するが、大神はそれを手で柔らかく制した。

「真壁さんの携帯に、警察への通報履歴はありませんでした。そんな通話がなされるはずがないんです」

私は思い出した。逃げていた優子が電話を掛けていたのは、警察ではなく……。

「真壁さんは、信頼している相手に電話を掛けていたんです。警察ではなく、ね」

信頼している相手。それは大神のことだ。大神はあの夜、優子から何件もの着信を受けていた。

「そうなんですか。それなら、その相手との通話を警察への電話と勘違いしたのかもしれません。きっとそうです」

美知は言い返すが、大神はかぶりを振った。

「その相手は、電話に出られなかったんです。ですから通話などしていません。勘違いのしようがないんですよ」

あの夜の、七件の不在着信がそれを証明している。美知は青ざめて震え始めた。

「森脇さん、正直に話してもらえませんか。私は真実が知りたいんです」

普段の大神らしくない言葉だ。しかし、今回ばかりはそれが本心なのだとはっきり分かる。優子の死の真相まであと一歩。大神は懸命だった。

「分かりました。お話しします」

大神の気迫に負けたのか、美知はおずおずと語り出した。

「真壁さんは携帯で何度も電話を発信していました。ですが繋がらないようで、しきりに『大神くん、どうして出ないの』『大神くん、助けて』とつぶやいていました」

大神は少し目を閉じた。これは聞くのもつらい証言だ。

もちろん、美知はこの大神くんというのが、目の前の大神だということには気付いていない。しかし大神にはよく分かる。この差が痛々しかった。

「そうでしたか。では話を変えて、二度目の殴打時はどのような状況だったかお教えください。例えば、一撃で殺害したとか、それとももたついた、とか」

急に話が変わった。嘘を見つけて追い詰めるチャンスだったのでは。そう思ったが、大神はにこやかな笑みを浮かべたままだ。

「二度目ですか。ええと、一撃ではありませんでした。公園での一回目に続いて、二回目の殴打は外して、三回目を当てて殺害しました」

　生々しい証言だ。目をつぶりたくなるが、大神が堪えているのに私が負けてはいけない。私は我慢し続けた。

「どうして一度、殴打を外したんですか」

　大神がシンプルな質問を口にした。そんなものに理由はないだろうと思ったが、美知はまた顔色を青くし始めていた。何かあるのだろうか。

「携帯が気になったんです」

　美知はもごもごと言った。彼女は話すのを迷っているようだったが、大神が笑顔で先を促したので、渋々続きを語った。

「自分の携帯が気になって、一度ポケットから取り出したんです。そこで真壁さんが私の存在に気付いて逃げようとした上に、遠くに通行人が通りかかったので、急いでバットを振ったんです。急いでいて握り損ねたので、殴打を外しました」

　この通行人というのが、後に犯人は男性だったと証言した目撃者だろう。

「なぜ携帯が気になったんでしょう。着信でもありましたか」

「いえ、そういうわけでは」

　美知は話しにくそうに肩をすぼめた。何かを隠しているのだろうか。

この先の証言を引き出さないと真相は見えてこない。私はそう考えたが、大神は違ったようだ。彼は得意げに顎を上げ、堂々とこう告げた。

「殺害動機について、何もかも分かりましたよ」

両脚はデスクの上、両手は面倒くさそうに頭の後ろ。背中は椅子にもたれてだらしなく曲げられた。いつもの大神の態度に戻り、彼は乱暴な口調でこう言った。

「森脇美知。もう分かっているぞ。あんたが隠そうとしているくだらない秘密なんてな」

美知は驚きに目を見張っていたが、すぐに言葉を返してきた。

「分かってるって、何がですか」

試すように問い掛ける。だが、今の大神はそんなものは気にしない。

「自分のところに、助けを求める電話が掛かってくると思っただろ」

その瞬間、美知の体がびくりと跳ねた。これが隠したかったことなのか。

「真壁優子は、バットで襲撃されるというピンチに陥っていた。そんな中で、彼女は電話を掛けた。優子と自分が『相棒』だと考えていたあんたは、それが自分に掛けられているものだと思った。だから携帯を気にしたんだ」

美知は男ものの服を着て、覆面も付けていた。正体不明の不審者に襲われている状況で、優子は自分に助けを求める電話を掛けていると考えたのだ。

「だが、実際に優子が掛けていたのは『大神くん』だった。しかも電話は繋がらないのに、何度も何度も掛けていた。『相棒』である自分には掛けてこないのに。そう思うと裏切られた気分になったんだろう。あんたは怒り、バットを振った」

美知は黙り込んだ。虚空をぼんやり見つめ、どこでもない一点に目の焦点を結ぶ。

しかし、それも長くは続かず、声を震わせながら彼女は独白した。

「真壁さんとは信頼し合える関係でいると思っていました。困ったときには森脇先生に助けてほしいとまで言われていたんです。だから、道路脇で屈んで電話をしている真壁さんを見つけた時、警察か自分に掛けているんだと思いました。でも、彼女のつぶやきから相手が同年代の男の子だと分かり、裏切られた気分になりました。『大神くん』については、真壁さんから聞いて同年代の男の子だということは知っていました。何だかんだで、同年代の男子に助けを求めるのか。困ったときには先生に助けてほしいという言葉は嘘だったのか。そんな思いがあふれ出して、気が付けばバットを頭に」

美知は肩を落としてうなだれた。精根尽き果てた様子だ。

「どうして男の子なんかに電話をしたんでしょう。私に掛けてくれていたら、真壁さんが死ぬこともなかったのに」

美知は嘆くように言った。紛うことなき本心だったのだろうが、我慢に我慢を重ねていた大神には自己弁護に映ったかもしれない。

大神は強く机を叩いた。深くもたれていた椅子から立ち上がり、美知をにらむ。

怒りはまだ堪えているようだが、かなり危険な状態だった。

「検事、落ち着いてください」

私は大神の元に駆け寄った。大神は荒い息をしつつも、まだ我慢している。

「追い詰められた末の犯行だったんです。確かに身勝手ですが、母子家庭の苦労、職場での孤立など、森脇さんはしんどかったんです」

大神が唇を噛む。拳もぎゅっと握り締め、必死に耐えていた。

「大神……。もしかして」

美知が検事席のネームプレートを見て息を呑んだ。どうやら「大神くん」の正体に気付いたようだ。

「検事、冷静でいてください。私が信頼している検事は、決して怒りに身を任せたりはしません」

大神の全身が激しく震えていた。すさまじい怒りだ。これを今回の取り調べ中、ずっと堪えていたというのか。とんでもない精神力だ。

「落ち着きましょう」

私が肩を叩くと、大神は目を閉じた。ふうと息を吐き、椅子に再び腰掛ける。

「失礼。この俺らしからぬ態度を取ってしまった」

脚を組んで、いつもの調子に戻った。私はホッとした。

「森脇美知、お詫びにいいことを教えてやろう。優子が警察に通報しなかったのはどうしてだと思う」

調子を戻してすぐさま、妙な質問が飛び出した。すでに事件の真相は分かったんじゃないのか。解決後に事件の背景にまで手を伸ばすなど、大神らしくない。

「警察に通報しなかった理由ですか。慌てていて通報を思い付かなかったからじゃないでしょうか」

美知も怪訝そうに答える。しかし、大神は、違う、と否定した。

「襲撃者があんただと分かっていたからだ」

予期せぬ回答だった。美知は一瞬愕然とした表情をしたが、すぐに苦笑する。

「分かるはずがありません。私は男ものの服を着て、覆面をしていたんですから」

その通りだ。優子が気付くことは不可能だったはずだ。

「靴はどうしていた」

ところが、大神が短く訊いた途端。美知の表情は再び驚きに変わった。

「取り調べ冒頭、あんたは靴をこの二十年で八年前に替えたきりだと言った。だとしたら十二年前には、最短でも二十年前から十二年前までの八年は履き古した靴を履いていたはずだ。相当目立つな。ではもう一度聞く。変装の時、靴はどうしていた」

美知は目を見開いたまま、かすれた声で返事をした。

「靴は、いつも履いていたものをそのまま使いました」

大神はフンと息を吐き、腕を組んでまた話し出した。

「それなら、優子は襲撃者があんただと分かったはずだ。警察に通報すれば、大好きな森脇先生が逮捕されてつらい目に遭ってしまう。そう思ったから、通報できなかったんだ。もちろん当の森脇先生にも電話はできない。だから代わりに、友達の『大神くん』に電話するしかなかったんだ」

美知は、そんな、とつぶやき、目元を覆った。嗚咽が喉から漏れ出る。

そんな美知の様子を見ながら、大神は吹っ切れたような顔をして言った。

「少し俺の話を聞いてくれるか。高校二年生の時、俺は優子とこんな話をした」

優子との関係はもう隠さず、会話を明らかにするようだ。驚いたが、どうも大神らしくない。これではまるで、被疑者に同情して慰めているようじゃないか。

「高校二年生の夏休み、町の図書館で俺は優子と久々に出会った。高校が別々で疎遠になっていたが、その日は一緒に帰ることになった。帰り道、会話は途切れがちで、盛り上がることはなかったな。ただ、優子は学校の先生の話をした時だけ饒舌になった。文芸部の顧問の先生がすごく頼りになる。彼女はそう言っていた。しかし先生は仕事でも家庭のことでもとても忙しいので、あまり頼りすぎてはいけないと言った。いつか先生を支えられるような人間になりたい。そうも語っていたな」

美知の嗚咽がまた強まる。優子の思いを知ればなおさらだろう。

「そして、困ったときは先生に頼ると申しわけないから、切れ者の大神くんに頼ろうかな、とも言い添えた。俺は、その時は特に気にせず『ああ、いいよ』と答えたが、その気持ちが事件の時にも発揮されたのかもな」

最後は半ば自分に言い聞かせているようだった。大神にとってもつらい経験なのだ。

「ごめんなさい。ごめんなさい」

美知が涙ながらに懺悔した。大神の言葉で、自らの罪に向き合えたようだ。

「森脇美知。思えば、あんたは多くの人から想われていた。娘の琴音が、西口への殺人依頼の時、『誰のせいでもない』『行きずりの犯行ですよね』などと興奮気味に言っていたのも、母親であるあんたの犯行でないと信じたかったからだ。西口でもあんたでもない、第三者の犯行と信じたかったんだろう。バットを見せての殺人依頼も、西口は練習台で、あんたに対しても同じことをするのが本番だったのかもな」

美知は呆然とした後、声を上げて泣き出した。後悔してもしきれないだろうが、少なくとも悔いることで、今後の彼女の人生は変わっていくはずだった。

その後、落ち着いた美知から調書を取り、取り調べは終わった。美知は深々と一礼し、制服警察官に連れられて執務室から出て行こうとする。

「ああ、そういえば」

その時、美知はドアの前で足を止めて、大神の方を振り返った。

「大神さん、先ほども言いましたが、真壁さんがあなたについて話していたことがありました」

大神が少し前傾姿勢になった。優子の言葉を聞くことができるのか。

「真壁さんは、大神さんのことを私に相談していました。大神さんとは高校が別になってしまったけど、彼のことは信頼し続けている。親同士のネットワークによる情報から、一人暮らしを希望する大神さんが、遠方の――京都大学を第一志望で受験することも知っていました。だから、彼女は京都大学を第一志望にしたんです。大神さんと同じ大学に通うために。もちろんそれだけではなく、学業や将来に照らし合わせても相応しい大学だったんですけど」

優子の志望校は、大神の影響だった。二人の信頼関係が感じられる話だ。

「そして、真壁さんはこうも言っていました。『大神くんもいずれは新しい相棒を見つける。その時は喜んでそっと身を引きたい。でももう少しだけ、私は大神くんの相棒として一緒にいたい』。彼女は少し寂しそうに、でも夢見るような眼差しで語っていました」

大神は何も言葉を返さない。彼は私にも美知にも背を向け、黙り込んだ。

だが、それは何も言わないのではなく、何も言えないのだ。

自らを名前のない被疑者と形容するほど、深く苦悩してきた大神の十二年間。それは今、ようやく終わりを迎えていた。

美知が執務室を去った後も、大神は私に背を向けたままだった。言葉を掛けることもためらわれたので、私はコートを羽織ってそっと執務室を出た。大神の代わりに、友永に直接会って事件の報告をするためだ。大神の近くで、電話での報告をするのは無粋だと思った。友永宛てに「今から行く」とメッセージを送り、県警に向かう。

外に出て、県警までの道のりを歩いた。二月の風はまだ身に染みる寒さだが、もうすぐ春が来る。来るべき穏やかな季節を想像しながら歩を進めた。地検から県警までは近いので、歩いてもあっという間に到着する。その短い時間で、私は考えた。今回の事件では大神という人間の一端に迫ることができた。もちろん、まだ分からない部分は多い。どうして執務室に住んでいるのかという最大の謎は、未解明のままだ。しかし一緒に仕事をしていけば、いつかはそれも分かる日が来る。そんな確信が、私の胸の中にはあった。

「おう、朝比奈」

県警の受付で呼び出してもらうと、数分で友永はロビーに現れた。期待するような眼差しで、彼は問い掛けてくる。

「取り調べはどうだった」

質問を受け、私は説明した。事件解決の興奮がまだ冷めていないのか、思ったより饒舌に語ってしまう。美知のこと、優子のこと、そして大神のこと。

「大神検事からは、真壁さんとの絆を感じました。さすがは相棒です」

友永が不思議そうに首を傾げた。まずい、と思ったがもう遅かった。

「大神検事と、十二年前の被害者・真壁優子は知り合いだったのか」

隠していたことだったが、友永に気付かれてしまった。私は慌てて手を振る。

「いえ、そういうわけではなく」

「朝比奈は、そのことをずっと隠していたんだな」

友永はため息をつく。良くない流れだ。

「あの、先輩。このことは他の方には内密にお願いします」

手を合わせて頼み込む。このままでは大神が処分されかねない。

「まあ、取り調べはもう終わっていて、結局何事もなかったんだし、黙っているよ」

友永は寛容な態度を見せてくれた。私はほっと安堵の息をつく。

「それにしても、朝比奈は大神検事を心から信頼しているんだな」

友永は急に話を変えた。私は戸惑いながらも、激しく首を縦に振った。

「私は大神検事を信頼しています。前にも言った通り、検事の相棒になりたいんです」

話し出すと止まらなくなった。優子のことも、勢いで喋ってしまう。

「大神検事には、真壁さんという信頼できる相棒がいました。大神検事の心の中にはまだ彼女が生きているんです。だから、私が代わりになれるかどうかが不安で」

友永は頷いて聞いてくれる。それを受けて、私はさらに心配なことを語った。

「それに、大神検事は祖父江母娘の事件で、私を道具扱いしました。事務官なんて使い捨て、という扱いだったんです。あの時のことは、まだ私の中では完全に消化しきれていません」

一気に言い終えると、満足感とも後悔とも取れる不思議な感情が襲ってきた。大神の相棒になりたいという本心を、ここまで深く人に話したのは初めてのことだった。

友永は神妙な顔をして話を聞いていたが、私が話し終えるとおもむろに口を開いた。

「そうだったんだな。だけど、酷い扱いをされてもなお、信頼できる相手がいるというのは大事なことだ。朝比奈は間違ってはいない」

友永は微笑んだ。その言葉に、私は少し救われた気がした。

「ただ、信頼しすぎることも問題だな。今回の取り調べ、大神が怒って被疑者を殴ったりしたら大問題だった。やはり事件関係者は事前に捜査から排除されるべきだ。血気に逸った大神の言い分を信頼して全て受け入れるのは正しいとは言えない」

それでも、厳しい言葉も忘れない。今度は、私が神妙に話を聞く番だった。

「そもそも、一〇〇%信頼して協力し合うだけが相棒じゃないぞ。信頼したりしなかったり、色々織り交ぜての相棒関係こそ、仕事をする上では相応しいんじゃないか」

友永のその言葉を聞いた瞬間。私の中で閃くものがあった。大神との今後の関係。それについて、一つの妙案が浮かんだのだ。

「そうか。そうですよね。先輩、ありがとうございます」

私は友永に向かって頭を下げ、すぐさまUターンして執務室に向かった。一刻も早く、今思い付いたことを大神に伝えたかった。

「やれやれ。まあ頑張れよ、朝比奈」

背後から、友永の呆れ気味のエールが聞こえた。

執務室に戻ると、大神は何事もなかったかのようにパソコンと向き合っていた。キーを叩く音がリズミカルに響いている。

声を掛けて、今考えていることを伝えるんだ。そう思って口を開く。

「あの」

「同情も悪いものじゃないな」

大神と声がかぶった。気まずい空気が流れる。

「あの、検事、同情が悪いものじゃないというのは」

会話の主導権を譲ると、大神はゴホンと空咳をして気を取り直したように言った。

「今回の取り調べだ。同情したお陰で、森脇美知から優子の話を聞けた」

大神が美知に同情心を掛けたから、優子の大神を想う言葉を引き出せた。確かにその通りだ。大神もようやく被疑者を思いやる意味に目覚めてくれたのかと嬉しくなる。

私が大神の技を盗んで成長しようとしているのと同じように、大神も私を真似てくれたのだろうか。そうだとしたら、嬉しい。

私が何度も頷いていると、大神は恥ずかしそうに目を逸らしてから言葉を続けた。

「そういえば、鵜飼連次郎を覚えているか」

「え、覚えていますけど、どうしたんですか」

思わぬ名前が飛び出した。「もう一人埋めました」と自供したあの鵜飼のことだ。私が悩み抜いた末、嘘の真実を伝えた相手でもある。

「その鵜飼の裁判で、先日判決が出た。主な罪状は過失致死と死体遺棄だったが、情状酌量の余地ありとして執行猶予がついた判決だった」

鵜飼は、犯行の様態から見て罪の重い殺人罪での起訴は見送られていた。罰は軽くなる見込みだったが、執行猶予までついてまずはホッとした。

「そして、裁判を担当した公判部の検事から、今朝電話で聞いたんだが、鵜飼はある言葉を残したそうだ。朝比奈、あんたに宛てた言葉だ」

私宛ての言葉。さらに予期せぬ展開に戸惑いを覚えた。

「判決の際、鵜飼は言いたいことはあるかと裁判官に問われ、あんたのことを語ったそうだ。『朝比奈さんが教えてくれた話は、嘘だと後で気付きました』とな」

心臓が跳ね上がった。いつかは気付かれるかと思ったが、もう気付いたとは。また自殺を望んだりしていないだろうか。不安で胸が一杯になった。

しかし、大神は淡々と鵜飼の言葉の引用を続けた。

「だがその後、鵜飼はこうも言ったそうだ。『ですが朝比奈さんの僕を救いたいという気持ちに気付き、もう自殺はやめることにしました』と」

私の心の中に、温かいものが広がった。私と大神で、悩んで悩んで決めた判断。それは間違ってはいなかったのだ。

そして同時に、なるほどと納得した。大神は今朝、この話を公判部の検事から聞いたと言った。今朝といえば美知の取り調べの直前だ。同情で救われた鵜飼の言葉を聞いたからこそ、大神は怒りを抑えて、美知に同情することができたのだ。

私は思わずニコニコしてしまう。その顔を見たのか、大神は不満そうに眉を寄せた。

「何をニヤニヤしている。さっさと次の仕事に移れ。あんたは俺の『相棒』だろ。それぐらいはできてもらわないと困る」

えっ、と声が漏れた。今、大神は私のことを「相棒」と言ったのか。

「あの、検事、今何と」

聞き直したが、大神は何も答えなかった。二度は言わないつもりらしい。

だが、確かに大神は私のことを「相棒」と言った。思わぬ発言だが、「新しい相棒ができたら喜んで身を引く」と言った、優子の言葉に影響されたことは分かった。

そっと大神の表情を見る。口元を引きつらせ、激しく葛藤している様子が見て取れた。大神の中では今、相棒たる優子の記憶を消す時——いわば「相棒を殺すとき」が訪れているのだろう。それはとてもつらいことだ。だが、本当にそれは必要なのか。

「検事、私にこう言ってくれましたよね。『忘れないでいることは大切だが、普段は頭の中の箱のようなものにしまって、見えないようにすることも必要だ』と」

大神ははっとしたようにこちらを向いた。夢から覚めたような目をしている。

「優子さんは、大切な相棒だったんでしょう。記憶の箱の中に入れてもいいですけど、完全に忘れる必要はないと思います。覚えていてあげることも大切です」

大神は呆然として私を見ていた。いや、私を通して誰かを見ていたのかもしれない。

だが、私は私だ。他の誰でもない。私は息を吸い、言いたかったことを口にした。

「検事、私は優子さんとは違います。同じような相棒にはなれないし、なろうとも思いません。だから私は、互いに信頼し合う関係ではなく、互いに利用し合う関係を目指します。検事が私を道具として使うように、私も検事を利用して、検事の技を盗んで立派に成長してみせます。そしてその目的を遂行するために、検事のそばで『相棒』として誰よりも役に立ってみせます」

私からの宣戦布告だった。友永が言っていたように、一〇〇%信頼し合うのではない相棒としての在り方。私がたどり着いた答えだった。

「何を、偉そうなことを……」

大神はそうつぶやき、口元の形を変えた。笑ったように見えた。

大神は椅子を回し、私に背を向けた。それきり、彼は黙り込んだ。

これから、私と大神がどのような相棒になっていくのか。それはまだ分からない。ただ、私なりの相棒としての在り方は決まった。後はその通りに日々努力していくだけだ。

次はどんな事件が待っているのだろう。私はデスクの椅子に腰掛け、新しい事件の資料をめくった。私と大神の、次なる事件の内容は――。

この物語はフィクションです。もし同一の名称があった場合も、実在する人物・団体等とは一切関係ありません。

《参考文献》

『虚偽検出　嘘を見抜く心理学の最前線』P・A・ギヨンゴビ　A・ヴレイ　B・フェルシュクーレ（編著）荒川歩　石崎千景　菅原郁夫（監訳）二〇一七年　北大路書房
『嘘と欺瞞の心理学　対人関係から犯罪捜査まで　虚偽検出に関する真実』アルダート・ヴレイ（著）太幡直也　佐藤拓　菊地史倫（監訳）二〇一六年　福村出版
『検事失格』市川寛（著）二〇一二年　毎日新聞社
『検事の仕事〜ある新任検事の軌跡〜』阪井光平（著）二〇一三年　立花書房
その他、検察庁ホームページ（https://www.kensatsu.go.jp/top.shtml）など多数のインターネットサイトを参考にしています。

宝島社
文庫

認知心理検察官の捜査ファイル
名前のない被疑者
（にんちしんりけんさつかんのそうさふぁいる　なまえのないひぎしゃ）

2023年7月20日　第1刷発行

著　者　貴戸湊太
発行人　蓮見清一
発行所　株式会社 宝島社
〒102-8388　東京都千代田区一番町25番地
電話：営業 03(3234)4621／編集 03(3239)0599
https://tkj.jp
印刷・製本　中央精版印刷株式会社

ISBN 978-4-299-04446-4